EXCALIBUR

Herausgegeben von
Melissa Andersson
und
Gerd Rottenecker

Die Obsidian-Chroniken bei Excalibur

Sommer der Drachen
Die Drachenbrüder
Der Drachenorden
Angriff der Drachen

Weitere Bände sind in Vorbereitung.

Über den Autor:

Lawrence Watt-Evans ist seit über zwanzig Jahren als Autor erfolgreich. Er hat bisher mehr als dreißig Romane, Hunderte Kurzgeschichten sowie unzählige Artikel und eine Anthologie – hauptsächlich in den Bereichen Fantasy, Science-Fiction und Horror – veröffentlicht. Seit 1982 ist er Mitglied der *Science Fiction and Fantasy Writers of America*. Er wurde bereits mehrfach für sein Werk ausgezeichnet, beispielsweise mit einer *Nebula Award*-Nominierung und mit dem renommierten *Hugo Award*. Neben seiner literarischen Arbeit war er mehrere Jahre lang Präsident der *Horror Writers Association*. Lawrence Watt-Evans unterrichtet außerdem in verschiedenen Workshops für Kreatives Schreiben. Weitere Informationen finden Sie im Internet auf seiner Homepage: *www.watt-evans.com*

Lawrence Watt-Evans

DIE OBSIDIAN-CHRONIKEN

3

Der Drachenorden

Aus dem Amerikanischen von
Rainer Zubeil

Knaur

Die amerikanische Originalausgabe erschien 2002 unter dem Titel
The Dragon Society – Part One
bei DAW Books, New York.

Besuchen Sie uns im Internet:
www.knaur-fantasy.de
www.knaur.de

Deutsche Erstausgabe Juli 2002

Redaktion: Ralf Reiter
Umschlagkonzept: Melissa Andersson
Umschlaggestaltung: ZERO Werbeagentur, München
Umschlagabbildung: Agentur Schlück, Garbsen
Satz: Ventura Publisher im Verlag
Druck und Bindung: Nørhaven Paperback A/S
Printed in Denmark
ISBN 3-426-70166-9

2 4 5 3 1

Für meinen Sohn
Julian Samuel Goodwin Evans,
der sehr geduldig mit mir gewesen ist.

Was bisher geschah ...

Während eines schwül-heißen Sommers überfallen drei mächtige Drachen das Dorf Obsidian und legen es in Schutt und Asche. Einziger Überlebender ist der Knabe Arlian, der dabei mit Drachengift in Kontakt kommt, ohne zu ahnen, was dies für sein weiteres Leben bedeuten wird.

Eine Gruppe Plünderer unter der Führung des skrupellosen Lord Dragon nimmt den Knaben gefangen und verkauft ihn an einen Minenbesitzer. Nach langen Jahren der Qual kann Arlian fliehen, im Gepäck einen Schatz, den ein Mitgefangener ihm vererbte: Amethyste. Diese sind in Arlians Welt zwar kaum etwas wert, stellen aber in den von Wilder Magie durchzogenen Südlanden, wo man sie benutzt, um Magie zu kanalisieren, ein Vermögen dar.

Arlian findet Unterschlupf in einem Bordell, das einige Adlige der Hauptstadt Manfort unterhalten. Den Prostituierten haben sie die Füße amputiert, damit diese nicht flüchten können. Arlian verliebt sich in die muntere Sweet, aber er wird entdeckt und muss erneut Reißaus nehmen. Mit tragischen Folgen: Das Bordell war ein Umschlagplatz für Geheimnisse und wird, nachdem es aufgeflogen ist, geschlossen. Einige Mädchen werden ermordet, andere unter die adligen Herren verteilt.

Arlian rüstet in Manfort zusammen mit dem Schwertkämpfer Black eine Karawane in den Süden aus. Dort setzt er seine Amethyste ab und wird zu einem reichen Mann, der bald als »Lord Obsidian« nach Manfort zurückkehrt und in der Gesellschaft für Unruhe sorgt. Sein Ziel ist die Rache: Rache an seinen Entführern von damals, vor allem an Lord Dragon, Rache auch an den Adligen, die die Mädchen des Bordells so brutal behandelt haben.

Aber Arlian, alias Lord Obsidian, entdeckt Eigenartiges, als er in die höchsten Kreise der Stadt vordringt: Hinter den Kulissen steuert eine Geheimgesellschaft die Geschicke des Landes, und ihre dominante Figur ist Lord Dragon selbst. Die »Drachengesellschaft«, so der Name der Vereinigung, besteht ausschließlich aus Menschen, die zu einem früheren Zeitpunkt ihres Lebens mit Drachengift in Kontakt kamen und dadurch sehr langlebig oder sogar unsterblich geworden sind. Einige der reichen und mächtigen Mitglieder sind Hunderte von Jahren alt, Lord Dragon selbst wohl an die tausend. Sie sind die »Drachenherzen«. Arlian, der ebenfalls vom Drachengift gekostet hat, betrifft dies genauso: Er ist fortan zu einem anscheinend ewig währenden Leben verdammt.

Zu Arlians Racheplänen stößt nun ein weiterer hinzu: Rache an den grausamen Drachen für das, was sie seit Jahrtausenden den Menschen antun. Der junge Mann bringt Aufregung in die Drachengesellschaft, und während sich einige Mitglieder wie die resolute Lady Reif auf seine Seite schlagen, findet er in anderen wie Lord Dragon, Lord Drisheen oder Lord Eisen unversöhnliche Gegner. Arlian kann die gefolterte Sweet aus den Händen Dragons befreien, aber sie stirbt kurz darauf. Lord Obsidian kommt Dragon immer näher, und dieser flüchtet mit seinen Getreuen in die südliche Ödnis, anscheinend auf einer geheimnisvollen Mission. Arlian verfolgt ihn, kann ihn in einer verborgenen Drachenhöhle stellen und im Kampf besiegen. Doch vor Arlians Todesstoß richtet der Gegner seine Waffe gegen sich selbst – und aus seiner Brust entspringt ein Jungdrache, der den menschlichen Körper wie eine Schlangenhaut abstreift. Nun begreift Arlian: Die Drachenherzen sind die Brut der Drachen. Die geflügelten Ungeheuer pflanzen sich mittels einer Blutmagie fort, die sie ihren überlebenden Opfern durch das Drachengift eingeben. Nach tausend Jahren schlüpft der Drache aus dem so infizierten Opfer. Lord Dragon stand kurz vor der Verwandlung.

Und Lord Dragon, so ruchlos er gewesen sein mag, hatte einen Vertrag mit den Drachen geschlossen: Er erpresste die Kreaturen mit seinem Wissen um ihre Fortpflanzung und um die Verletzlichkeit ihrer in Menschenkörpern verborgenen Brut. So hielt er seit Jahrhunderten die Drachenhorden von den Menschenlanden fern, von gelegentlichen Attacken abgesehen.

Arlian tötet den neugeborenen Drachen mit einer Obsidianklinge, dem einzigen Material, das die Kreaturen verletzen kann. Aber mit dem Tod Lord Dragons geht sein Wissen auf Arlian über. Er ist fortan der Hüter des tödlichen Geheimnisses, aber er hat weitaus mehr im Sinn, als die Drachen nur zu einem weiteren Stillhalteabkommen zu erpressen: Er will sein Wissen nutzen, um die Ungeheuer zu vernichten …

ERSTES BUCH
GEHEIMNISSE

1
Fremde vor dem Tor

In einer späten Winternacht, zu einer Stunde, in der alle anständigen Leute längst im Bett lagen, stand ein Mann gähnend auf der Stadtmauer neben den Toren von Manfort, lehnte am Torturm und spähte immer wieder in die Dunkelheit vor der Stadt. Er trug einen dicken Mantel und einen breitkrempigen schwarzen Pelzhut, aber er fror trotzdem in der Kälte und stampfte hin und wieder mit den Füßen auf die steinerne Zinne.

Dann erregte ein gedämpftes, fernes Knarren seine Aufmerksamkeit. Die Straßen innerhalb der Stadtmauer und der gepflasterte Platz vor den Toren waren dunkel, kalt und leer, aber irgendwo im Süden, am Ende einer der Straßen, die von dem Platz wegführten, konnte er das trübe Flackern eines Lichtes sehen. Plötzlich hellwach starrte er in die Richtung und löschte seine Laterne, damit sich seine Augen an die Dunkelheit gewöhnen konnten – und er selbst nicht so leicht erkennbar war.

Das Licht kam näher, und das Knarren wurde lauter, bis der Mann auf der Mauer schließlich einen Wagen erkennen konnte, der über die Straße zur Stadt rollte. Der Wagen war groß und kastenförmig und wurde von Ochsen gezogen – die Art Wagen, wie sie von den Karawanen benutzt wurden, die Waren aus den Ländern der Menschen brachten. Eine einzelne Laterne hing an einem langen Eisenhaken über dem Fahrersitz und verströmte gerade genug Licht, dass die erschöpften Ochsen sehen konnten, wohin sie ihre Füße setzten.

Natürlich reisten Karawanen nicht bei Nacht – und der Mann auf der Mauer erwartete keine Karawane. Er nahm den Bogen von seinem Rücken und spannte ihn, ohne die Augen von dem Gefährt zu wenden.

Der Wagen kam langsam näher, die Ochsen trotteten stoisch die Straße zum Platz hinauf, stapften durch vereinzelte Flecken halb geschmolzenen Schnees, der von den Dächern zu beiden Seiten gefallen war; die Räder gerieten hin und wieder auf den nassen Pflastersteinen ins Rutschen, aber der Wagen setzte seine Fahrt fort.

Die beiden Männer auf der Fahrerbank saßen eng zusammengedrängt, um sich vor der Kälte zu schützen. Einer, der Fahrer, war ein stämmiger, wuschelhaariger Mann unbestimmten Alters, ganz in schwarzes Leder gekleidet; er blickte so ruhig und stoisch wie die Ochsen, die das Gefährt zogen, in die vor ihm liegende Dunkelheit. Neben ihm, immer wieder aus einem leichten Schlummer hochschreckend, hockte ein hoch gewachsener junger Mann in einem schwarzweiß gefleckten Wollmantel. Eine Narbe verunstaltete seine rechte Wange, als wäre sein Fleisch einst von heißer Flüssigkeit verbrannt worden. Er wurde hellwach, als sich der Wagen den Toren näherte, und musterte aufmerksam die Türme.

Der Mann auf der Mauer duckte sich hinter die Brüstung, außer Sicht, und zog einen Pfeil aus dem Köcher auf seinem Rücken.

»Wir hätten im Gasthof Rast machen sollen«, sagte der Fahrer, als der Wagen auf den Platz rumpelte. »Es sind nur noch zwei Stunden bis zum Morgen. Du bist erschöpft, die Ochsen sind erschöpft, ich bin ebenfalls müde, und wir müssen noch immer bis zur Oberstadt fahren und alle in den Palast schaffen.«

Der junge Mann schüttelte heftig den Kopf. »Nein«, erwiderte er. »Vielleicht habe ich hier noch immer Feinde. Wären wir am Tag eingetroffen, hätte sich die Nachricht von unserer Ankunft binnen Minuten verbreitet, und sie hätten Meuchelmörder unter die Menge auf der Straße mischen können, bevor wir innerhalb der Tore gewesen wären, vom Alten Palast ganz zu schweigen.«

»Sie könnten auch in diesem Moment Meuchelmörder auf der Mauer oder den Dächern postiert haben, und in der Dunkelheit würden wir es nicht einmal bemerken.«

»Nur wenn sie von unserem Kommen wussten«, sagte der andere, aber er warf einen raschen Blick zur Steinbrüstung hinauf, die kaum mehr als eine schwarze Silhouette vor dem sternenreichen Nachthimmel war.

»Lord Toribor ist ein Zauberer, oder nicht?«

Der junge Mann schnaubte. »Toribor? Kein besonders begabter. Er überließ die Zauberei Enziet und Drisheen.«

»Du hast geschworen, nicht nur Toribor, sondern auch Nagel zu töten, und gewiss versteht er etwas von Zauberei.«

»Das stimmt. Ich schätze, er versteht vielleicht genug davon, um zu wissen, dass wir kommen.«

»Warum bist du dann so sicher, dass Nagel auf den Dächern keine Bogenschützen postiert hat, die auf uns warten?«

Der jüngere Mann seufzte. »Vielleicht hat er das. Aber er

hat schließlich geschworen, mich nicht in Manfort zu töten, und ich denke, dass er seinen Schwur wahrscheinlich halten wird.«

»Was ist dann mit den anderen? Glaubst du, dass sich einer von ihnen entschließen wird, Enziet oder Drisheen zu rächen?«

»Ich weiß es nicht. Ich weiß nicht, was der Rest der Drachen-Gesellschaft weiß oder denkt ...«

Er wurde vom Sirren einer Bogensehne unterbrochen. Der junge Mann war zu müde, um das Geräusch sofort zu erkennen, aber sein in Leder gekleideter Gefährte reagierte abrupt und stieß Arlian zu einer Seite, während er sich zur anderen duckte. Arlians Hut fiel auf das Pflaster.

Ein Pfeil grub sich mit einem dumpfen Laut zwischen ihnen in die Rücklehne der Fahrerbank.

»Verdammt!«, fluchte Arlian und griff an seinen Gürtel, als erwartete er, dort ein Schwert vorzufinden. »Black, woher ist er gekommen?«

»Von dort«, sagte Black und wies auf den Bogenschützen auf der Mauer – der aus der Deckung gekommen war und einen weiteren Pfeil angelegt hatte. Arlian warf sich von dem Wagen, und der Pfeil bohrte sich an der Stelle in die Bank, wo er soeben noch gesessen hatte.

»Wenn er klug ist, wird er auf die Ochsen schießen«, zischte Black, der halb von der Fahrerbank gerutscht war und sich an ihr festhielt. »Hoffen wir, dass er ein Narr ist. Wir können uns besser ducken als er.«

Arlian war auf die Beine gekommen und trat hinter den weiterrollenden Wagen und aus dem Licht. »Thirif! Shibiel!«, rief er leise, während er dem Gefährt folgte.

Niemand antwortete.

»Weck sie nicht«, sagte Black. »Sie werden halb im Schlaf die Köpfe herausstrecken, um zu sehen, was vor sich geht. Sie könnten dabei getötet werden.«

»Wir könnten getötet werden! Vielleicht können sie uns mit ihrer Magie helfen – vielleicht mit irgendeiner Illusion, wie in dem Gasthof in Korkbaum.«

»Ich denke, wir werden auch ohne Magier mit einem Bogenschützen fertig, Ari.«

»Ich habe kein Schwert, Black – es ist in der Höhle zerbrochen, schon vergessen? Und woher willst du wissen, dass es nur einer ist?«

Black antwortete zunächst nicht, und Arlian rief: »Black?«

»Pst«, machte Black. »Horch!«

Arlian lauschte und hörte das Knarren der Räder, das Trappeln von Ochsenhufen auf dem nassen Pflaster ...

Und etwas anderes, weiter entfernt. Schritte. Schnelle Schritte auf der Straße.

»Es ist nicht nur einer«, sagte Black.

»Ich bedaure ehrlich, in diesem Punkt Recht gehabt zu haben«, sagte Arlian. »Black, ich bin völlig unbewaffnet.«

Ein weiterer Pfeil pfiff gefährlich nahe an Arlians Ohr vorbei; offenbar war er hinter dem Wagen nicht so gut versteckt, wie er gehofft hatte.

»Kannst du mit der Peitsche umgehen?«, rief Black.

»Um die Ochsen anzutreiben, ja; um zu kämpfen, nein.«

»Dann nehme ich sie.«

Ein vierter Pfeil schlug nur Zentimeter von Arlians Nase entfernt einen Splitter aus dem Wagen.

»Mir fällt auf, dass er nur auf mich schießt«, sagte Arlian.

»Ja, ich weiß«, erwiderte Black. »Schließlich bist du derjenige, auf den Meuchelmörder angesetzt sind.«

Arlian bemerkte, dass sich Blacks Stimme zu entfernen schien. Er riskierte es, seinen Kopf nach vorn zu strecken und sich umzusehen.

Black saß nicht mehr auf der Fahrerbank. Seine schwarze Lederkleidung, die schwarzen Haare und der schwarze Bart verschmolzen mit der Dunkelheit, und es dauerte einige Sekunden, bis Arlian ihn entdeckte, eine geduckte Gestalt, die sich mit erstaunlicher Lautlosigkeit bewegte, die Viehtreiberpeitsche in einer Hand. Arlian verfolgte, wie er im Zickzack über den Platz Richtung Tor rannte.

Er konnte keine Schritte mehr hören; er spähte in die Dunkelheit und versuchte abzuschätzen, wo die Meuchelmörder steckten. Er hörte das Sirren einer Bogensehne, ohne den Pfeil zu hören oder zu sehen, und in der Ferne das Klicken einer Stahlspitze, die auf Stein traf – war dies ein anderer Bogenschütze? Der erste Schütze befand sich wahrscheinlich noch immer auf der Mauer, aber diese Schritte waren aus einer anderen Richtung gekommen ...

Jemand schrie etwas, und er glaubte ein Handgemenge zu hören; er hielt nach Black Ausschau, konnte ihn aber in der Dunkelheit nicht finden.

Dann drang aus der Ferne eine fremde Stimme an sein Ohr: »Lord Obsidian!«

Verwirrt zögerte Arlian und rief dann zurück: »Wer ist da?«

»Ich werde Horn genannt«, kam die Antwort. »Ich arbeite für Lord Wither.«

»Lord Wither schickt Meuchelmörder?« Arlian war völlig überrascht; zwar hatte es zwischen ihm und Wither Meinungsverschiedenheiten gegeben, aber er hatte nicht geglaubt, dass ihm der alte Mann etwas antun wollte.

»Nein, mein Lord – wir haben den Meuchelmörder gefangen. Ich habe mein Messer an seiner Kehle. Was soll ich mit ihm machen?«

Dies war für Arlian in seinem erschöpften Zustand alles zu verwirrend. »Black?«, rief er.

Einen Moment kam keine Antwort, dann hörte er in der Ferne Stimmengemurmel, zu leise, als dass er irgendein Wort verstehen konnte. Dann rief Black: »Warte dort, Ari.«

Arlian wartete verblüfft. Er blickte zu den Zinnen hinauf, als ein Licht aufblitzte, und sah mehrere Männer, von denen einer die Hände hochhielt und von den anderen umringt war. Das Licht stammte von einer Laterne in der erhobenen Hand eines Mannes.

Dann verschwand das Licht hinter dem Torturm, um Momente später am Fuß des Turms wieder aufzutauchen, so dass Arlian erkennen konnte, dass Black die Laterne hielt. Er wurde von zwei anderen Männern begleitet, beides Fremde – aber einer von ihnen hielt, wie er gesagt hatte, dem anderen ein Messer an die Kehle.

Arlian hatte geglaubt, im Laternenschein auf der Mauer mehr Leute gesehen zu haben, aber jetzt kamen nur drei auf ihn zu. Arlian blieb stehen und wartete auf sie.

»Lord Obsidian«, sagte der Mann mit dem Messer, als sie den Wagen erreichten. »Das ist der Meuchelmörder.«

»Und du bist Horn?«, fragte Arlian.

»Ja.«

»Würdest du mir bitte erklären, warum du mitten in der Nacht hier draußen bist und mich vor Meuchelmördern rettest? Woher wusstest du, wer ich bin?«

»Zauberei, mein Lord«, antwortete Horn. »Lord Wither wartete ungeduldig auf Eure Rückkehr und benutzte Zauberei, um den Zeitpunkt Eurer Ankunft festzustellen – und dabei erfuhr er von diesem Hinterhalt und schickte mich los, um Eure sichere Ankunft zu gewährleisten.«

»Das war sehr freundlich von ihm«, sagte Arlian. »Ist Lord Wither auch hier?«

»Nein, mein Lord. Er liegt sicher daheim im Bett. Er vertraute darauf, dass ich und meine Männer mit der Angelegenheit fertig werden.«

»Deine Männer?«

»Ich habe noch andere bei mir. Sie sind auf den Zinnen geblieben für den Fall, dass noch weitere Gefahren drohen.«

Arlian nickte. Dann wandte er seine Aufmerksamkeit dem anderen Fremden zu, dem Mann mit dem Messer an der Kehle.

»Du wolltest mich töten?«, fragte er.

»Ja, mein Lord.« Der Mann hatte die Augen niedergeschlagen und starrte auf das Straßenpflaster.

»Warum?«

»Es wurde mir befohlen, mein Lord.«

»Von wem?«

Der Meuchelmörder blickte auf und sah Arlian in die Augen.

»Mein Lord, Ihr werdet verstehen, dass ich meine Freunde und Familie in Gefahr bringe, wenn ich das verrate, und da Ihr mich ohnehin töten werdet ...«

»Nein, das werde ich nicht«, unterbrach Arlian.

Dies schien den Meuchelmörder aus der Fassung zu bringen; er stotterte und sagte dann: »Ich kann nicht ... ich ... Dies sind besondere Umstände, mein Lord.«

»In welcher Hinsicht?«

»Der Mann, der mir den Auftrag gab, ist tot, mein Lord. Ihr habt ihn getötet.«

Arlian starrte ihn ungeduldig an. »Habe ich das? Wer war er?«

»Lord Drisheen, mein Lord.«

Arlian nickte. »Das stimmt.«

»Wenn er noch immer am Leben wäre, würde ich ihn nicht verraten, aber er ist tot und ließ keine Familie zurück ...«

Arlian schnaubte bei der Vorstellung, dass jemand wie Lord Drisheen eine Familie haben sollte.

»Er hat uns die Hälfte im Voraus gezahlt«, fuhr der Meuchelmörder fort. »Die andere Hälfte wurde hinterlegt und sollte uns nach der Bestätigung Eures Todes ausgehändigt werden – falls Ihr nach Manfort zurückgekehrt wäret. Wäret Ihr woanders gestorben, hätte sich unser Auftrag erledigt. Aber wir sollten euch vor dem Tor töten – darauf bestand er –, so dass mein Bruder und ich schon seit Monaten abwechselnd auf dieser Mauer Wache halten. Hätten wir in Eurem Palast zuschlagen können ...«

»Ich bin sicher, dass ihr dann mehr Erfolg gehabt hättet«, sagte Arlian. Er bemerkte, dass dieser Kerl keine Skrupel zu haben schien, die Rolle seines Bruders bei diesem Komplott zu verraten. »Ich nehme an, Drisheen hat dir nicht gesagt, warum ich getötet werden sollte?«

Im Laternenlicht war dem Meuchelmörder die Überraschung deutlich anzusehen. »Aus Rache natürlich. Er wusste, dass Ihr ihn töten wolltet.«

»Natürlich.« Arlian seufzte. Er sah den wartenden Wagen an – die Ochsen waren stehen geblieben, als Black über den Platz gerannt war – und betrachtete den Pfeil, der sich in die Rücklehne der Fahrerbank gebohrt hatte.

»Soll ich ihn jetzt töten?«, fragte Horn.

»Nein«, wehrte Arlian ab. »Lass ihn gehen.«

»Mein Lord?«, sagte Horn verwirrt.

»Lass ihn frei. Er ist doch unbewaffnet, oder?«

»Natürlich«, bestätigte Horn. »Nun, wenigstens haben wir ihm Schwert, Messer und Bogen abgenommen – vielleicht hat er noch andere Waffen versteckt. Aber, mein Lord, Ihr könnt doch nicht im Ernst vorhaben, ihn freizulassen?«

»Ich kann es und ich werde es tun. Du hast gehört, wie ich sagte, dass ich nicht vorhabe, ihn zu töten, und so ist es auch. Lass ihn gehen.«

Horn zögerte, senkte dann das Messer und löste seinen Griff um den Arm des Meuchelmörders.

»Eine Sache noch«, sagte Arlian, als der Mann ihn fassungslos anstarrte. »Du bist kein Meuchelmörder mehr. Wenn du noch einmal versuchst, jemand zu töten, werde ich dich jagen und zur Strecke bringen. Du hast gehört, dass Lord Withers Zauberei ihn vor deinen Absichten warnte – nun, ich habe zwei aritheische Magier in diesem Wagen, neben deren Magie Lord Withers mächtigster Zauber wie ein Kinderspiel aussieht. Ich habe im Moment genug von Rache, aber ich bin barmherzig, nicht dumm.

Stelle mich nicht auf die Probe; meine Gnade ist begrenzt. Hast du mich verstanden?«

»Ja, mein Lord.« Der Meuchelmörder verbeugte sich tief.

»Du hast die Hälfte deines Geldes bekommen; genieße es und versuche nicht, dir den Rest zu holen.«

»Ja, mein Lord.«

»Und nun geh.«

Der Meuchelmörder zögerte, wandte sich dann ab und rannte zum Tor.

Arlian, Black und Horn sahen ihm nach.

»Ich habe gehört, mein Lord, dass Ihr von Rache besessen seid«, sagte Horn. »Wie es scheint, wurde ich falsch informiert.«

»Du wurdest nicht falsch informiert«, erklärte Arlian. »Meine Besessenheit ist nur spezifischer. Ich bin von der Rache an den Drachen besessen, nicht an den Menschen.«

»Mit anderen Worten, er ist verrückt«, sagte Black fröhlich. »Aber er bezahlt gut.«

Horn verzog das Gesicht. Arlian musterte ihn.

»Ich stehe also unter Lord Withers Schutz?«

»Im Moment ja«, bestätigte Horn.

»Warum?«

»Er sagt, Ihr habt etwas, das er begehrt, mein Lord.«

»Und hat er dir aufgetragen, es mir abzunehmen oder mich zu ihm zu bringen, damit ich für die Rettung meines Lebens bezahlen kann?«

»Ich bin mir nicht ganz sicher, ob wir Euch das Leben gerettet haben, mein Lord – Euer Mann hier schien dabei zu sein, die Sache selbst zu regeln, wären wir ihm nicht zuvorgekommen. Jedenfalls sind wir keine Gefahr für Euch. Lord

Wither wird warten, bis Ihr Euch von Eurer Reise erholt habt.«

»Wird er das?« Arlian hatte den starken Verdacht, dass Lord Withers Höflichkeit und Rücksicht nicht ganz selbstlos waren. Der alte Mann glaubte wahrscheinlich, dass Höflichkeit das beste Mittel war, um Arlian zu umgarnen.

Arlian hatte außerdem den starken Verdacht, dass er wusste, was Lord Wither als Gegenleistung für sein Eingreifen haben wollte, und dass er es nicht bekommen würde.

»Ich danke dir für deine Hilfe, Horn«, sagte Arlian, »und richte Lord Wither meinen Dank für sein Eingreifen aus. Sage ihm, dass ich mich darauf freue, ihn in ein paar Tagen zu sehen.«

Horn verbeugte sich.

»Können wir jetzt gehen?«, fragte Black mit einem Wink Richtung Wagen.

Horn trat zur Seite. Arlian hob seinen heruntergefallenen Hut auf und eilte dann zur Fahrerbank. Einen Moment später saßen er und Black wieder auf ihren Plätzen, hatten den Pfeil aus der Rücklehne gezogen und weggeworfen, und die Ochsen trotteten weiter, als wäre nichts geschehen.

2
Heimkehr

Der Wagen rollte langsam durch die Straßen von Manfort, Arlians Palast in der Oberstadt entgegen. »Ich habe doch gesagt, wir hätten über Nacht in einem Gasthof absteigen sollen«, brummte Black. »Ich glaube nicht, dass er uns angegriffen hätte, wenn wir am Tag angekommen wären, inmitten all der Menschen.«

»Oh, ich denke, das hätte er doch«, widersprach Arlian. »Er hätte in der Menge untertauchen und entkommen können.«

Black glaubte dies offensichtlich nicht, aber er sagte es nicht laut. Arlian sah ihn an und erklärte dann: »Wir mussten so oder so das Tor passieren, und ich dachte, unsere Chancen wären spät in der Nacht besser. Ich mag mich geirrt haben.«

»Ich denke, du wolltest einfach nicht länger als nötig warten, um nach Hause zu kommen«, erwiderte Black. »Nicht einmal ein paar Stunden.«

»Das stimmt zum Teil«, räumte Arlian ein. »Schließlich muss Hastys Kind jeden Moment zur Welt kommen, wenn es nicht schon da ist. Aber außerdem habe ich als Lord Obsidian einen Ruf zu wahren.« Er hielt sich am Rand der Bank fest, als der Wagen über einen lockeren Pflasterstein rumpelte. »Was hältst du für einen besseren Auftritt – mitten am Tag schmutzig und erschöpft in einem billigen alten Krämerwagen anzukommen oder einfach ohne Vorwarnung wieder im Alten Palast aufzutauchen?«

»Warum kümmert es dich noch, was andere denken?«, fragte Black, während er seinem Gefährten einen verärgerten Blick zuwarf. »Enziet und Drisheen und die anderen sind tot, und Nagel und Toribor wissen, wer du bist. Wen versuchst du zu beeindrucken?«

»Jeden, den ich kann. Wenn ich die Drachen, die mein Dorf zerstört haben, aufspüren und töten will, werde ich Hilfe brauchen. Ich kann es nicht allein tun.«

Black musterte ihn und sah den konzentrierten Ausdruck seines Gefährten, obwohl er in die leere Dunkelheit starrte. Offenbar sah Arlian etwas anderes als die vor ihnen liegende Straße, und Black argwöhnte, dass es mit den Drachen zu tun hatte. »Du wirst es wahrscheinlich überhaupt nicht schaffen, Ari«, sagte er sanft.

»Ich muss es versuchen.«

Blacks Ärger kehrte zurück. »Und wer könnte dir deiner Meinung nach helfen? Lord Wither? Er scheint bereit zu sein, dir zu helfen, wenigstens gegen Drisheens Meuchelmörder, aber was könnte er gegen einen Drachen ausrichten? Wen versuchst du wirklich zu beeindrucken?«

»Den Herzog von Manfort zum Beispiel«, erwiderte Arlian. »Seine Vorfahren haben die Menschheit vor siebenhundert Jahren in die Kriege gegen die Drachen geführt. Vielleicht wartet er nur auf eine Gelegenheit, diese Fehde zu Ende zu bringen.«

Black schnitt eine Grimasse. »Wahrscheinlich wird er dich eher hängen lassen. Schließlich hast du seinen ersten Ratgeber gejagt und getötet. Wenn er darüber empört ist, wird es meiner Meinung nach keine Rolle spielen, ob er dich in deinem Palast oder in der Gosse vorfindet. Du hast Glück, dass er nicht genug Verstand hat, um sich für etwas anderes als Wein, Essen und Frauen zu interessieren, ohne einen Ratgeber, der ihm sagt, was er tun soll – und es ist Pech für deine Pläne, dass er zu wenig Mumm hat, um etwas gegen die Drachen zu unternehmen.«

Arlian zuckte die Schultern. »Wenn seine Ratgeber ihn dazu drängen, wer weiß, was er tun wird?«

»Arlian, warum sollten ihn seine Ratgeber zu etwas derart Verrücktem wie der Jagd auf die Drachen drängen? Der Einzige, der wahnsinnig genug ist, so etwas auch nur in Erwägung zu ziehen, sitzt neben mir auf diesem Wagen.«

Arlian widersprach dem nicht; stattdessen fragte er: »Wer sind jetzt die Ratgeber des Herzogs? Die Namen, die ich kannte, waren Lord Enziet, Lord Drisheen, Lord Hardior und Lady Reif.«

»Nun, du hast soeben die vier bekanntesten genannt.«

Arlian lächelte trocken. »Und zwei von ihnen habe ich getötet.«

»In der Tat«, bestätigte Black. »Und ich glaube, Lord Hardior ist letztes Jahr in Ungnade gefallen. Damit bleibt nur noch Lady Reif.«

»Die hinter uns schläft«, sagte Arlian. Er warf einen Blick über seine Schulter in das Innere des Wagens. »Ich bin überrascht, dass sie während des kleinen Zwischenfalls am Tor nicht aufgewacht ist.«

»Vielleicht ist sie aufgewacht und war nur klug genug, sich still zu verhalten.«

»Vielleicht«, meinte Arlian. Er sah wieder in den Wagen,

konnte aber keinen der Passagiere erkennen – die Laterne war so positioniert, dass ihr Licht nicht ins Innere fiel.

»Jedenfalls war Lady Reif nicht hier, um ihre Position zu verteidigen oder Enziets zu beanspruchen«, sagte Black, »und irgendwie bezweifle ich, dass dieser Posten unbesetzt blieb. Es gibt mit Sicherheit irgendeinen schmeichlerischen Schurken, der sich während unserer Abwesenheit in die Gunst des Herzogs geschleimt hat – Lord Hardior, der seine alte Position beanspruchte, oder irgendein anderer Höfling.«

»Und wir wissen nicht, wer es ist oder ob er uns geneigt ist. Glaubst du nicht auch, es wäre unter diesen Umständen das Beste, ihn zu beeindrucken?«

»Oh, vermutlich schon«, brummte Black.

»Man sollte meinen, dass derjenige uns dankbar ist, weil wir Enziet und Drisheen beseitigt und ihm so Gelegenheit gegeben haben, in der Gunst des Herzogs aufzusteigen«, sinnierte Arlian hoffnungsvoll.

»Dankbarkeit ist eine Tugend, die mehr erwartet als praktiziert wird«, bemerkte Black trocken.

»Das ist mir auch schon aufgefallen«, gab Arlian zu. Er sah sich auf der menschenleeren Straße um.

Hier und dort warf eine Fackel oder Laterne einen gelben Schein über die grauen Steinmauern und kopfsteingepflasterten Straßen von Manfort und die Haufen aus schmutzigem, schmelzendem Schnee, aber der Großteil der Stadt lag in Dunkelheit. Es gab kein Anzeichen für einen weiteren Hinterhalt, und auch von Horn oder Lord Withers anderen Männern fehlte jede Spur – aber warum sollten sie auch hier sein? Drisheen hatte die Stadt überstürzt verlassen und wenig Zeit für irgendwelche Vorkehrungen gehabt; außerdem hatte er, wie alle Mitglieder der Drachen-Gesellschaft, einen Eid geschworen, keinem anderen Mitglied innerhalb der Stadtmauern ein Leid zuzufügen. Er hatte wahrscheinlich nur Zeit gehabt, jene beiden Meuchelmörder zu dingen, und auf einen Überfall in der Stadt verzichtet – er hatte zweifellos erwartet, nach Manfort zurückzukehren und seinen Platz in der Gesellschaft wieder einzunehmen, so dass er bestimmt nicht bereit gewesen war, seinen Schwur so offen zu brechen.

Und Lord Wither wusste dies.

Arlian, Wither, Drisheen, Enziet – sie waren alle Mitglieder der Drachen-Gesellschaft, alle Drachenherzen. Jeder von ihnen hatte zu einem Zeitpunkt seines Lebens eine Mischung aus Menschenblut und Drachengift geschluckt und war verwandelt worden.

Drachenherzen alterten nicht. Sie waren immun gegen Gifte und Krankheiten. Sie verfügten alle über übermenschliche Kräfte – Drachenherzen waren wesentlich stärker und schneller als normale Menschen und ermüdeten kaum. Sie besaßen ein unnatürliches Charisma, so dass sie alle im Lauf ihres Lebens, das dank dem Elixier Jahrhunderte währte, reich und mächtig geworden waren. Jedes Mitglied der Gesellschaft, selbst jene von niedriger Geburt, war jetzt ein Lord oder eine Lady in den Ländern der Menschen – Besitzer profitabler Manufakturen, mit zahlreichen Angestellten, die sie nicht persönlich beaufsichtigten.

Das waren die positiven Effekte der Drachenherzen. Zu den weniger angenehmen Konsequenzen zählten Sterilität, giftiges Blut – und andere Dinge, Geheimnisse, die die meisten von ihnen noch nicht einmal kannten. Außerdem neigten Drachenherzen dazu, kalt und hart zu werden und sich im Lauf der Jahre von der normalen Gesellschaft abzuwenden, und sie hatten sich deshalb in ihrer eigenen Geheimgesellschaft zusammengeschlossen – doch selbst dort waren ihre Beziehungen oftmals gespannt.

Arlian zum Beispiel hatte geschworen, fünf andere Mitglieder der Drachen-Gesellschaft sowie eine Reihe anderer Menschen zu töten, aus Rache für bestimmte Verbrechen. Er hatte drei von diesen fünf zur Strecke gebracht – Horim, Drisheen und Enziet.

Wie es schien, hatte Drisheen sich zu revanchieren versucht.

Damit blieben noch Lord Stiam, auch Nagel genannt, und Lord Toribor, die zumindest nominell Arlians geschworene Feinde waren – aber er war sicher, dass keiner von ihnen versuchen würde, ihn innerhalb der Mauern zu töten, ob nun direkt oder durch Helfershelfer. Sie nahmen ihren Eid sehr ernst.

Also war er im Moment sicher und musste nur noch in den Alten Palast zurückkehren. Er blickte sich in der Dunkelheit um und versuchte zu erkennen, wo er war. Nach über vier Monaten Abwesenheit war Arlian nicht ganz sicher, ob er bei Nacht allein den Weg zu seinem Anwesen gefunden hätte; er hatte nur kurz in Manfort gelebt.

Doch Black schien den Weg genau zu kennen. Er lenkte die Ochsen ohne zu zögern den Hang hinauf Richtung Oberstadt. Arlian fiel ein, dass er nicht wusste, ob Black aus Manfort oder ursprünglich aus einem anderen Ort stammte. Black sprach nicht oft über seine Vergangenheit und beschränkte sich auf ein paar vergnügliche Anekdoten, die er manchmal zum Besten gab, wenn er betrunken war.

Arlian respektierte dies. Schließlich war seine eigene Vergangenheit nicht etwas, das er allgemein bekannt machen wollte. Er hatte Black und Reif und einigen anderen die ganze Geschichte erzählt und vieles bei seiner Einführung in die Drachen-Gesellschaft enthüllt, aber für den Großteil der Leute von Manfort war Lord Obsidian eine geheimnisumwitterte Gestalt, deren Herkunft unbekannt war.

Und da er ein entflohener Sklave war, war dies eine sehr gute Sache. Arlian bezweifelte, dass ein entlaufener Minensklave, der sich in zahllosen Abenteuern ein Vermögen zusammengestohlen hatte, denselben Respekt ernten würde wie jemand, dessen Herkunft völlig unbekannt war.

Er war nicht als Sklave geboren worden, sondern als Arlian vom Rauchenden Berg, ein freier Bürger aus einem Minendorf, das von Außenstehenden Obsidian genannt wurde. Die Dorfbewohner hatten sich nie die Mühe gemacht, sich einen Namen zuzulegen, da es auf dem Rauchenden Berg nur das eine Dorf gab; Arlian hatte nicht gewusst, dass alle anderen es Obsidian nannten, bis der Ort zerstört worden war.

Er war ein Junge von elf Jahren gewesen, als an einem schwülen Sommertag drei Drachen vom bewölkten Himmel herabgestoßen waren und das Dorf bis auf die Grundmauern niedergebrannt hatten. Er hatte im Keller seines Elternhauses überlebt, wo er unter dem Leichnam seines Großvaters eingeklemmt gewesen war – und wo er eine

Mischung aus dem Blut seines Großvaters und dem Gift eines Drachen geschluckt hatte.

Nach diesem Zerstörungswerk war Arlian von Plünderern gefangen genommen und in die Sklaverei verkauft worden. Er hatte sieben Jahre in den Minen von Tiefgraben verbracht, bevor ein Aufseher, dem Arlian das Leben gerettet hatte, ihm aus Dankbarkeit zur Flucht verholfen hatte.

In der ersten Zeit nach seiner Flucht hatte Arlian nicht gewagt, seinen richtigen Namen zu benutzen, und sich verschiedene Namen zugelegt, bevor er schließlich, nach zahllosen Abenteuern in Westwacht und dem magischen Süden, als reicher Mann in Manfort angekommen war, wo er die Identität von Lord Obsidian angenommen hatte.

Als Junge hatte er geschworen, die Zerstörung seines Heimatdorfs und seine Versklavung zu rächen. Er hatte später außerdem geschworen, die Ermordung seiner Freundinnen in Westwacht und ihre Misshandlung in dem Bordell zu rächen, das dort unter dem Namen Haus der Fleischeszunft oder Haus der sechs Lords bekannt war.

Ein sadistischer Aufseher aus den Minen in Tiefgraben, ein junger Mann, den alle den Lampenlöscher nannten, stand ebenfalls auf Arlians Liste der Leute, die Strafe für ihre Verbrechen verdient hatten, aber er war seine geringste Sorge.

Arlian hatte seinen Racheschwur zum Teil in die Tat umgesetzt. Die meisten der Plünderer waren tot; die letzten beiden, Dolch und Zahn, waren schon vor langer Zeit aus Manfort verschwunden und womöglich ebenfalls tot.

Von den sechs Lords, die hinter den Gräueltaten in

Westwacht gesteckt hatten, waren vier durch Arlians Hand gefallen – drei Drachenherzen und Lord Kuruvan.

Die beiden anderen waren kleinere Übeltäter – Nagel hatte sich sogar für seine Handlungen entschuldigt und zwei der Frauen übergeben, die er in seinem Haushalt als Sklaven gehalten hatte, und Arlian hatte bereits gegen Toribor gekämpft und ihn verwundet – vor fast drei Monaten in einem nächtlichen Duell in den Straßen einer Stadt namens Korkbaum. Toribors Sklavinnen, Lara und Brooke, waren jetzt sicher unter der Plane von Arlians Wagen, zusammen mit Lady Reif und zwei aritheischen Magiern, und die Verfolgung ihres ehemaligen Herrn schien nicht besonders dringend zu sein. Und wie er dem Meuchelmörder schon erklärt hatte – Arlian hatte seine Rache erfüllt, zumindest im Moment und zumindest gegenüber den Männern und Frauen.

Aber dann waren da noch die Drachen – nicht nur jene drei, die Obsidian niedergebrannt und Arlians Familie massakriert hatten, sondern alle Drachen, die noch immer tief unter der Erde lebten und nur herauskamen, um nach Gutdünken zu töten und ganze Dörfer zu verbrennen. Arlian wollte sie alle vernichten.

Kein Mensch, so hieß es, hatte in der gesamten Geschichte der Menschheit je einen Drachen getötet – nicht in den alten Tagen, als die Drachen die Welt beherrschten, und auch nicht in der modernen Zeit, in der sich die Drachen in ihre Höhlen zurückgezogen und die Menschheit sich selbst überlassen hatten.

So hieß es – aber es stimmte nicht.

Arlian hatte einen Drachen getötet.

Zugegeben, es war ein neugeborener Drache gewesen, ein frisch geschlüpftes Jungtier, und obwohl er im Kampf fast gestorben wäre, hatte er diesen Drachen getötet.

Bis auf die Giftnarbe in seinem Gesicht waren seine Verletzungen aus diesem Kampf inzwischen geheilt – zumindest die Verletzungen seines Fleisches; er war nicht sicher, wie viel Schaden seine Seele genommen hatte. Er hatte in dieser Auseinandersetzung Dinge erfahren, die ihn zutiefst besorgten.

Er hatte außerdem Geheimnisse erfahren, die es ihm vielleicht eines Tages ermöglichen würden, die Drachen zu töten, die sein Heimatdorf zerstört und seine Familie abgeschlachtet hatten, so wie er das Jungtier getötet hatte – Geheimnisse, die ihm vielleicht sogar die völlige Ausrottung der Drachen gestatten würden –, aber es gab Komplikationen, sehr ernste Komplikationen.

Arlian wollte alles sorgfältig durchdenken, bevor er seinen Rachefeldzug fortsetzte – aber fortsetzen wollte er ihn auf jeden Fall.

Er konnte überall nachdenken, aber er zog es vor, dies in Manfort zu tun, dem Zentrum der Länder der Menschen, in seinem Heim, dem Alten Palast, einer weitläufigen Monstrosität, die der Großvater des derzeitigen Herzogs von Manfort aufgegeben hatte, weil sie zu teuer im Unterhalt war, die aber Lord Obsidian gekauft und restauriert hatte.

In Manfort lebten auch Lord Toribor und Nagel. In Manfort hatte Lord Enziet dem Herzog als erster Ratgeber gedient. In Manfort traf sich die Drachen-Gesellschaft, die zauberisch begabten geheimen Herren der Länder der Menschen – und die Mitglieder hatten geschworen, sich innerhalb der Mauern nicht gegenseitig zu töten. Wenn Arlian in einem anderen Ort unterschlüpfte, konnten seine Feinde in der Gesellschaft Meuchelmörder auf ihn ansetzen, aber nicht hier.

Außerdem lebten in Manfort auch seine potenziellen Verbündeten. Wenn er die Drachen auslöschen wollte, würde er mit Sicherheit viel Hilfe brauchen, und die Drachen-Gesellschaft – zumindest jene Mitglieder wie Lord Wither oder Lady Reif, die keinen Grund hatten, ihn zu hassen oder zu fürchten – schien eine geeignete Quelle für Hilfe zu sein.

Dennoch gab es Komplikationen.

Und in Manfort wartete ein Haushalt auf ihn – seine Diener und vier der Frauen, die er vor den sechs Lords gerettet hatte.

Er hielt natürlich keine Sklaven; nach seinen Jahren in den Minen konnte Arlian schwerlich Sklaverei in seinem Haus dulden. Seine vier Gäste waren jahrelang Bordellsklavinnen gewesen; man hatte ihnen die Füße amputiert, um jeden Fluchtversuch zu verhindern, aber er hatte sie befreit.

Er hatte jene vier befreit – aber es hätten mehr sein müssen. Arlian zog sich der Magen zusammen, als er an die arme Sweet dachte, die in seinen Armen gestorben war; an Sweets Freundin Möwe, deren Knochen noch immer in Lord Enziets Haus lagen; und an Diamant und Nerz, die Lord Drisheen aus purer Bosheit gehängt hatte, um zu verhindern, dass Arlian sie rettete.

Da waren die beiden im Wagen, Lara und Brooke, was insgesamt sechs machte, aber das Haus der sechs Lords hatte sechzehn Sklavinnen beherbergt. Arlian hatte zehn von ihnen nicht retten können.

In Gedanken versunken saß er da, während der Wagen langsam durch die Straßen rollte, und fiel dann in einen kurzen, unruhigen Schlummer. Er träumte von den Gesichtern der toten Frauen.

Er schreckte hoch, als der Wagen eine Kreuzung passierte und über einen Rinnstein rumpelte. Vor sich sah er die vertrauten Umrisse des Alten Palastes, eine schwarze Silhouette, die vor dem schwarzen Nachthimmel kaum zu erkennen war. Die Fenster waren dunkel, und keine Laterne hing am Tor oder im Vorhof.

»Wir sind fast da«, stellte er fest.

»Fast«, stimmte Black zu.

»Ich hoffe, jemand ist wach, um uns hineinzulassen.«

»Ich habe die Schlüssel«, sagte Black.

Arlian nickte. Er hätte damit rechnen müssen, sagte er sich; Black war immer vorbereitet. Ein überaus vorausschauender Mann; Arlian wusste, dass er sich glücklich schätzen konnte, einen derartigen Gefährten getroffen zu haben, und noch glücklicher, dass Black so lange bei ihm geblieben war.

Oh, er zahlte Black einen großzügigen Lohn, und Black war empfänglich für das übermenschliche Charisma eines Mannes, der das Herz des Drachen hatte, aber es war keine Frage, dass Black willensstark und vernünftig genug war, um zu gehen, wenn er dies wollte.

Dass er es nicht tat, schmeichelte Arlian ungemein. Er fragte sich manchmal, womit er eine derartige Ehre verdient hatte.

»Ich denke, wir nehmen die Seitenpforte«, schlug Black vor und riss Arlian aus seinen Gedanken. »Angesichts der späten Stunde ist es das Beste.«

»Natürlich«, bestätigte Arlian – doch wenn er gefahren wäre, hätte er in Anbetracht seines erschöpften Zustands den Weg durch das Haupttor genommen, ohne eine Sekunde darüber nachzudenken.

Black schnalzte mit der Zunge und zog an den Zügeln, und die Ochsen bogen in die zum Kücheneingang führende Gasse.

Einen Moment später kam der Wagen knarrend zum Halt, und Black sprang auf den Boden. »Du weckst die anderen«, sagte er. »Ich werde die Türen aufschließen und nachsehen, ob ein Feuer brennt.«

Arlian wollte seinem Haushofmeister schon hinterherspringen, als er es sich anders überlegte. »Natürlich«, sagte er, drehte sich um und duckte sich in das Wageninnere, wobei er dem Pfeil auswich, der noch immer in den Bodenbrettern steckte.

Die aritheischen Magier hatten sich auf einer Seite zusammengerollt, Lady Reif auf der anderen; und weiter hinten, auf dem Gepäck, das mit Kissen abgedeckt war, schliefen Lara und Brooke.

Es hatte keinen Sinn, die jungen Frauen zu wecken, bevor jemand kam, um sie ins Haus zu tragen; Arlian wandte sich zuerst den Magiern zu, Thirif und Shibiel. Er schüttelte sanft Thirifs Schulter.

Der Aritheier rührte sich, setzte sich auf und weckte dann seinen Gefährten, während Arlian seine Aufmerksamkeit Lady Reif zuwandte.

Reif erwachte sofort und blickte zu ihm auf.

»Wir sind im Alten Palast«, erklärte er. »Ihr könnt so lange bleiben, wie Ihr wollt, oder wir können Euch zu Eurem Haus bringen, sobald die anderen sicher im Palast sind.«

Reif warf den schlafenden Frauen und den Magiern einen Blick zu. »Ich bleibe heute Nacht hier«, sagte sie.

»Es ist fast Morgen«, erwiderte Arlian.

»Dann bleibe ich bis zum Morgen«, sagte Reif. Sie drehte sich, zog ihr Holzbein aus der Ecke, in der sie es verstaut hatte, und machte sich daran, es an den Stumpf ihres linken Beines zu schnallen.

»Gut«, meinte Arlian. Er wandte sich den anderen zu und stellte fest, dass sich Lara bereits regte. Offenbar hatten die Stimmen sie aus ihrem Schlaf gerissen.

Einen Moment später kehrte Black zurück und erklärte, dass die Seitenpforte offen war, das Küchenfeuer brannte und das Gesinde geweckt worden war. »Wollt Ihr frühstücken, mein Lord?«, fragte er.

Arlian blinzelte ihn an.

»Ich möchte schlafen«, sagte er. »Sorg dafür, dass mein Bett vorbereitet wird und für alle Schlafstellen zur Verfügung stehen. Alles andere kann warten.«

»Wie Ihr wollt, mein Lord«, sagte Black.

Arlian starrte ihn einen Moment an. Black war nach der monatelangen Reise, in der sie sich wie Gleiche verhalten hatten, wieder in seine formelle Rolle als Haushofmeister geschlüpft; Arlian in seinem erschöpften Zustand konnte sich nicht so schnell umstellen. »Lass uns die Frauen holen«, befahl er mit einem Wink zu Lara und Brooke.

Black nickte.

Alle waren jetzt wach, und die Aritheier halfen dabei, Lara und Brooke aus dem Wagen zu schaffen.

Brooke starrte den Pfeil an, sagte aber nichts. Die anderen schienen ihn nicht zu bemerken. Arlian vermutete, dass Reif schon früher erwacht war und zumindest einen Teil ihrer Konfrontation mit Drisheens Meuchelmörder mitbekommen und den Pfeil bereits gesehen hatte.

»Wir sind schon da?«, fragte Lara verschlafen, als Black sie hochhob und sich zur Seitenpforte wandte. »Ich werde wirklich Lily und Kitty und Hasty und Musk wieder sehen?«

»Das wirst du in der Tat«, versicherte Black.

Sie lächelte glücklich. »Das ist wundervoll! Was kann ich sonst noch verlangen?«

»Füße«, sagte Brooke mürrisch, als Arlian sie in seine Arme nahm und die Stümpfe ihrer Fußknöchel in der Luft schaukelten.

Und nach dieser Bemerkung betrat Lord Obsidian sein Haus.

3
Ein unerwartetes Vermächtnis

Arlian erwachte mit dem seltsamen Eindruck, dass er gehustet hatte. Aber seine Kehle fühlte sich völlig normal an. Er blickte hinauf zu den Gipsnymphen an der trüb erleuchteten Decke.

»Ähem.«

Das erklärte es, dämmerte ihm. Er hatte nicht gehustet; jemand anders hatte es getan, um ihn zu wecken. Er hob seinen Kopf.

Er stellte sofort fest, dass das Dämmerlicht in seinem Gemach die Folge der zugezogenen Vorhänge war. Durch die schmale Lücke zwischen ihnen fiel ein strahlend goldener Sonnenstrahl in einem steilen Winkel zum anderen Ende des Zimmers.

Arlian vermutete, dass es ungefähr Mittag war.

Es war gut, wieder zu Hause zu sein, dachte er, wo er den Morgen in einem richtigen Bett verschlafen konnte, ohne von Gastwirten oder den Beschwerlichkeiten der Reise gestört zu werden. Er streckte sich unter der Decke und genoss das Gefühl und den Duft der feinen Leinenlaken, um sich dann nach der Quelle des Hustens umzuschauen.

Der alte Venlin, Arlians Kammerdiener, stand an der Seite des Bettes und vermied es, seinen Herrn und Meister anzusehen.

»Guten Morgen, Venlin«, sagte Arlian. »Natürlich vorausgesetzt, dass es noch immer Morgen ist.«

»Es ist, mein Lord«, erklärte Venlin, »obwohl in etwa einer Stunde die Sonne ihren Zenit überschreiten wird.«

»Dann ist es Zeit für mich, aufzustehen und mich an mein Tagewerk zu machen, meinst du nicht auch?«

»Es gebührt mir nicht, Euch Anweisungen zu geben, mein Lord«, sagte Venlin.

»Natürlich«, seufzte Arlian, schlug die Decke und Tagesdecke zur Seite und schwang die nackten Füße aus dem Bett. »Dennoch kannst du mir ruhig deine Meinung sagen, wenn ich dich darum bitte. Und im Moment kannst du mir außerdem meine Robe bringen.«

»Wie Ihr wünscht, mein Lord«, sagte Venlin und trat zum Kleiderschrank. »Falls Euch meine Meinung in der Tat willkommen ist, dürfte ich vielleicht vorschlagen, dass Ihr Euch unverzüglich ankleidet? Ein Besucher wartet auf Euch.«

»Ah!« Arlian lächelte, als er nur mit seinem Hemd bekleidet aufstand. »Deshalb bist du hier an meinem Bett. Ich dachte schon, das Küchengesinde wäre es leid, mein Frühstück warm zu halten. Wer ist es? Lord Wither?« Horn hatte gesagt, dass Wither warten würde, bis sich Arlian von seiner Reise erholt hatte, was mindestens ein oder zwei Tage dauern würde, aber Arlian nahm an, dass Wither ungeduldig geworden war.

»Nein, mein Lord.«

»Oh? Dann ist es vielleicht einer unserer unglückseligen weiblichen Gäste?«

»Nein, mein Lord – Euer Haushofmeister hat ihnen erklärt, dass Ihr nach Eurer Reise Ruhe braucht, und sie werden warten, bis Ihr sie ruft. Euer Besucher ist ein Herr, der behauptet, Lord Enziet zu vertreten.«

Arlians Lächeln und gute Laune verschwanden; einen albtraumhaften Moment lang glaubte er, dass er die lange Reise nach Süden entlang der Karawanenstraße und die Verfolgung seiner Feinde nur geträumt, dass er sich jenen erbitterten Entscheidungskampf mit Lord Enziet, auch als Lord Dragon bekannt, eingebildet hatte ...

Aber er konnte die Narbe an seiner Wange spüren, konnte sich an alles weit deutlicher erinnern, als es nach einem Traum möglich gewesen wäre, und er wusste, dass Enziet wirklich tot war.

Aber die Leute von Manfort und Enziets Bedienstete wussten es vielleicht noch nicht. Und selbst wenn, hatten sie vielleicht noch posthume Aufträge, so wie Drisheens gedungener Meuchelmörder.

Er glaubte nicht, dass Enziet Meuchelmörder gedungen hatte – so etwas hatte er gewiss Drisheen überlassen. Wahrscheinlich handelte es sich bei diesem Besucher um einen Diener Enziets, der einen vor langer Zeit erteilten Auftrag erledigen oder von Arlian erfahren wollte, was aus Enziet geworden war. Was auch immer er wollte, Arlian schwante nichts Gutes.

Die Nachricht von Arlians Rückkehr musste sich in Windeseile herumgesprochen haben, weit schneller, als er erwartet hatte, wenn jemand aus Enziets Haushalt bereits davon gehört hatte und gekommen war, um mit ihm zu sprechen. Vielleicht hatte Drisheens Meuchelmörder – Arlian wünschte, er hätte sich den Namen des Bogenschützen geben lassen – die Neuigkeit verbreitet.

»Ich werde ihn in zehn Minuten im kleinen Salon empfangen«, erklärte Arlian und trat zu seinem Kleiderschrank. »Vergiss die Robe; ich werde mich allein anziehen.«

Venlin verbeugte sich und verließ das Zimmer.

Dieses Treffen mit dem Beauftragten des toten Mannes schien eine gewisse Formalität zu verlangen, so dass es in Wirklichkeit fast zwanzig Minuten dauerte, bevor Arlian den kleinen Salon betrat, gewaschen und gekämmt, in sein bestes Gewand aus schwarzem Samt gekleidet. Weste und Jacke waren mit weißer Spitze besetzt, und darunter trug er ein weißes Seidenhemd.

Vor der Tür des Salons war er zwei seiner Diener begegnet, einer Frau namens Stammel und einem Jungen namens Wolt, die offenbar das Gespräch mithören wollten; er tat so, als hätte er ihre Gegenwart nicht bemerkt. Er bezweifelte, dass irgendetwas von dem Gesagten von Bedeutung war, und er konnte sie noch immer fortscheuchen, wenn es nötig sein sollte.

Im Salon warteten zwei Männer auf ihn. Einer war natürlich Black in der weiß gestreiften schwarzen Livree des Haushalts. Der andere war ein dünner, grauhaariger Mann, den Arlian noch nie gesehen hatte, ebenfalls in Schwarz gekleidet. Sein Mantel war allerdings mit Gold besetzt, nicht mit weißer Spitze.

Arlian kannte diese Farben, und nach einer Sekunde erkannte er auch das Gesicht – dies war Enziets Haushofmeister.

Er hatte einen einfachen Boten erwartet, nicht das Oberhaupt von Enziets Bediensteten.

Arlian blieb abrupt stehen.

Enziets Haushofmeister verbeugte sich und sagte: »Mein Lord Obsidian.«

»Guten Tag«, sagte Arlian. »Ich hörte, du wünschst mich zu sprechen.« Er wählte einen formellen, aber nicht offen feindseligen Ton; schließlich war dieser Mann bloß ein Lakai.

»In der Tat, mein Lord. Ich bin auf Anweisung von Lord Enziet hier – der, wie man mir berichtete, tot ist.« Er sah Black an.

»Er ist es«, bestätigte Arlian. »Ich habe gesehen, wie er sich im Dienste dunkler Zauberei seinen Schwertbrecher in die Brust rammte und sich selbst das Herz herausriss.«

Der Haushofmeister schluckte. »Ah«, machte er.

»Demnach hast du gedacht, ich hätte ihn getötet?«, fragte Arlian sanft. »Wir haben miteinander gekämpft, ja, aber am Ende hat ihn seine eigene Klinge niedergestreckt.« Dies war zwar richtig, führte aber in die Irre; Arlian hatte nicht die Absicht, die wahren Umstände von Enziets Ableben zu erklären. Er wollte keine Vergeltung heraufbeschwören.

Er wünschte auch abstreiten zu können, dass er Lord Drisheen getötet hatte, aber schließlich gab es dafür mehrere Zeugen. Und natürlich hatte Lord Drisheen seinen eigenen Vergeltungsversuch arrangiert.

»Die Umstände seines Todes sind für mich nicht weiter von Bedeutung, mein Lord«, erwiderte Enziets Haushofmeister. »Wichtig ist nur, dass er tot ist.«

»Er starb in einer Höhle jenseits der Ödnis«, bestätigte Arlian. »Ich war, wie ich schon gesagt habe, Zeuge seines Todes, und mein Mann Black hat die Leiche ebenfalls gesehen und kann bestätigen, dass das Herz herausgerissen wurde und dass Lord Enziet nicht mehr unter uns weilt.«

Der Haushofmeister nickte. »Wir hatten Grund zu der Annahme, dass mein Lord Enziet vor einiger Zeit starb«, sagte er. »Wir erfuhren es mittels Zauberei.«

»Das überrascht mich nicht«, meinte Arlian. »Lord Enziet war ein mächtiger Zauberer.«

»Ja.« Die Antwort des Haushofmeisters war eine nüchterne Bestätigung von Arlians Erklärung und verriet weder Überraschung noch Schmeichelei oder Missfallen.

»Und warum führt dich dies hierher?«, fragte Arlian. »Hat dein Herr eine Botschaft für mich hinterlassen, die mir nach meiner Rückkehr übergeben werden soll? Eine Drohung vielleicht oder ein Fluch?«

Ihm kam der Gedanke, dass genug Zeit gewesen war, ihm eine Botschaft zu übermitteln, bevor er Manfort verlassen hatte, um Lord Enziet zu verfolgen; er hatte sich nicht sofort an die Fersen des Mannes geheftet, sondern ein paar Tage gewartet. Was auch immer diesen Mann hergeführt haben mochte, es musste eine Folge von Enziets Tod sein.

»Ein Fluch? Im Gegenteil«, erklärte der Haushofmeister. »Als Lord Enziet seine Abreise vorbereitete, fragte ich ihn, wann mit seiner Rückkehr zu rechnen wäre, und er sagte, er wüsste es nicht, und erklärte den Zauber, der uns wissen lassen würde, ob er noch immer am Leben wäre. Ich fragte, was wir tun sollten, wenn er nicht zurückkehren würde, und er sagte diese Worte: ›Wenn ich sterbe und Obsidian lebt, dann soll es sein Problem sein.‹«

Arlian runzelte die Stirn, aber bevor er etwas sagen

konnte, fuhr der Haushofmeister fort: »Ich bat ihn, dies genauer zu erklären, und er tat es. Mein Lord Obsidian, Lord Enziet hat Euch zum Alleinerben seines gesamten Besitzes eingesetzt.«

»Er ...« Arlian verstummte nach diesem einen Wort und schloss den Mund. Er starrte den Haushofmeister an.

Doch während er starrte, dachte er an das, was der Mann gesagt hatte, und ihm wurde klar, dass diese Handlungsweise typisch für Enziet war. Arlian war sein erbittertster Feind gewesen, gewiss – zumindest sein erbittertster menschlicher Feind –, aber Enziet hatte nicht zu Zorn oder Hass geneigt. Seine Leidenschaften waren weitaus kälter gewesen, kalt und berechnend wie ein Drache, und jede menschliche Wärme war schon vor langer Zeit in ihm gestorben.

Enziet konnte schließlich keinen natürlichen Erben haben. Sein Blut und Herz waren vom Gift eines Drachen verseucht, und er hatte seit fast eintausend Jahren gelebt; jede Familie, die er einst gehabt haben mochte, war längst tot. Und während das Gift langes Leben und Immunität gegen Gift und Krankheiten schenkte, war eine andere Nebenwirkung Sterilität – in den letzten Jahrhunderten hatte Enziet keine Kinder zeugen können.

Er hatte auch keine Freunde und Kollegen gehabt, denen er genug vertraute, um seine Nachfolge anzutreten. Die wenigen Kameraden, die er halbwegs als Gleichrangige angesehen hatte, waren alles uralte Drachenherzen wie er selbst gewesen, kalt und verräterisch – und sein engster Gefährte, Lord Drisheen, hatte ihn auf seiner letzten Reise begleitet und war in einem Gasthof in Korkbaum von Arlians Klinge niedergestreckt worden.

Arlian hatte in einem Duell vor den Toren von Manfort Lord Horim erschlagen, der von Enziet bei Duellen als Stellvertreter benutzt worden war. Später hatte er Lord Toribor schwer verwundet, einen weiteren von Enziets ehemaligen Gefährten. Enziet konnte sich nicht darauf verlassen haben, dass einer von seinen Freunden Arlians Rachedurst überlebte, vom Herzog von Manfort vielleicht abgesehen, und Enziet war schwerlich närrisch genug gewesen, sich auf den Herzog zu verlassen.

Und Arlian konnte sich durchaus vorstellen, dass Enziet in seinem Mörder seinen einzigen gleichrangigen Gegner sah. Dies war seine Denkweise gewesen. Enziet hatte bestimmt auch nicht geglaubt, dass er ihm einen Gefallen tat, indem er ihn als Erbe einsetzte. Er wusste, dass Arlian reich genug war.

Die einzige Frage war hier, was – von Reichtümern abgesehen – zu Enziets Vermächtnis gehörte. Drisheens Vermächtnis hatte aus einem nicht sonderlich begabten Meuchelmörder bestanden; Enziets Erbe konnte sich, auch wenn es weitaus wohlwollender zu sein schien, zweifellos als noch gefährlicher erweisen.

»Als Alleinerbe seines gesamten Besitzes, sagtest du?«, fragte Arlian.

»So ist es, mein Lord«, bestätigte der Haushofmeister mit einer Verbeugung.

»Weißt du, was er damit gemeint hat?«

Der Haushofmeister zögerte und sagte dann: »Ich nahm an, dass er genau das meinte, was er sagte, mein Lord – dass Ihr jetzt der Herr all seiner Unternehmen seid, gleich welcher Art, und dass seine Anwesen und alles, was sich auf ihnen befindet, nun Euch gehören und Ihr nach Belieben damit verfahren könnt. Aus diesem Grund stelle ich mich in Euren Dienst, mein Lord.«

»Ich habe bereits einen Haushofmeister«, erklärte Arlian mit einer Handbewegung zu Black. »Doch sage mir – denkst du, dass Lord Enziet wollte, dass ich auch seine Verpflichtungen übernehme?«

Der Haushofmeister warf Black einen unbehaglichen Blick zu, bevor er antwortete. »Mir ist nicht bekannt, dass mein früherer Herr irgendwelche bedeutenden Verpflichtungen hatte, mein Lord.«

Arlian verzog die Lippen zu einem schiefen Lächeln. »Oh, er hatte Verpflichtungen, gewiss. Und Schwüre und Geheimnisse. Und ich bin mir nicht ganz sicher, ob ich genug von diesen Geheimnissen kenne, um die Verpflichtungen einzuhalten.«

»Ich verstehe nicht, mein Lord.«

»Natürlich tust du das nicht«, sagte Arlian. »Ich weiß nicht einmal, ob ich alles verstehe.« Er deutete auf einen Sessel. »Setz dich«, befahl er. »Ich muss nachdenken, und es gibt keinen Grund, währenddessen unsere Füße zu ermüden.«

Enziets Haushofmeister – Arlian dämmerte, dass er nicht einmal den Namen des Mannes kannte – verbeugte sich, gehorchte dann und sank in einen Sessel aus vergoldeter Eiche und Leder. Arlian ließ sich auf einem der blauen Seidensofas nieder, und Black nahm auf dem anderen Platz.

Black räusperte sich, und Arlian sah ihn an.

»Mein Lord«, sagte er. »Beabsichtigt Ihr, dieses Erbe anzunehmen?«

»Natürlich«, sagte Arlian und lehnte sich auf dem Sofa zurück.

»Ist Euch der Gedanke gekommen, dass Lord Enziet vielleicht irgendeinen kunstvollen Racheplan ausgeheckt hat? Eine Todesfalle vielleicht, die zuschlägt, wenn Ihr seine Privatgemächer betretet, oder irgendein subtiles Gift, mit dem seine persönlichen Aufzeichnungen präpariert sind?«

»Eine interessante Vermutung«, sagte Arlian mit einem Blick zu Enziets Haushofmeister, »vor allem im Licht gewisser Ereignisse, die sich gestern Nacht abgespielt haben.«

»Ich kann Euch versichern, mein Lord, dass ...«

Arlian brachte ihn mit erhobener Hand zum Schweigen.

»Ich bin mir sicher, dass du von derartigen Fallen nichts weißt«, sagte Arlian. »Außerdem halte ich es für sehr unwahrscheinlich, dass es welche gibt. Lord Enziet wollte mich auf viel direktere Weise beseitigen und war viel zu pragmatisch, um sich mit irgendwelchen komplizierten Racheplänen abzugeben – zumindest mit Racheplänen, deren Ziel es ist, mich einfach zu töten; er war nicht so schlicht wie Lord Drisheen. Ich glaube aber, dass Enziet durchaus ein ästhetisches Vergnügen daran hatte, mich zum Erben seiner Probleme zu machen.«

»Ari ...«, begann Black, aber Arlian schnitt ihm das Wort ab.

»Es mag Fallen geben. Es mag sogar Meuchelmörder geben. Wir müssen sehr vorsichtig sein. Allerdings halte ich es für unwahrscheinlich. Enziet erwartete, dass ich sterben und er leben würde. Er hätte in diesem Fall nach seiner Rückkehr die Fallen entschärfen oder die gedungenen Mörder auszahlen müssen, eine Unbequemlichkeit, die er sich meiner Meinung nach ersparen wollte. Weiterhin ist Lord Enziet überstürzt abgereist, wie du dich vielleicht erinnerst, lieber Black; ich glaube nicht, dass er Zeit gehabt hat, irgendetwas auszuhecken.«

»Er war in großer Eile«, bestätigte Enziets Haushofmeister.

Arlian nickte, und die drei Männer schwiegen einen Moment und überdachten die Situation. Dann fragte Arlian: »Sag mir, gehören Sklaven zu Lord Enziets Vermächtnis?«

»Natürlich«, sagte der Haushofmeister. »Ich glaube, es gibt acht hier in der Stadt und Hunderte auf seinen Landgütern.«

»Sie sollen alle sofort freigelassen werden.«

Der Haushofmeister öffnete den Mund und schloss ihn dann wieder. »Wie Ihr befehlt«, murmelte er.

»Bist du einer von ihnen?«, fragte Black.

Der Haushofmeister zögerte und sagte dann: »Lord Enziet schenkte mir schon vor einiger Zeit die Freiheit.«

»Ah. Du warst also einmal ein Sklave«, stellte Black fest.

»Dann verstehst du vielleicht meinen Abscheu vor dieser Institution«, sagte Arlian.

Der Haushofmeister antwortete mit einer zweideutigen Geste, die nicht ganz ein Nicken, nicht ganz ein Schulterzucken war.

»Ob du es nun verstehst oder nicht, als Enziets Erbe bin ich nun dein Dienstherr, nicht wahr?«

»Wenn Ihr mich haben wollt, mein Lord.«

»Du möchtest bleiben? Du weißt, dass ich bereits einen

Haushofmeister habe, mit dem ich sehr zufrieden bin, und dass du mir lediglich als Kammerherr dienen kannst?«

»Das weiß ich, mein Lord.«

»Dann führe meinen Befehl aus. Jeder Sklave wird umgehend freigelassen. Außerdem sollen ihnen Anstellungen als freie Männer und Frauen angeboten werden, ohne dass ihre Entscheidung, diese Stellen anzunehmen oder abzulehnen, in irgendeiner Form beeinflusst wird.«

»Wie Ihr befehlt, mein Lord«, sagte der Haushofmeister und neigte den Kopf.

Arlian hatte nicht den Eindruck, dass der Mann den Befehl für eine gute Idee hielt, aber zumindest schien er zu akzeptieren, dass Arlian es ernst meinte.

»Wie heißt du?«, fragte Arlian.

»Ferrezin, mein Lord.«

»Gut. Sobald die Sache mit den Sklaven erledigt ist, brauche ich eine Aufstellung meines Erbes.«

»Ich werde dafür sorgen.«

Arlian kam ein Gedanke. »Wenn die Zeit es erlaubt, möchte ich auch wissen, wer der Erbe von Lord Drisheen ist.«

Ferrezin blickte auf. »Dann ist Lord Drisheen ...«

»... ebenfalls tot«, beendete Arlian den Satz. »Ich habe ihn getötet.«

Es hatte keinen Sinn, die Tatsache zu leugnen, da es mehrere Zeugen gegeben hatte. »Er brachte mir nicht so freundliche Gefühle entgegen wie dein verstorbener Herr; wir sind bereits auf einen Meuchelmörder gestoßen, den er vor seiner Abreise gedungen hat.«

Ferrezin nickte. »Ich habe entsprechende Gerüchte gehört. Ich werde mich nach seinen Erben erkundigen, mein Lord.«

»Ausgezeichnet. Gibt es noch etwas, das du mir sagen möchtest?«

Ferrezin dachte einen Moment nach. »Ich habe keine weiteren Anweisungen«, erklärte er. »Aber ich würde gern wissen, wann Lord Obsidian seine neuen Anwesen in Manfort und anderswo besuchen wird.«

»Ich glaube, ich werde morgen Nachmittag zu Lord Enziets Herrenhaus kommen. Ich nehme an, dass zu diesem Zeitpunkt eine vorläufige Fassung dieser Erbschaftsliste fertig sein wird.«

»Sehr wohl, mein Lord.« Ferrezin stand auf und verbeugte sich.

»Black wird dich zur Tür bringen«, sagte Arlian und erhob sich ebenfalls. Das würde den beiden Männern Gelegenheit geben, sich von Haushofmeister zu Haushofmeister zu unterhalten und Dinge zu sagen, die nicht für das Ohr ihres Herrn bestimmt waren – und er würde so Zeit zum Nachdenken haben.

Ferrezin verbeugte sich erneut, straffte sich dann und machte auf dem Absatz kehrt. Er und Black verließen den Salon, und Arlian blickte ihnen nach.

Er war also Lord Enziets Erbe – und zwar in mehr als einer Hinsicht, auf eine Weise, die sich Ferrezin nicht einmal erträumen konnte.

In dieser Höhle jenseits der Ödnis, tief im Süden und weit von den Mauern von Manfort entfernt, hatte er ein Geheimnis erfahren, das Enziet jahrhundertelang gehütet hatte – und auch andere Geheimnisse. Dieses erste große

Geheimnis war eine Last und ein Machtmittel, und auf der langen Reise nach Norden, während seine Wunden verheilten und er und seine Gefährten sich langsam Manfort näherten, hatte er oft daran gedacht. Doch jetzt schien die Neuigkeit, dass er sowohl Enziets Besitztümer als auch sein Wissen geerbt hatte, neue Klarheit zu bringen.

Das Geheimnis war recht einfach – es betraf die Art, wie sich die Drachen vermehrten, die einstigen Herrscher über einen Großteil der Welt, die jetzt in ihren Höhlen unter der Erde schliefen.

Enziet hatte dieses Geheimnis gekannt, und mit seiner Hilfe hatte er vor Jahrhunderten die Drachen gezwungen, die Länder der Menschen zu verlassen. Er hatte den Kriegen zwischen den Menschen und Drachen ein Ende gemacht, indem er zusammen mit den Drachen einen Schwur geleistet hatte – wenn sie aus den Ländern der Menschen verschwanden und ihn am Leben ließen, würde er ihnen erlauben zu leben und sich zu vermehren und ihr Geheimnis bewahren.

Enziet hatte seinen Teil der Abmachung bis zu dem Moment seines Todes gehalten, als Arlian alles klar geworden war.

Drachen vermehrten sich, indem sie Menschen mit ihrem Gift, gemischt mit menschlichem Blut, verseuchten. Das Elixier, das jedem Normalsterblichen, der es trank, das »Herz des Drachen« schenkte – so wie es Arlian ergangen war, als er unter dem blutenden, giftgetränkten Leichnam seines Großvaters eingeklemmt gewesen war –, hatte noch andere Wirkungen, von denen niemand etwas ahnte.

Jedes Mitglied der Drachen-Gesellschaft wusste, dass

ein Drachenherz immun gegen Krankheiten war und Jahrhunderte lebte – und während dieses verlängerten Lebens entfernte er sich immer mehr von der Menschheit, wurde mehr und mehr zu einem Drachen. Das Blut eines Drachenherzen war unmenschlich, für normale Menschen giftig, und wurde im Lauf der Zeit immer giftiger. Sie wussten auch dies.

Allerdings wussten sie nicht, dass nach etwa eintausend Jahren dieses vergiftete Blut zu einem Drachen wurde und aus seiner menschlichen Schale schlüpfte.

Arlian hatte den Drachen gesehen, der aus Enziets Herz entsprungen war, hatte Enziets Geist hinter seinen Augen gesehen – und er hatte ihn getötet, dort in den Höhlen jenseits der Ödnis.

Dies war das zweite große Geheimnis, jenes, das Enziet mehr erahnt als gewusst hatte. Arlian hatte sein ganzes Leben lang gehört, dass kein Mensch je einen Drachen getötet hatte; er wusste nicht, ob dies auf die Zeit vor Enziets Tod zutraf, aber es stimmte nicht mehr. Er hatte vollbracht, was nicht einmal Enziet gelungen war.

Drachen waren die Inkarnation von Feuer und Dunkelheit, immun gegen alle Waffen aus Holz oder Stahl – aber Obsidian, das vulkanische Glas, nach dem man Arlians Heimatdorf benannt hatte, war aus Feuer und Dunkelheit geborener Stein und konnte das Fleisch eines Drachen durchdringen. Enziet hatte einen Obsidiandolch hergestellt, und Arlian hatte ihn gefunden und mit ihm den Drachen getötet, zu dem Enziet geworden war.

Dies waren die beiden großen Geheimnisse der Drachen, die Arlian kannte – wie sie geboren wurden und wie man sie töten konnte. Dies war Enziets wahres Vermächtnis, weitaus wertvoller als sein Haus oder seine Ländereien.

Als die Drachen das Dorf Obsidian zerstört und Arlians Familie massakriert hatten, hatte er geschworen, die Drachen zu vernichten oder bei dem Versuch zu sterben. Seit Jahren sagte ihm jeder, der von diesem Schwur erfuhr, dass er verrückt war.

Arlian hielt es für durchaus möglich, dass er verrückt war – es stand außer Frage, dass er Dinge erlebt hatte, die einen Mann in den Wahnsinn treiben konnten –, aber dank Enziet sah er auch, dass er tatsächlich eine Chance hatte, die Drachen ein für alle Mal zu vernichten. Theoretisch konnte er sie in ihren Höhlen tief in der Erde aufspüren und sie im Schlaf töten – mit Obsidianwaffen sollte es gelingen, wie er hoffte.

Er konnte dessen nicht sicher sein, solange er es nicht versuchte, aber eine Obsidianklinge, ins Herz gerammt, hatte genügt, um einen neugeborenen Drachen zu töten, und er konnte nur hoffen, dass diese Verwundbarkeit bestehen blieb, wenn sie älter wurden.

Die Suche nach ihren unterirdischen Höhlen würde eine Herausforderung sein, aber er hielt es für machbar – indem er Gerüchten folgte und Zauberei einsetzte, würde es ihm irgendwie gelingen, die Drachen aufzuspüren.

Außerdem konnte er, wenn er die existierenden Drachen gefunden und getötet hatte, die gesamte Rasse der Drachen vollständig ausrotten und die Menschheit vor ihrer Wiederkehr bewahren, indem er alle Drachenherzen in den Ländern der Menschen vernichtete.

Natürlich war er einer dieser Drachenherzen, ebenso wie

seine Freundin Reif und all die anderen Mitglieder der Drachen-Gesellschaft.

Es gab vielleicht eine Möglichkeit, sie von der Drachenkrankheit zu heilen, sie mit Zauberei oder anderen Mitteln wieder in normalsterbliche Männer und Frauen zu verwandeln, so dass sie nicht die grausige Verwandlung durchliefen wie Enziet –, aber vielleicht gab es diese Möglichkeit auch nicht, und wenn Arlian kein Heilmittel finden konnte, würde er sie alle töten und seinen Feldzug beenden müssen, indem er Selbstmord beging.

Die Tötung der gesamten Gesellschaft würde sorgfältige Planung und wahrscheinlich Verrat erfordern, da er geschworen hatte, keines der anderen Mitglieder der Gesellschaft innerhalb der Mauern von Manfort zu töten. Er würde diese Angelegenheit also auf später verschieben müssen; er würde anfangen, indem er die Drachen jagte und zur Strecke brachte. Das allein war schon eine entmutigende Herausforderung.

Falls er sie überlebte und die Jagd erfolgreich zu Ende brachte und die Drachen ausgerottet waren – und nur dann –, würde er seine Aufmerksamkeit der Gesellschaft zuwenden.

Nur wenn er sicher war, dass er alle anderen ausgelöscht hatte, würde er sich das Leben nehmen.

Dies würde viel Zeit kosten, aber schließlich gab es keinen Grund zur Eile. Ihm blieben noch tausend Jahre oder mehr.

4
Haushaltsangelegenheiten

Als Ferrezin gegangen war, machte sich Arlian daran, den normalen Betrieb des Alten Palastes wiederherzustellen. Er wartete, bis Black Ferrezin nach draußen geleitet hatte, und befragte ihn dann über den Zustand des Gesindes. Als Haushofmeister war Black für den ungestörten Ablauf des Haushalts verantwortlich, und obwohl Black genau wie er nach monatelanger Abwesenheit erst vor kurzem zurückgekehrt war, war Arlian überzeugt, dass er früher aufgestanden war und sich seinen Aufgaben gewidmet hatte.

Arlians Annahme war richtig.

»Ich habe noch nicht mit allen gesprochen«, sagte er, »aber Stammel hat mir versichert, dass die Speisekammern und Vorratskeller gut gefüllt und die Öfen und das Kochgeschirr in gutem Zustand sind.«

Stammel war eine junge Witwe, die Arlian eingestellt hatte, nachdem ihr Mann an Fieber gestorben war; der Verblichene, Decker, war einer der Plünderer gewesen, die Enziet zu den Ruinen von Arlians Dorf geführt hatte, aber Arlian gab Stammel keine Schuld an den Verbrechen ihres Gemahls. Sie hatte sich als treu und tüchtig erwiesen und führte ihm jetzt die Küche.

»Venlin berichtet, dass die Kutsche fahrbereit ist und die Pferde gesund sind«, fuhr Black fort. »Die Wachen sind alle auf ihren Posten.«

Arlian nickte.

»Hasty scheint die Aufsicht über die Dienstmädchen übernommen zu haben. Das Haus macht einen sauberen Eindruck, aber mehr kann ich nicht sagen.«

Das war keine Überraschung; Hasty war keine Frau, von der man kurze, bündige Berichte erwarten konnte. Sie war keine Dienerin, sondern ein Gast – eine der ehemaligen Bewohnerinnen des Hauses der Fleischeszunft, der man die Füße amputiert hatte, um sie an der Flucht zu hindern. Als das Haus niedergebrannt worden war, hatte Lord Kuruvan, der einzige Normalsterbliche unter den sechs Besitzern, Hasty und eine andere Frau, Kitty, mitgenommen.

Arlian hatte sich mit Lord Kuruvan duelliert, gesiegt und die beiden Frauen befreit. Allerdings trug Hasty das ungeborene Kind des verstorbenen Lord Kuruvan unter ihrem Herzen – und es konnte jetzt nicht mehr lange dauern, bis es zur Welt kam. Arlian fühlte sich für das Kind verantwortlich, da er seinen Vater getötet hatte.

»Hasty – ist ihr Kind schon geboren?«, fragte Arlian.

»Noch nicht.«

»Ich sollte sie besuchen.«

»Ja, das solltest du«, stimmte Black zu. »Du solltest außerdem bei der ersten Gelegenheit mit Qulu und Isein sprechen.«

Qulu und Isein waren zwei der drei aritheischen Magier in Arlians Gefolge; die dritte Magierin, Shibiel, hatte Arlian in die Ödnis begleitet und demnach nichts zu berichten.

Doch Qulu und Isein hatten die Aufsicht über den Handel mit magischen Utensilien gehabt, der die Basis von Lord Obsidians ungeheurem Vermögen war. Arlian war der erste Mensch in Jahrzehnten gewesen, der die gefährliche Reise über die Träumenden Berge nach Arithei gewagt und die Handelsverbindung zwischen diesem mysteriösen Reich, wo überall wilde Magie wirkte, und den Ländern der Menschen wieder hergestellt hatte, wo Magie selten und teuer war. Er hatte drei Wagenladungen magischer Utensilien mitgebracht, aber da er selbst kein Magier war, hatte er Qulu, Isein und Shibiel eingestellt, um diese Utensilien zu benutzen und zu verkaufen.

»Natürlich. Hast du mit ihnen gesprochen?«

»Zu meinem Verantwortungsbereich gehören der Haushalt und deine Person, Ari; deine geschäftlichen Unternehmungen gehen mich nichts an.«

»Nun, heißt das, sie wollten nicht mit dir reden, oder hast du bis jetzt nur keine Zeit gehabt, sie aufzusuchen?«

»Es bedeutet, dass ich diese Angelegenheit Thirif und Shibiel überlassen habe, die ich beim Frühstück traf, und Thirif erzählte mir später, dass Qulu und Isein froh über deine Rückkehr sind und einige Dinge mit dir besprechen möchten.«

»Sehr gut.« Arlian lächelte. Thirif gehörte eigentlich nicht zu Arlians Gesinde, hatte aber nichtsdestotrotz an der Verfolgung von Lord Enziet teilgenommen und sich als unschätzbare Hilfe erwiesen. »Ist Reif noch hier?«

»Lady Reif hat den Palast vor etwa einer Stunde verlassen und ist zu ihrem Anwesen zurückgekehrt. Ich soll dir ausrichten, dass sie in der nächsten Zeit sehr beschäftigt sein wird und sich um die Angelegenheiten kümmern muss, die während ihrer Abwesenheit zu kurz gekommen sind.«

Dies war keine große Überraschung, aber Arlian hätte Reif gerne verabschiedet und ihr für ihre Hilfe gedankt – und sie gefragt, ob sie während des Zwischenfalls auf dem Platz vor dem Tor wirklich wach gewesen war.

Aber nachdem sie monatelang auf engstem Raum zusammengelebt hatten, hatte sie wahrscheinlich keine Zeit verschwenden wollen, ein wenig Raum zwischen sich und Arlian zu bringen. Wenn dem so war, konnte er ihr schwerlich einen Vorwurf machen. Der Wagen hätte wenig Platz geboten.

»Und was gibt es sonst noch?«

Die beiden gingen schnell die anderen Haushaltsangelegenheiten durch, um die sich Black nur zum Teil hatte kümmern können. Als sie damit fertig waren, zögerte Arlian. Er wollte die Gäste sehen, die er zurückgelassen hatte – Hasty, Kitty, Lily und Musk. Er wollte sich außerdem vergewissern, dass Lara und Brooke gut untergebracht waren.

Aber die Geschäfte – in Gestalt von Isein und Qulu – waren wichtiger. Er überließ es Black, sich um die anderen Angelegenheiten zu kümmern, und lenkte seine Schritte zu dem Flügel, in dem sich früher, als der Alte Palast der Sitz der Regierung der Stadt Manfort gewesen war, das herzogliche Schatzamt befunden hatte. Arlian hatte in diesem Flügel seine eigenen Unternehmen untergebracht.

Er fand Isein und Shibiel im alten Anhörungsraum des Steuereintreibers vor, wo sie sich leise in ihrer Muttersprache unterhielten; sie blickten bei seinem Eintreten auf, aber keine der Frauen ergriff das Wort – wahrscheinlich, dachte Arlian, weil keine von ihnen die Menschensprache gut genug beherrschte.

Arlian betrat den Raum und verbeugte sich.

»Ich grüße euch«, sagte er. »Isein, es ist mir eine Freude, dich nach so langer Abwesenheit wieder zu sehen!«

»Willkommen daheim, mein Lord«, sagte Isein, und Arlian bemerkte, dass sie der Versuchung widerstand, die Giftnarbe an seiner Wange anzustarren. »Es ist schön, Euch zu sehen.«

»Ich hörte, du und Qulu wolltet mich sprechen?«

»Ja.« Isein sah Shibiel an und richtete dann die Augen wieder auf Arlian. »Wir müssen nach Arithei zurückkehren«, sagte sie.

Arlian runzelte erstaunt die Stirn. »Ihr wollt meine Dienste verlassen?«

»Nein, nein.« Isein machte eine hilflose Handbewegung. »Wir müssen heimkehren, aber wir kommen wieder zurück.«

Verwirrt fragte Arlian: »Warum?«

»Weil wir alles verkauft haben!«, erklärte Isein. »Wir müssen neue Magie besorgen.«

Verstehen dämmerte auf Arlians Gesicht.

Ermutigt fuhr Isein fort: »Vor zwei oder drei Monaten ging uns die Ware aus. Die besten magischen Utensilien waren verkauft. Jetzt ist auch der Rest weg. Nichts ist mehr übrig. Qulu und ich haben versucht, neue Utensilien herzustellen, aber die ... die Magie ist hier so schwach, dass wir keinen Erfolg hatten.«

»Natürlich«, sagte Arlian. »Ihr möchtet also nach Arithei zurückkehren und neue Magie einkaufen. Ausgezeichnet. Wir werden sofort eine Karawane zusammenstellen.«

»Gut, gut«, sagte Isein und nickte. »Aber Arithei liegt hinter den Bergen.«

»Ein sehr weiter Weg«, stimmte Arlian zu. »Ihr solltet sofort aufbrechen.«

»Ja, aber ...« Isein sah Shibiel an.

»Amethyste«, sagte Shibiel. »Um die Träumenden Berge zu überqueren.«

»Und Silber«, fügte Isein hinzu.

»Ihr habt eure Anhänger ...«, begann Arlian. Er verstummte, als er sah, wie Isein und Shibiel einen Blick wechselten.

»Eine Karawane«, sagte Isein. »Nicht nur wir vier. Zu viert sind wir nicht sicher. Als wir nach Norden kamen, waren wir zwölf und hatten Schwerter und Silber und Amethyste. Jetzt sind wir vier, mit Silber und Amethysten, aber wir haben jetzt keine Schwerter, und zwei von uns ...« Sie wies auf sich und Shibiel. »Zwei von uns sind Frauen, keine Krieger.«

Arlian strich über seinen Bart und bemerkte, dass er gestutzt werden musste. Isein hatte Recht – von dem Dutzend Aritheier, die Arlian nach Norden geführt hatte, war die Hälfte über die Grenzlande verstreut und ging ihren eigenen Geschäften nach. Hlur und ihr Mann waren den ganzen Weg nach Manfort mitgekommen, aber Hlur hatte hier ihr Amt als aritheische Botschafterin angetreten und würde sich einer Handelskarawane nicht anschließen.

Damit blieben nur die vier im Alten Palast – Qulu, Isein, Shibiel und Thirif. Jeder von ihnen trug eine Silberkette mit einem Amethystanhänger – Silber hielt manche der

Nachtkreaturen fern, die jenseits der Grenze ihr Unwesen trieben, während Amethyst der einzige Schutz vor den wahnsinnig machenden Albträumen und Traumwesen war, von denen die Träumenden Berge ihren Namen bekommen hatten. Der Mangel an Amethysten hatte die Handelsverbindungen unterbrochen, und erst Arlians Beutel mit Steinen, die er von einem toten Aritheier namens Hathet geerbt hatte, hatte sie wieder hergestellt.

Und zusätzlich zu diesen magischen Substanzen brauchte man Klingen aus kaltem Stahl, um sich gegen einige der anderen Ungeheuer zu verteidigen, die unterwegs den Reisenden bedrohten – ganz zu schweigen von den Banditen, die am Südrand der Ödnis lauerten.

Vier Magier, die ihre Magie aufgebraucht hatten, bildeten keine anständige Karawane, wie Isein gesagt hatte, und jeder, der sie begleitete, brauchte Silber und Amethyste, um die Berge zu überqueren. Das Silber war kein großes Problem, aber Amethyste? In den Ländern der Menschen galten sie als wertlose Steine, die nicht einmal für billigen Schmuck verwendet wurden.

»Außerdem«, sagte Isein, »wie sollen wir die neue Magie bezahlen?«

»Mit Silber«, erwiderte Arlian. Das zumindest war kein Problem.

»Euer Geld ist aus Gold. In Arithei ist Silber mehr wert.«

»Wir können es wechseln. Aber Amethyste ...« Arlian versuchte sich zu erinnern, wer in den Ländern der Menschen, von ihm und den Aritheiern abgesehen, Amethyste in seinem Besitz gehabt hatte.

Er kannte niemanden.

Arlian war mit hundertachtundsechzig Amethysten nach Arithei gereist; auf dem Heimweg hatte er noch zwei und jeder der Aritheier einen gehabt. Jetzt musste er einige von jenen ersetzen, die er verkauft hatte.

Nun, er wusste, woher diese hundertachtundsechzig stammten – aus den Minen von Tiefgraben, wo er und Hathet Sklavenarbeit verrichtet hatten. Er konnte sich wahrscheinlich an die Minenbesitzer wenden, um welche zu kaufen.

Er konnte außerdem die Juweliere in Manfort fragen, aber er hatte wenig Hoffnung, auf diese Weise welche zu finden.

Zu den Minen zurückkehren ... vielleicht war die Zeit dafür gekommen. Er hatte noch ein paar alte Rechnungen zu begleichen. Da war ein Aufseher namens Lampenlöscher, der auf Arlians Liste der grausamen und erbarmungslosen Menschen stand, die Strafe verdienten, und der alte Mann, der Arlian gekauft und zur Arbeit in den Minen verdammt hatte, stand ebenfalls auf dieser Liste.

Bis jetzt hatte Arlian seine Aufmerksamkeit auf die Leute konzentriert, die sein Dorf geplündert hatten, und auf die sechs Lords, denen das Bordell in Westwacht gehört hatte, und natürlich auf die Drachen, aber es wurde Zeit, dass er dem Lampenlöscher und dem alten Mann einen Besuch abstattete.

Zwei der Plünderer waren verschwunden, und der Rest war tot. Zwei der sechs Lords lebten noch immer hier in Manfort, und vier waren tot. An beiden Fronten hatte er Fortschritte gemacht – aber um die Mine hatte er sich noch nicht gekümmert.

Und dort gab es zwei Menschen, die Brüder, die ihm bei der Flucht geholfen hatte, denen Arlian Dank schuldete. Er hatte Bluthand das Leben gerettet, aber Bluthand hatte ihm die Freiheit geschenkt, was viel mehr wert war. Vielleicht war es Zeit herauszufinden, ob Lord Obsidian etwas für Enir, auch Bluthand genannt, und seinen Bruder Linnas tun konnte.

Was die Minenarbeiter selbst anging – Arlian runzelte die Stirn. Er missbilligte die Sklaverei. Er hasste den Gedanken, dass es noch immer Menschen gab, die dort unten in der Dunkelheit ihr Leben verbrachten, die in den Stollen schliefen und in ihren wachen Stunden Blei- und Silbererz aus dem Gestein schlugen. Andererseits war der einzige Sklave, der vielleicht noch am Leben und früher so etwas wie ein Freund gewesen war, Wark, und Arlian brauchte dort unten jemanden, der für ihn die Amethyste fand.

Vielleicht konnte er dafür sorgen, dass die Sklaven freigelassen wurden, nachdem sie genug Amethyste beschafft hatten – aber um das zu erreichen, musste er die Kontrolle über die Mine haben ...

Arlian fragte sich, wie viel Geld er wirklich hatte. Seit seiner ersten Ankunft in Manfort als Lord Obsidian hatte sich Arlian bemüht, den Eindruck zu erwecken, dass sein Reichtum unerschöpflich war, um so die Aufmerksamkeit der sechs Lords zu erregen, die er zu finden und zu töten geschworen hatte; seine Reise nach Arithei hatte ihn tatsächlich sehr, sehr reich gemacht, aber er hatte das Geld mit vollen Händen ausgegeben, und sein Magiegeschäft war jetzt aus Mangel an Waren zum Erliegen gekommen.

Doch andererseits hatte er soeben Lord Enziets Ländereien geerbt.

Vielleicht konnte er die Mine kaufen. Er musste herausfinden, wem sie gehörte.

Es war möglich, dass er, als Enziets Erbe, sie bereits besaß. Schließlich – warum hatte Enziet ausgerechnet diesen Ort ausgesucht, um einen jungen Sklaven zu verkaufen?

Aber wenn sie Enziet gehört hatte, hätte er Arlian gar nicht verkaufen müssen; er hätte ihn einfach zur Arbeit schicken können.

Er musste unbedingt weitere Nachforschungen anstellen.

»Wir werden Amethyste besorgen«, erklärte er. »Aber es wird vielleicht einige Zeit dauern. Ich muss Vorbereitungen treffen, vielleicht nach Tiefgraben reisen. Im Moment schlage ich vor, dass du und Qulu eine Karawane nach Arithei ausrüstet, um Magie einzukaufen – kauft Silber und Wagen und so weiter, aber nichts Verderbliches, und heuert noch keine Wachen oder Fahrer an.«

»Ja, mein Lord«, sagte Isein mit einer knappen Verbeugung.

Arlian kam ein Gedanke. »Thirif hat vielleicht noch ein paar von den Waren, die er mit in die Ödnis genommen hat. Und ... Shibiel? Hast du noch welche übrig?«

»Ein paar Dinge«, räumte Shibiel ein. »Nicht viele. Und sie sind nicht gut verkäuflich.«

»Dann sollten wir sie vielleicht für einen Notfall zurückhalten«, sagte Arlian. »Ich danke euch beiden für das Gespräch. Und da ihr eure Zeit nun nicht mehr mit dem

Verkauf von Magie verbringen musst, hoffe ich, euch drei in Zukunft öfter zu sehen!«

Nach diesen Worten ging er hinaus und begab sich in den Südflügel des Palastes, um sich zu vergewissern, dass Lara und Brooke anständig untergebracht waren.

5
Überflüssige Sorgen

Arlian fand Lara und Brooke, seine neuen Gäste, zusammen mit Lily, Musk, Kitty und Hasty in einem Wohnzimmer. Er hatte nachsehen wollen, ob es ihnen gut ging, aber er stellte auf den ersten Blick fest, dass es Hasty nicht gut ging. Arlian konnte wenig dagegen tun – die Unannehmlichkeiten einer fortgeschrittenen Schwangerschaft ließen sich nicht dadurch beheben, dass er Möbel verrückte.

Die sechs Frauen unterhielten sich angeregt miteinander, als er eintrat. Häufiges Gelächter unterbrach ihr Gespräch, als sie sich gegenseitig erzählten, was sie erlebt hatten, seit sie vor fast drei Jahren aus dem Haus der Fleischeszunft verschleppt worden waren.

Arlian blieb einen Moment im Rahmen der Wohnzimmertür stehen, lauschte ihren fröhlichen Stimmen und genoss den Duft ihrer Haare und Kleidung und Puder, und entschied, dass er dieses glückliche Wiedersehen nicht stören wollte. Er wandte sich schon ab, als sich Hasty in ihrem Sessel drehte, um eine bequemere Position einzunehmen, ihn entdeckte und rief: »Triv! Es ist Triv!«

Alle sechs Frauen fuhren zu ihm herum, und alle sechs Stimmen riefen ihm Grüße und Einladungen zu. Arlian konnte sich schwerlich weigern, und so trat er in den Raum, wo er sofort zur Zielscheibe von Fragen und Erklärungen wurde.

Die vier, die während seiner Abwesenheit im Alten Palast geblieben waren, bemerkten die neue Narbe an seiner Wange; Musk und Kitty drückten lautstark ihr Mitgefühl aus, während Lily wissen wollte, wie es passiert war, und Hasty sagte: »Ich finde, sie steht ihm hervorragend!«

Er lächelte, erklärte aber nicht, wie er sie sich zugezogen hatte, und sie ließen das Thema fallen und überschütteten ihn mit anderen Fragen, Bemerkungen und Neuigkeiten.

Nachdem er eine Weile mit ihnen geplaudert hatte, wollte er gehen und erklärte, sich um Haushaltsangelegenheiten kümmern zu müssen, doch Hasty widersprach ihm und machte ihn darauf aufmerksam, dass er ein anständiges Mittagessen brauchte und er es ebenso gut hier einnehmen konnte. Sie winkte einen Lakaien heran, der schweigend im Hintergrund stand, und Arlian sah sich gezwungen, bei den sechs Frauen zu bleiben und mit ihnen zu essen.

Es war kein großes Opfer; um genau zu sein, er fand ihre Gesellschaft anregend.

Das Mahl wurde serviert, verzehrt und abgeräumt, während Arlian gezwungen war, sich detaillierte Berichte über alles anzuhören, was er während seiner Reisen verpasst hatte, darunter den Fortschritt von Hastys Schwangerschaft, das Liebesleid verschiedener Bediensteter, den neuesten Klatsch über den Herzog und seinen Hofstaat, verschiedene absurde Gerüchte über Lord Enziet, Lord Drisheen, Lord Hardior, Lady Reif, Lord Toribor und Arlian selbst und eine Menge anderer Trivialitäten. Erst spät am Nachmittag gelang es ihm, den Raum zu verlassen.

Er wunderte sich, wie vier Frauen, die nicht gehen konnten und wahrscheinlich nie den Palast verließen, so viele

Neuigkeiten gesammelt hatten, aber er fragte sie nicht direkt danach.

Lara und Brooke schienen sich in ihrer neuen Umgebung sehr wohl zu fühlen, dachte er, und glücklich zu sein, die anderen Frauen wieder gefunden zu haben. Arlian war froh, dass er ihnen dies ermöglicht hatte; er wünschte, es würde ihm gelingen, andere öfter glücklich zu machen.

Er konnte natürlich keine Zeit damit verschwenden, sein eigenes Glück zu suchen, bis alle Drachen tot waren – und dann würde er sterben, damit auch der Drache in ihm starb. Sein Leben, seine Kraft und sein Reichtum waren allein diesem Ziel gewidmet. Die einfachen Freuden des Lebens, Freunde und Familie, waren nicht für ihn bestimmt, wie er wusste, aber es bereitete ihm Vergnügen, andere glücklich zu sehen, auch wenn es ihm schwer fiel, sich davon loszureißen.

Den Rest des Tages verbrachte er damit, sich wieder in sein altes Leben einzugewöhnen und seinen Bediensteten klar zu machen, was er von ihnen hinsichtlich seiner Garderobe, seiner Mahlzeiten, seiner Privatsphäre und so weiter erwartete.

Es war erstaunlich, wie viele kleine Angelegenheiten, die seine Aufmerksamkeit erforderten, sich in seiner Abwesenheit angesammelt hatten – Geschirr war zerbrochen und musste ersetzt, die Gärten mussten neu bepflanzt werden, da der Frühling nahte, und die Händler und Boten warteten nach seiner Rückkehr auf neue Anweisungen. Er hatte kaum angefangen, sich damit zu befassen, als er unkontrolliert gähnte und sich entschloss, zu Bett zu gehen.

Er sagte sich, dass er alles am nächsten Tag erledigen

und dann mit der Planung seiner Angriffe auf die Drachen beginnen konnte. Er musste andere Drachenherzen als Helfer gewinnen, Informationen sammeln ...

Am nächsten Morgen überprüfte er die Haushaltsbücher, die in Ordnung zu sein schienen. Als er endlich mit ihnen fertig war, lag der Mittag hinter ihm, und es wurde Zeit, wie versprochen sein unerwartetes Erbe in Augenschein zu nehmen. Er gab Anweisungen, was zu tun war, wenn Lord Wither oder einer seiner Vertreter während seiner Abwesenheit zu Besuch kommen sollte, schlüpfte dann in seinen Mantel und ging allein durch die vertrauten Straßen aus nassem Stein zu Enziets Anwesen.

Seine Ankunft unterschied sich von seinen früheren Besuchen. Einmal war er in dieses düstere graue Steingebäude eingebrochen, war aufs Dach und von dort aus auf einen Balkon geklettert, der über dem zentralen Hof lag; bei einer anderen Gelegenheit hatte er am Haupteingang dem Torwächter ein Messer an die Kehle gehalten.

Diesmal wurde er mit Respekt, Verbeugungen und Artigkeiten empfangen, die er höflich zur Kenntnis nahm, als er ins Haus geführt wurde. Er war allerdings nicht sicher, ob er wirklich willkommen war – die Gesichter der Bediensteten waren ausdruckslos, als sie seine Fragen beantworteten.

Das Anwesen, erfuhr er, wurde Graues Haus genannt – ein Name, der passend, wenn auch einfallslos war.

Dieser Besuch, sein erster als Besitzer, war kurz. Er sprach mit ein paar Mitgliedern des Haushalts, um sich zu vergewissern, dass Ferrezin seinem Befehl gehorcht und die Sklaven freigelassen hatte, und sprach dann mit Ferrezin persönlich, um nachzufragen, ob er schon mit der versprochenen Aufstellung von Enziets Besitztümern begonnen hatte.

Ein Lakai führte ihn in einen Raum hinter der Küche, wo er Ferrezin in einem Zustand zunehmender Panik antraf, da der ehemalige Haushofmeister mit der Aufstellung zwar bereits begonnen, sie aber bei weitem noch nicht abgeschlossen hatte. Arlian entschloss sich, über das magere Ergebnis hinwegzusehen und dem Mann noch etwas mehr Zeit zu geben. Schließlich hatte er bei der Verwaltung des Alten Palastes die Erfahrung gemacht, wie viel Zeit manche Kleinigkeiten kosten konnten.

Er fragte Ferrezin allerdings nach der Mine in Tiefgraben.

Ferrezin runzelte die Stirn. »Lord Enziet besaß dort keine Mine direkt«, erwiderte er, »aber er hatte einige Anteile an verschiedenen Bergwerken.«

»Dann überprüfe das zuerst«, befahl Arlian. »Ich will wissen, was mir dort gehört.« Er zog einen silbernen Anhänger aus der Tasche und hielt ihn so, dass der ehemalige Haushofmeister den eingelassenen Amethyst sehen konnte. »Vor allem will ich mehr von diesen purpurnen Steinen. Dieser stammt aus einer Bleimine in Tiefgraben – sie lassen sich manchmal im Galenit finden, dem Erz, das Blei und Silber enthält. Ich möchte, dass du jeden, der hier und in der Stadt nicht gebraucht wird, zu den Juwelieren in Manfort schickst. Sie sollen nachfragen, ob sie ähnliche Steine haben. Sie sollen sich auch in den umliegenden Städten danach erkundigen, obwohl es vermutlich keinen Sinn hat, sich weiter als nach Westwacht zu begeben. Und ich will wissen, ob einer der Minenbesitzer in Tiefgraben diese Steine gesammelt hat. Ich weiß, dass sie als wertlos gelten, aber ich habe meine Gründe.«

Ferrezin betrachtete blinzelnd den Anhänger und sah dann seinem neuen Herrn ins Gesicht.

»Natürlich«, sagte er. »Ah ... wird jeder purpurne Kristall Euren Zwecken genügen?«

»Ich brauche diese bestimmte Sorte«, erklärte Arlian. »Ich lasse dir den Anhänger zum Vergleich hier.« Er warf Ferrezin die Kette zu, der sie fallen ließ und im letzten Moment auffing.

»Ich werde mit der Suche beginnen, sobald die Aufstellung ...«, begann Ferrezin.

»Nein«, unterbrach Arlian. »Die Steine sind von äußerster Wichtigkeit. Ich will, dass du sofort einen intelligenten und vertrauenswürdigen Mann nach Tiefgraben schickst – geh selbst, wenn dir keine geeignete Person einfällt. Ich will, dass die Juweliere sofort befragt werden. Die Inventarliste ist von zweitrangiger Bedeutung; die purpurnen Steine kommen zuerst. Wenn du eine weitere Probe brauchst, werde ich sie dir zur Verfügung stellen.«

Ferrezin nickte. »Ich verstehe«, sagte er.

»Dann überlasse ich dich jetzt deinen Pflichten«, erklärte Arlian.

Ferrezin sah ihm nach, betrachtete dann die Kette und schüttelte den Kopf.

Offenbar war sein neuer Herr mindestens genauso anstrengend und exzentrisch wie der alte.

6
Lord Wither

Drei Tage nach seiner Rückkehr hatte Arlian weder die Zeit gefunden, sich erneut zum Grauen Haus zu begeben, noch Gelegenheit gehabt, die Halle der Drachen-Gesellschaft aufzusuchen, um sich über die aktuelle Stimmung der anderen Drachenherzen zu informieren und zu hören, welche Berichte über die Ereignisse im Süden ihren Weg in diese Räume gefunden hatten.

Er hatte weder mit Lord Wither gesprochen, um ihm für Horns Hilfe zu danken, noch hatte er weiteren Kontakt mit Lady Reif gehabt, um sich nach ihrem Wohlergehen zu erkundigen.

Natürlich hätte Arlian dies tun können, aber er sah eigentlich keinen Grund, sich in diesen Angelegenheiten zu beeilen. Er hatte die dringendsten Aufgaben in seinem und Enziets Haus erledigt und sich um seine Geschäfte gekümmert, und er fand es durchaus angemessen, sich ein paar wohlverdiente Tage freizunehmen und sich von seiner Reise zu erholen, bevor er sich irgendwelchen wichtigen neuen Aktivitäten zuwandte. Horn hatte gesagt, dass Lord Wither zu ihm kommen würde und nicht erwartete, dass er ihn auf seinem Anwesen besuchte oder ihn in der Halle der Drachen-Gesellschaft in der Straße des Schwarzen Turms traf, so dass er nicht verpflichtet war, sofort mit seinem Wohltäter zu sprechen.

Aber wenn sich die Lage normalisiert hatte, würde er

Wither und Reif aufsuchen und sich in die Halle der Gesellschaft begeben und sein Erbe antreten.

Und wenn dies erledigt war, würde er die Vorbereitungen zur Ausrottung der Drachen treffen – er würde sie in ihren Höhlen aufspüren und feststellen, ob Obsidian sie wirklich töten konnte.

Natürlich musste er zuvor mehr Obsidian besorgen und zu Waffen schnitzen, und selbst dann konnte er nicht völlig sicher sein, dass sich damit die ausgewachsenen Drachen so mühelos wie ein neugeborener töten ließen – er konnte es nur hoffen.

Und er musste die Drachen finden. Er wusste, wo eine Höhle lag, unter der Ödnis, und er konnte dort sein Glück versuchen. Wenn er sie schlafend vorfand und sie tötete und die Konfrontation überlebte – alles Dinge, die nicht sehr wahrscheinlich waren –, dann konnte er sich auf die Suche nach den anderen begeben.

Dabei brauchte er Hilfe, so viel stand fest – er würde die anderen Mitglieder der Drachen-Gesellschaft befragen und ihre Archive nach Informationen durchforschen müssen, die ihm beim Aufspüren der anderen Höhlen nützlich sein konnten.

Und das führte offenbar zu der eher irritierenden Frage, wie er auf lange Sicht mit der Drachen-Gesellschaft verfahren und wie viel er ihnen über seine Pläne verraten sollte. Er konnte nicht zulassen, dass sich einige von ihnen in Drachen verwandelten, aber er hatte nicht den Wunsch, ihnen etwas zu Leide zu tun, solange es nicht unbedingt nötig war.

Und natürlich kannte er seine zwei großen Geheimnisse

über die Drachen, und als Mitglied der Gesellschaft war er verpflichtet, alles Wissen über die mächtigen Untiere zu teilen – aber wie konnte er ihnen erzählen, dass sie alle verdammt waren?

Er grübelte noch immer über diese Fragen, als Venlin ihn informierte, dass er einen neuen Besucher hatte.

»Lord Wither, mein Lord«, sagte Venlin.

Arlian, gemütlich auf einer seidenbezogenen Couch im kleinen Salon ruhend, blickte zu dem alten Mann auf und sah dann die anderen im Raum an. Lara hatte es sich im Ledersessel am Kamin gemütlich gemacht, und Lily lag auf der anderen Couch; sie hatten Pläne für die Zukunft der Frauen geschmiedet, als Venlin hereingekommen war und den Besucher angemeldet hatte.

Der Besuch kam natürlich nicht unerwartet, und Arlian vermutete, dass er wusste, was Wither wollte, warum ihm der alte Mann Horn zu Hilfe geschickt und warum er seine Zauberkunst eingesetzt hatte, um Arlian aufzuspüren.

Arlian seufzte und stand auf.

»Ich werde in meinem Studierzimmer mit ihm sprechen«, sagte er. Obwohl er es normalerweise vorzog, seine Gäste im kleinen Salon zu empfangen, und das Studierzimmer für private Zwecke reservierte, war es für Arlian einfacher, mit Lord Wither in den anderen Raum zu gehen, statt die beiden Frauen zum Verlassen des Salons aufzufordern – dank der barbarischen Idee des verstorbenen Lord Drisheen, den Bordellsklavinnen die Füße zu amputieren, um sie so an der Flucht zu hindern.

Das Studierzimmer schien jedenfalls dem Anlass angemessen zu sein; hier hatte er Lord Wither zum ersten Mal getroffen, kurz nach Lord Obsidians erster Ankunft in Manfort.

Die Erinnerung an diese Begegnung kam Arlian seltsam vor, als er durch den Korridor zum Studierzimmer schritt. Er war damals so jung und so naiv gewesen – doch wie lange war es wirklich her? Nur ein paar Monate, nicht einmal ein Jahr.

Er hatte noch kein Duell ausgetragen, als er Lord Wither zum ersten Mal begegnet war. Er war noch kein Mitglied der Drachen-Gesellschaft gewesen – Lord Wither hatte ihm erstmals von der Geheimorganisation erzählt.

Oh, er war nicht völlig unschuldig gewesen – er hatte bereits einige Jahre in den Minen verbracht und sich monatelang in einem Bordell versteckt, hatte Lord Kuruvans Gold gestohlen und war durch die Ödnis zu den magieverseuchten Grenzlanden gereist und über die Träumenden Berge nach Arithei. Er hatte Drachen und Sklaverei überlebt und Reichtum erlangt, und er hatte darauf gebrannt, Rache an jenen zu nehmen, die ihm Unrecht getan hatten. Er hatte einen Mann im Kampf getötet.

Aber er hatte keine Geheimnisse gehütet, die schwer auf seiner Seele lasteten. Er hatte kein Dutzend verkrüppelter Frauen gehabt, die von ihm abhängig waren, und keine von ihnen war in seinen Armen gestorben. Er hatte nicht so viel Tod und Schrecken gesehen.

Venlin war gegangen, um Lord Wither zu holen, und Arlian war einen Moment allein. Er stand im Eingang zum Studierzimmer und sah sich um.

Der Schreibtisch und die Vitrinen und die Bücherregale waren sauber und aufgeräumt, das lackierte Holz glänzte in der Mittagssonne, die durch die beiden hohen Fenster schien. Arlian durchquerte den Raum und zog die Vorhänge zu; irgendwie hatte er das Gefühl, dass Lord Wither kein Tageslicht mochte.

Doch während er dies tat, hielt er inne, die Hände am kastanienbraunen Samt, um diesen Gedanken näher zu betrachten. Warum war er so sicher, dass Lord Wither die Sonne nicht schätzte?

Als ihm dämmerte, worauf seine unbewusste Logik hinauslief, biss er die Zähne zusammen.

Lord Wither lebte schon seit Jahrhunderten mit dem Herzen des Drachen – wie viele Jahrhunderte genau, wusste Arlian nicht, aber mindestens achthundert Jahre waren vergangen, seit Lord Wither ein Mann geworden war. Das Gift hatte in ihm geschwärt und sich angereichert, und Arlian wusste, dass seine Gestalt zwar noch menschlich war, dass in seinen Adern aber kein menschliches Blut mehr floss, sondern der giftige Lebenssaft eines Drachen. Inzwischen war Lord Wither in vielerlei Hinsicht so sehr ein Drache wie ein Mensch – und Drachen vertrugen kein direktes Sonnenlicht; sie hausten in Höhlen und wagten sich nur heraus, wenn Wolken den Himmel verdunkelten.

Er stand noch immer da, die Hände an den Vorhängen, als Venlin meldete: »Lord Wither.«

Arlian senkte die Hände und drehte sich zu seinem Gast um.

Lord Wither war ein gebeugter alter Mann; er war auch früher nicht besonders groß gewesen, doch mit den Jahren war er geschrumpft und vertrocknet. Sein rechter Arm war verstümmelt und kraftlos, eine Folge der Begegnung mit dem Drachen, dem er sein langes Leben zu verdanken hatte.

Dennoch, trotz seiner Statur und seines Zustands war Lord Wither ein Mann, mit dem nicht zu spaßen war. Unter dem dichten grauen Haarschopf, der sein Gesicht überschattete, blitzten zwei grimmige, tief liegende grüne Augen, deren durchdringender Blick einschüchternd war; das Herz des Drachen war stark in ihm.

Er verfügte außerdem über weltliche Macht, politische Beziehungen und ungeheuren Reichtum, die sich in seinem Auftreten spiegelten. Er hatte sein Haar zurückgekämmt und auf altmodische Weise zu einem Pferdeschwanz gebunden, aber seine Kleidung entsprach der neuesten Mode und war extravagant und teuer. Sein Mantel war aus grünem, goldbesetztem Samt, mit langen weißen Rüschenmanschetten und einem Kragen, der mit weißer Seide besetzt war; die Ärmel und Manschetten waren so geschneidert, dass sie seine Verstümmelung verbargen. Das Spitzenhemd darunter war weiß wie der Schnee, und seine Hose war aus feiner schwarzer Wolle.

Über seinem Mantel trug er einen schwarzen, ledernen, mit Smaragden verzierten Schwertgürtel, und der linkshändige Schwertknauf, der aus der perlenbesetzten Scheide hervorsah, war mit Silber, Perlen und Diamanten geschmückt. Mit einem Schwert das Haus eines anderen Lords zu betreten wäre normalerweise ein ernster Verstoß gegen die Etikette gewesen, aber für Lord Wither wurde stets eine Ausnahme gemacht; gemeinhin wurde es mit der Bemerkung entschuldigt, dass es unhöflich wäre, einen Menschen mit nur einer gesunden Hand zu bitten, seinen

Gürtel zu öffnen und abzulegen, aber Arlian war überzeugt, dass es in Wirklichkeit nur niemand wagte, sich mit einem derartigen Mann anzulegen. Diese Augen genügten, um jeden abzuschrecken.

Lord Wither betrat den Raum, und Venlin schloss von draußen leise die Tür und ließ die beiden Lords im Studierzimmer allein. Sie standen nur zwei Schritte voneinander entfernt und sahen sich forschend an.

»Lord Wither«, sagte Arlian, als er sich vom Fenster abwandte. »Wie schön, Euch wieder zu sehen!« Er streckte keine Hand aus; Wither mit seinem verkrüppelten Arm schüttelte keine Hände.

»Lasst uns auf die üblichen höflichen Lügen verzichten«, erwiderte Wither, während er Arlian ins Gesicht sah und die Narbe an Arlians Wange musterte. Withers Stimme war tiefer und volltönender, als man es von einem derart kleinen Mann erwartete. »Ihr freut Euch keineswegs, mich zu sehen, und wir beide wissen es.«

»Ihr irrt Euch, mein Lord«, erklärte Arlian. »Ich will nicht so tun, als würde mir Eure Gesellschaft an sich großes Vergnügen bereiten, aber ich freue mich nichtsdestotrotz, Euch zu sehen. Ich bin Euch dankbar für Eure Hilfe bei meiner Ankunft am Stadttor; ich gebe zu, dass ich in Eurer Schuld stehe, und ich ziehe es vor, meine Schulden umgehend zu begleichen. Weiterhin hoffe ich, dass wir zu unserem beiderseitigen Nutzen Informationen oder andere immaterielle Güter austauschen können.«

»Ich bin nicht wegen immaterieller Güter hier«, knurrte Wither. »Was ich von Euch will, ist überaus real und greifbar.«

»Tatsächlich?«, erwiderte Arlian. »Und was könnte das wohl sein?«

»Drachengift«, sagte Wither. »Lord Enziet hat versprochen, mir Gift zu besorgen, und Ihr seid, wie ich hörte, Enziets Erbe und Nachfolger. Ihr habt ihn in die Ödnis verfolgt und seid Zeuge seines Todes geworden. Ihr seid ein Magiehändler, Ihr habt Euer Vermögen damit gemacht, und Ihr seid ein Drachenherz, das von dem Gedanken besessen ist, sich an den Drachen zu rächen – Ihr habt sicherlich keine Gelegenheit versäumt, mehr über ihre Geheimnisse zu erfahren. Weiterhin kann ich mit meinen eigenen Augen sehen, dass Ihr seit unserer letzten Begegnung an das Gift eines Drachen geraten seid, denn nichts anderes könnte das Gesicht eines Drachenherzen auf diese Weise vernarben. Wenn jemand das Gift liefern kann, das Enziet mir versprach, dann seid Ihr es. Wenn Ihr es habt, nennt Euren Preis! Ihr sagt, Ihr steht in meiner Schuld – nun, so könnt Ihr sie begleichen.«

»Ah«, machte Arlian. Er lehnte sich an seinen Schreibtisch. »Genau das hatte ich befürchtet. Und habt Ihr deshalb Euren Mann Horn losgeschickt, um mir zu helfen?«

»Natürlich. Hätten Drisheens Meuchelmörder Euch getötet, was wäre dann aus dem Gift in Eurem Besitz geworden? Ich habe dafür gesorgt, dass Ihr sicher in die Stadt gelangt, damit wir dieses Gespräch führen können und Ihr Eure Schuld mit Gift begleichen könnt. Wenn Ihr meint, dass Euer Leben allein es nicht wert ist, werde ich Euch etwas anderes dafür geben. Ich muss es haben!«

Arlian seufzte. »Ich würde Euch gern einen Platz anbieten, mein Lord, aber ich fürchte, dass dieses Gespräch nur kurz sein wird. Es scheint unserem ersten zu ähneln, das wir vor einigen Monaten geführt haben. Ihr wollt auch diesmal dieses Drachengift haben, um das Leben Eurer Geliebten zu verlängern, ja? Und erneut muss ich gestehen, dass ich kein Drachengift habe, um es Euch zu verkaufen.«

»Ihr habt Enziet getötet, bevor er es holen konnte? Was hat dann Eure Wange verunstaltet?«

»Ich habe nicht gesagt, dass ich Enziet getötet habe. Er bohrte sich selbst die Klinge in die Brust, mein Lord – und ja, er tat dies, bevor er die Höhle betrat, in der die Drachen schliefen. Falls er etwas von dem Gift in seinem Besitz hatte, so habe ich es nicht bemerkt.«

»Aber Ihr habt gesehen, wie er starb. Ihr wusstet, wohin er wollte.«

»Ich habe ihn sterben gesehen«, räumte Arlian vorsichtig ein.

»Und diese Narbe ...«

»... geht Euch nichts an. Ich muss darauf bestehen.« Arlian hatte bereits verschiedenen Leuten eine Erklärung der Narbe verweigert; sie war ihm tatsächlich von dem Gift des Drachen zugefügt worden, in den sich Enziet verwandelt hatte, und Arlian war noch nicht bereit, dies irgendjemand anzuvertrauen – am allerwenigsten Lord Wither.

Wither zögerte, dann akzeptierte er dies widerwillig und fuhr fort: »Aber Ihr habt Enziet sterben gesehen und Ihr wusstet, was sein Ziel war. Wisst Ihr auch, woher er das Gift holen wollte, das er mir versprach? Könnt Ihr es mir besorgen, nachdem ich Euch jetzt daran erinnert habe,

zu enthüllen. Stattdessen wiederholte er seine Weigerung und gab keine weitere Erklärung ab. Er lehnte an seinem Schreibtisch und verfolgte, wie Zornesröte Withers Gesicht verdunkelte.

»Mögen die toten Götter Euch verfluchen, Obsidian!«, brüllte Wither, während er die linke Hand hob und Arlian mit dem Finger drohte. »Warum lehnt Ihr mir meine Bitte ab? Ihr sagt, Ihr steht in meiner Schuld, und dennoch wollt Ihr mir nicht geben, wonach ich verlange. Ich kenne Euch, ich weiß, wie Ihr die Worte verdreht – Ihr sagt, Ihr wollt nicht, und nicht, Ihr könnt nicht. Ihr wisst mehr, als Ihr sagt. Soll ich zusehen, wie eine weitere Frau alt wird und stirbt, nur weil Ihr irgendein Geheimnis habt, das Ihr hüten wollt? Ist es das? Oder wollt Ihr mir nicht helfen, weil Euch dies bei diesem lächerlichen Rachefeldzug behindern wird, den Ihr noch immer führt?«

Arlian wünschte jetzt, er hätte gelogen statt zu versuchen, in der Nähe der Wahrheit zu bleiben. Er hob beschwichtigend beide Hände. »Beruhigt Euch, mein Lord«, bat er. »Ich halte nichts aus Rachegründen zurück, das versichere ich Euch, und es geht mir auch nicht darum, Euch ein Geheimnis vorzuenthalten. Ich habe meine Gründe, Euch das Gift zu verweigern, und ich halte sie für berechtigt – so wie Enziet vor mir, wie ich mir sicher bin, denn bedenkt, er wusste schon seit Jahrhunderten, woher er das Gift bekommen konnte, und er wusste seit Jahren, dass Ihr danach verlangt, doch er bot Euch erst an, es zu holen, als ihn die Umstände dazu zwangen. Ich glaube, ich kenne seine Gründe, und sie waren dieselben wie meine jetzt. Die Risiken eines derartigen Wagnisses, sowohl für mich als auch für Lady Opal, sind so groß, dass ich es nicht eingehen werde. Ich stehe in Eurer Schuld und bin bereit, Euch jeden anderen Dienst anzubieten oder Euch zu geben, was ich geben kann – aber ich kann Euch nicht das Gift überlassen, nach dem Ihr verlangt.«

»Und es gibt keine Möglichkeit, Euch vom Gegenteil zu überzeugen?«, fragte Wither. »Kein Preis, der Euch zur Besinnung kommen lässt? Undankbarer Schuft! Wenn Ihr die Drachen fürchtet, müsst Ihr nicht selbst gehen; führt einfach einen Diener zu dem Ort, und ich werde Euch fürstlich entlohnen. Horn würde Euch jederzeit begleiten und überall hingehen, wohin Ihr ihn führt.«

Arlian schüttelte den Kopf. »Ich werde es nicht tun, mein Lord. Vielleicht werde ich eines Tages, wenn Euer Zorn verraucht ist, Euch meine Gründe erklären, aber jetzt müsst Ihr Euch einfach mit meiner Entscheidung abfinden.«

Wither senkte die Hand und suchte Arlians Blick. »Das muss ich wahrhaftig«, sagte er bitter, »denn ich habe geschworen, Euch innerhalb der Mauern Manforts nichts anzutun, und ich habe keine Möglichkeit, Euch zu zwingen. Aber ich bin geduldig, mein Lord Obsidian, und Opal ist noch immer jung, noch keine dreißig. Wir werden warten. Wir werden warten, bis Ihr zu Sinnen kommt, und wir werden jede andere Gelegenheit ergreifen, die sich uns bietet, und wir werden unseren Willen bekommen!«

Mit diesen Worten machte er auf dem Absatz kehrt, riss die Tür auf, marschierte aus dem Raum und drängte sich an Venlin vorbei, der auf dem Korridor wartete. Verdutzt folgte Venlin dem davonstürmenden Gast durch den Gang.

Arlian sah ihnen stirnrunzelnd nach.

Wither war ein mächtiger, einfallsreicher Mann. Er würde vielleicht einen Weg finden, das Gift für Lady Opal zu besorgen – was ihren Namen auf die lange Liste jener bringen würde, die Arlian vielleicht eines Tages töten musste. Ob Opal, vor die Wahl gestellt, sich für ein natürliches Leben oder für ein verlängertes entscheiden würde, das vom Drachengift gezeichnet war und mit einem gewaltsamen Tod endete, konnte Arlian nicht sagen – er hatte die Frau noch nie getroffen.

Er bezweifelte allerdings, dass sie Lord Withers Wunsch abschlagen würde. Wither hatte den unnatürlichen Charme und die Überzeugungskraft des Herzens des Drachen; normale Sterbliche konnten ihm schwerlich widerstehen.

Arlian wollte im Grunde niemanden töten – zumindest keine Menschen. Selbst der Tod der Hand voll Leute, denen er Rache geschworen, sie aber noch nicht ausgeführt hatte, würde ihm keine Freude machen, wenn es dazu kam. Lord Enziets Tod war notwendig und auf gewisse Weise befriedigend gewesen, aber er hatte seinen Blutdurst gelöscht. Jedes weitere Töten würde eine unangenehme Pflicht sein, bei der es darum ging, einer ungerechten Welt Gerechtigkeit aufzuzwingen und die Menschheit von der Bedrohung durch die Drachen zu befreien.

Sofern er kein wundersames Heilmittel entdeckte, mit dem sich die Wirkungen des Giftes neutralisieren ließen, würde er Wither irgendwann töten müssen. Er würde Reif und Nagel und Toribor und den Rest der Drachen-Gesellschaft töten müssen, bevor sie die blutige Verwandlung von einem menschlichen Wirt zu einem neugeborenen

Drachen durchmachten. Er würde sich selbst töten müssen, bevor seine Drachennatur so stark wurde, dass er die Notwendigkeit des Selbstmords nicht mehr einsah.

Er fröstelte und schluckte dann – nicht wegen der Aussicht auf den eigenen Tod, einer Vorstellung, mit der er lebte, seit er ein elfjähriger Junge gewesen war, sondern wegen dem Gedanken, dass er einen Fehler machen und am Ende doch die Verwandlung durchlaufen würde.

Er musste alle Drachenherzen töten, bevor es zu dieser Transformation kam – und er musste auch die Drachen aufspüren und töten.

Es war, um es vorsichtig auszudrücken, ein tollkühnes Unterfangen.

Ihm blieben noch etwa tausend Jahre, bevor er zu einem Drachen wurde, aber wann würde sich sein Charakter derart verändern, dass seine Rachegelüste verschwanden und er das Projekt aufgab? Dies konnte schon viel früher geschehen.

Er hatte geglaubt, dass es keinen Grund zur Eile gab, aber vielleicht gab es Gründe, nicht zu trödeln. Die Ordnung war im Palast größtenteils wiederhergestellt, und um den Rest konnten sich die Bediensteten kümmern; es war Zeit, alle anderen Angelegenheiten zu regeln, die seinen Angriff auf die Drachen verzögerten. Es war Zeit, sich Enziets Erbe genauer anzusehen und festzustellen, wie er an die Amethyste aus den Minen von Tiefgraben herankommen konnte. Vielleicht würde es ihm sogar gelingen, dort für die längst überfällige Gerechtigkeit zu sorgen. Es war Zeit, eine von Silber und Amethysten geschützte Karawane nach Arithei zu schicken, damit sein Vermögen wachsen und sein magisches Arsenal wieder gefüllt werden konnte – wahrscheinlich würde er Geld und Magie brauchen, um seinen Angriff auf die Drachen durchzuführen.

Und dann, wenn er all dies vollbracht hatte, würde es Zeit sein, mit der Ausrottung seiner Drachenfeinde zu beginnen – oder bei dem Versuch zu sterben.

7
Zu den Waffen

Während Arlian in den staubigen Seiten eines weiteren verschlüsselten Notizbuchs blätterte, fragte er sich, ob Enziet absichtlich Geheimnisse gesammelt hatte, so wie andere Männer Juwelen oder Konkubinen sammelten, oder ob es einfach eine natürliche Folge einer derart langen Lebensspanne war.

Ferrezin hatte eine vorläufige Aufstellung von Enziets wichtigsten Besitztümern angefertigt, und die Liste war beeindruckend, aber die meisten Punkte hatte Arlian nur überflogen.

Er war nicht an Bauernhöfen oder Schänken oder Minen in den westlichen Bergen interessiert. Minen in Tiefgraben, vor allem eine bestimmte Mine, waren eine andere Sache, aber aus der Liste ging nicht hervor, ob Enziet irgendwelche finanziellen Interessen an der dortigen Mine des alten Mannes hatte. Er hatte Besitztümer in Tiefgraben, von denen einige mit den Minen zusammenhingen, aber ihre genaue Natur blieb unklar.

Ferrezin hatte ihm versichert, dass bereits zwei vertrauenswürdige Männer unterwegs waren, um weitere Nachforschungen anzustellen.

Eine Schänke in Westwacht war ebenfalls von Interesse, da Arlian wusste, dass sie auf der ausgebrannten Ruine des Hauses der Fleischeszunft errichtet worden war. Der Gedanke, dass ihm jetzt Enziets Anteil an dem Gebäude gehörte, wo er sich monatelang auf dem Dachboden versteckt hatte, war seltsam.

Und Enziet hatte – dank dem uralten Recht des Herzogs, verlassenen Besitz zu beschlagnahmen und an seine Gefolgsleute zu verteilen – die Ruinen des Dorfes Obsidian auf dem Rauchenden Berg und die dortigen Obsidianwerkstätten für sich beansprucht. Niemand hatte gegen seinen Anspruch protestiert, so dass Arlian jetzt die Überreste seines Heimatdorfs gehörten.

In gewisser Hinsicht war es fast ein Trost, dass Enziet sich zumindest die Mühe gemacht hatte, das zu behalten, was er gestohlen hatte, statt es zu plündern und dann wegzuwerfen. Und es war seltsam befriedigend zu wissen, dass das Dorf jetzt in den Besitz seines einzigen Überlebenden und rechtmäßigen Erben zurückgekehrt war.

Von diesen emotionalen Interessen abgesehen, fand Arlian es auch nützlich, im Besitz des zerstörten Dorfes zu sein, da er früher oder später Obsidian brauchen würde.

Diese Besitztümer waren auf ihre Weise alle von Interesse und stachen aus der langen Liste der Landgüter und Gehöfte hervor, aber im Moment konzentrierte sich Arlian auf den Inhalt des Grauen Hauses – Enziets ummauertes Anwesen hier in Manfort, das uralte festungsähnliche Gebäude, wo Arlian jetzt an einem von Enziets Schreibtischen saß und die Notizbücher seines toten Feindes durchsah, in der Hoffnung, weitere Hinweise auf Enziets Vereinbarungen mit den Drachen zu finden.

Es gab zahllose Bücher und eine Reihe versiegelter Truhen – Ferrezin kannte sich gut genug mit Zauberei aus, um darauf verzichtet zu haben, sie zu öffnen – und eine erstaunliche Vielzahl anderer Dinge. Die Gebeine der armen Möwe waren noch immer in einer Kiste im dritten Stock, und Arlian hatte vor, sie anständig zu beerdigen.

Doch im Moment arbeitete er sich durch Enziets Tage- und Kassenbücher und versuchte das System des toten Mannes zu durchschauen.

Enziet hatte die unangenehme Angewohnheit gehabt, Zahlen und Kodes und andere Tricks zu benutzen, und natürlich hatte niemand den Schlüssel dafür, aber Arlian gelang es, ein paar Dinge zu enträtseln, und es gab zwischen dem unentzifferbaren Material viele hastig geschriebene Einträge in der Sprache der Menschen.

Zwar waren die meisten Aufzeichnungen in den Notizbüchern unverständlich, doch Arlian war klar, dass Enziet viele Geheimnisse gesammelt hatte, von denen sich nur ein paar auf die Drachen bezogen. Viele schienen etwas mit Erpressung und dem einen oder anderen Skandal zu tun zu haben – aber schließlich war Enziet in der Politik aktiv gewesen, so dass dies schwerlich überraschend war. Mehrere Notizbücher schienen die Missetaten diverser verstorbener Höflinge zu beschreiben, und Arlian fragte sich, warum sich Enziet die Mühe gemacht hatte, sie aufzubewahren.

Enziet war außerdem ein Zauberer gewesen, und es gab Aufzeichnungen zu vielen seiner Experimente. Während Arlians eigene Magiekenntnisse begrenzt waren und sich hauptsächlich auf die wilde südliche Magie und nicht auf die subtile Zauberei in den Ländern der Menschen bezogen, war er ziemlich sicher, dass einige der Dinge, die Enziets Notizen beschrieben, das Wissen jedes anderen Zauberers in Manfort bei weitem überstiegen.

Arlian war sich inzwischen bewusst, dass er Zauberei studieren musste, wenn er Enziets Wissen über die Drachen benutzen wollte.

Und er wollte dieses Wissen benutzen, um die Ungeheuer auszurotten und die von ihnen ausgehende Gefahr ein für alle Mal zu beseitigen. Er wusste, dass sich ihre Nachkommen töten ließen, indem man die menschlichen Wirte tötete, und er wusste, dass Waffen aus Obsidian die Haut junger Drachen durchdringen konnten, aber er wusste nicht, wie er all die tiefen Höhlen finden sollte, in denen die Drachen schliefen. Er wusste nicht, wie wirksam Obsidianklingen gegen ausgewachsene Drachen waren. Ein Obsidiandolch hatte das Untier getötet, das Enziets verdorbenem Herzen entsprungen war, aber der Drache war gerade erst geschlüpft, nicht viel größer als ein Mensch, mit weicher und roter Haut, während die drei, die Arlians Geburtsort zerstört hatten, mindestens fünfzehn Meter gemessen hatten, von der Schnauze bis zur Schwanzspitze vielleicht sogar dreißig Meter, und schwarz und hart und alt gewesen waren. Arlian glaubte nicht, dass ein einfacher Dolch, ganz gleich, aus welchem Material, eine derartige Kreatur töten konnte. Ein Speer vielleicht, wenn man ihn direkt in das Herz bohrte ...

Er erreichte die letzte Seite des Notizbuchs und klappte es zu, wobei eine kleine Staubwolke aufstieg. Er nieste und putzte sich mit einem spitzenbesetzten Taschentuch die Nase.

Er hatte genug davon, über diesen frustrierenden Wälzern zu brüten, zumindest im Moment, entschied er, als er das Notizbuch zurück in das Regal stellte. Die Geheimnisse, die er brauchte, waren vielleicht hier vor seinen Augen, verborgen zwischen Hunderten von Bänden, die für ihn keinen Nutzen hatten, versteckt hinter Enziets Kodes und Zahlen – oder sie waren vielleicht woanders oder Enziet hatte sie nur in seinem Kopf aufbewahrt.

Er erhob sich von seinem Stuhl, wischte den Staub von seinem Leinenhemd und wandte seine Aufmerksamkeit den drei Truhen zu, die links von Enziets Schreibtisch an der getäfelten Wand standen. Laut der Inventarliste enthielten diese Truhen Zauberapparate – Ferrezin hatte keine genaueren Angaben geliefert.

Ferrezin hatte nicht gewagt, sie zu öffnen.

Für die Zauberei brauchte man normalerweise keine Apparate. Zauberei war subtil, denn die Länder der Menschen, all die Länder, die man vor Jahrhunderten den Drachen entrissen hatte, waren arm an Magie. Die Länder jenseits der Grenzen, Reiche wie Arithei und Tirikindaro und Pon Ashti, wurden von wilder Magie beherrscht, die am Himmel tobte und die Erde durchströmte, und ein Magus musste nur die Hand ausstrecken, um alle Macht zu haben, die er sich erträumte; aritheische Magier, mit denen Arlian gesprochen hatte, hatten ihm erklärt, dass es im Umgang mit der Magie in ihrem Heimatland die schwierigste Aufgabe war, ihre schiere rohe Energie zu kontrollieren, die, erst einmal entfesselt, sonst den Magier und alles in seiner Umgebung vernichten würde. Die Straßen und Städte in Arithei waren durch ein ausgedehntes Netz aus Bannzaubern und kaltem Eisen geschützt, um die wilde Magie in Schach zu halten. Silber und Eisen und bestimmte Steine, nicht nur Amethyste, sondern eine Vielzahl von Edelsteinen, wurden zur Kontrolle der wilden Magie verwendet, und eine Vielzahl von Zaubersymbolen und Talismanen dienten dazu, die mystischen Energien zu binden.

Doch in Manfort und fast überall sonst in den Ländern der Menschen gab es so wenig Magie, dass die meisten Leute sie nicht spüren oder gar verwenden konnten, und die hohe Kunst der Zauberei war entwickelt worden, um jene winzigen Reste zu nutzen. Alles, was den Fluss der Magie behinderte, war in der Zauberei nutzlos, und alles, was sie begrenzte, war überflüssig. Bei der Zauberei kam es vor allem auf die Fähigkeiten des Zauberers und ein paar gewöhnliche Gegenstände an.

Es erforderte die ganze Lebensspanne eines normalen Menschen, um mit derart begrenzten Ressourcen merkbare Ergebnisse zu erzielen – aber da Drachenherzen viel länger lebten als normale Menschen, waren viele von ihnen in der Zauberkunst bewandert.

Enziet war überaus fähig gewesen. Er hatte hier in seinem Haus Zauberei benutzt, um mit den Drachen in ihren Höhlen zu sprechen – aber sein einziges sichtbares Hilfsmittel war, laut dem einzigen Zeugen, der Arlian den Vorgang geschildert hatte, eine Schüssel mit Wasser gewesen. Er hatte Warn- und Schutzzauber gewirkt, aber dafür hatte er nur Worte, Gesten und die Steine des Hauses und der Mauern benutzt.

Was war dann in den Truhen?

Arlian löste den Schlüsselring, den Ferrezin ihm gegeben hatte, von seinem Gürtel, kniete vor der ersten Truhe nieder und betrachtete das Schloss. Er nahm eine Öllampe vom Schreibtisch und drehte die Flamme hoch, damit sie mehr Licht spendete.

Das Schloss machte einen völlig normalen Eindruck, aber Zauberei war meistens unsichtbar. Arlian überlegte, ob er nach Thirif oder Shibiel oder Isein schicken oder einen Zauberer aus der Stadt bitten sollte, sich das Schloss anzusehen und festzustellen, ob es eine Art Zauberfalle gab – aber das würde zu lange dauern. Das Durchforschen der Dutzenden von unverständlichen Notizbüchern hatte ihn ungeduldig gemacht, und schließlich hatte er den Schlüssel und Enziet war tot. Zauberei war empfindlich, so empfindlich, dass der Großteil von Enziets schwächerer Magie durchaus mit ihm gestorben sein konnte, und Arlian konnte an dem Schloss gewiss nichts Magisches spüren.

Außerdem glaubte er einfach nicht, dass Enziet sich mit Fallen abgegeben hatte. Es schien nicht sein Stil zu sein.

Arlian schätzte Größe und Form des Schlüssellochs ab und suchte dann unter den drei Dutzend Schlüsseln nach dem passenden.

Es gab mehrere, die in Frage kamen, aber Arlian entschied sich sofort für einen, und das aus einem sehr simplen Grund – er war aus schwarzem, silberdurchwirktem Eisen, während die anderen aus Messing oder Stahl bestanden. Eisen und Silber schützten vor Magie.

Der Schlüssel glitt problemlos ins Schlüsselloch; als Arlian ihn drehte, hörte er eine befriedigende Serie von Klicklauten.

Keine Magie manifestierte sich; entweder hatte sich der Schutzzauber der Kiste längst aufgelöst oder war vom

Schlüssel aufgehoben worden. Lächelnd hob Arlian den Deckel, hielt die Lampe hoch und blickte in die Truhe.

Einen Moment erkannte er nicht, was er sah; die glänzenden schwarzen Umrisse weigerten sich, verständliche Formen anzunehmen. Er drehte die Lampe und sah ihr Licht an scharfen, gebogenen Kanten glänzen.

Endlich dämmerte ihm, was er vor sich hatte.

Die Truhe war voller Obsidian.

Dies war es, was Lord Dragon vor all diesen Jahren am Rauchenden Berg geplündert hatte. Dies war es, was er gesucht hatte, als er auf den jungen Arlian gestoßen war, gefangen im Keller seines zerstörten Hauses – und den Jungen in die Sklaverei verkauft hatte.

Einen Moment lang erinnerte sich Arlian in allen schrecklichen Einzelheiten an jenes weit zurückliegende Ereignis. Er erinnerte sich an den Anblick des Drachengesichts, als eins der drei Ungeheuer ihn direkt angesehen hatte. Er erinnerte sich an die entsetzliche warme Last der Leiche seines Großvaters und den Druck des heißen Steinbodens, als er eingeklemmt am Fuß der umgekippten Leiter gelegen hatte. Er erinnerte sich an den unaussprechlich abscheulichen Geschmack der Mischung aus Blut und Gift, die in seinen Mund getropft war, und ihm drehte sich bei der Erinnerung der Magen um.

Und er erinnerte sich, wie er aus dem Keller gezogen worden war und die brennende Ruine seines Hauses gesehen hatte. Das ganze Dorf war zerstört gewesen, während Lord Dragon mit seiner feinen Kleidung und dem zernarbten Gesicht und der kalten Stimme einem halben Dutzend Plünderer den Befehl gegeben hatte, die wenigen Wertsachen zusammenzuraffen. Er erinnerte sich, wie Enziet ihn nach den Werkstätten gefragt hatte, wo der Obsidian lagerte.

Und er, Arlian, hatte sie ihm gezeigt, damit er nicht geschlagen, vielleicht sogar verstümmelt wurde – denn ein Krüppel wäre niemals in der Lage gewesen, eines Tages die Untaten zu rächen.

Er starrte die schwarzen Glasscherben in dieser Truhe in Manfort an und spürte, wie all der kalte Hass, den er jahrelang in seiner Brust genährt hatte, in ihm hochstieg, der Rachedurst und der Wunsch, blutige Rache zu nehmen.

Er hatte Enziet getötet oder zumindest den Drachen, in den Enziet sich verwandelt hatte. Er hatte Decker am Fieber sterben lassen, hatte zugelassen, dass Haut ermordet wurde. Er hatte Latsche und Steinhand getötet.

Dolch und Zahn waren vielleicht noch am Leben; Arlian hatte sie bisher nicht aufspüren können. Dolch war vor Jahren aus Manfort geflohen, und Zahn war einfach verschwunden. Wahrscheinlich würde er sie, wenn überhaupt, nur mit Zauberei finden können, sofern sie noch am Leben waren – was Arlian für unwahrscheinlich hielt.

Demnach waren die Plünderer erledigt; alle waren tot oder verschwunden.

Aber die Drachen waren noch am Leben.

Und hier, in dieser Truhe, war das Material, das Arlian brauchte, um die Waffen herzustellen, die sie töten konnten.

Dies war ein Teil von dem, was Enziet ihm hinterlassen hatte, ein Teil des Vermächtnisses – und zweifellos hatte Enziet erwartet, als er Arlian zu seinem Erben ernannt hatte, dass Arlian es auch benutzte. Trotz des Pakts, den er mit ihnen geschlossen hatte, trotz seines Verrats an dem alten Orden der Drachenherzen, der sie bekämpft hatte, war Arlian bewusst, dass Enziet die Drachen gehasst hatte, obwohl er selbst einer von ihnen geworden war. Jahrhundertelang hatte er einen Weg gesucht, sie zu vernichten.

Er hatte einen gefunden – aber er hatte keine Chance gehabt, dieses Mittel einzusetzen. Offenbar hatte er gehofft, dass Arlian es an seiner Stelle tun würde.

Arlian schnitt eine Grimasse. Lord Obsidian nannte er sich selbst. Dieses vulkanische Glas war sein Namensgeber – und seine Bestimmung.

Er griff hinein, nahm ein Stück heraus und stellte fest, dass es bereits zu einer scharfen langen Speerspitze geschnitzt worden war. Daneben lagen ein schwarzer Steindolch und eine zerbrochene Scherbe, die offenbar eine Schwertklinge hatte werden sollen – doch Obsidian war nicht stark genug, um als Schwert zu dienen.

Messer und Speere. Das würde genügen. Ein gutes Schwert war die Waffe eines Edelmanns und für den offenen Kampf gedacht – und Arlian wollte nicht gegen die Drachen kämpfen.

Er wollte sie massakrieren, wie sie seine Familie und Nachbarn massakriert hatten.

Er hatte gedacht, dass es genügen würde, Enziet zu töten, um seinen Rachedurst zu stillen, und dass er seinen Feldzug gegen die Drachen einfach im Interesse der Menschheit weiterführen würde, aber jetzt wurde ihm klar, dass es lediglich genug menschliches Blut gewesen war. Er wollte die Drachen für das, was sie getan hatten, noch immer tot sehen.

Und mit Obsidianwaffen und tausend Jahren Zeit würde er dieses Ziel vielleicht erreichen.

Er hielt die Speerspitze aus Obsidian in der Hand und betrachtete nachdenklich die Truhe, als es an der Tür klopfte. Er blickte auf.

»Ja?«, sagte er.

Die Tür öffnete sich, und ein Diener sah nervös herein. Arlian kannte den Namen des Mannes nicht; er hatte noch nicht jedes Mitglied von Enziets Haushalt kennen gelernt.

»Verzeiht, mein Lord«, sagte der Diener, »aber Euer Haushofmeister wünscht Euch zu sprechen.«

»Du meinst Ferrezin? Er ist nicht ...«

»Euer Haushofmeister, mein Lord, nicht der Kammerherr.« Der Vorwurf in seiner Stimme war subtil, aber deutlich.

»Black? Hier?«

»Ja, mein Lord.«

»Was will er?«

»Das hat er nicht gesagt, mein Lord.«

Arlian runzelte verwirrt die Stirn. Dies klang nicht gut. »Ich komme sofort nach unten«, erklärte er.

»Sehr gut, mein Lord.« Die Tür schloss sich wieder.

Arlian legte die Speerspitze zurück in die Truhe, sah die beiden anderen Kisten an, die noch ungeöffnet waren, und musterte dann das Regal mit den Notiz- und Hauptbüchern.

Er konnte sich später damit befassen. Er strich seine Manschetten glatt, ging zur Tür und verzichtete darauf, die Truhe abzuschließen; wer würde schon Obsidianklingen stehlen?

Und wer würde es wagen, selbst jetzt, etwas aus Lord Enziets Haus zu stehlen?

Ein paar Momente später erreichte er das graue Steinfoyer und trat zu Black.

»Entschuldigt meine Aufdringlichkeit, Lord Ari«, sagte Black. »Ich hatte gedacht, ich könnte hereinkommen und warten, bis Ihr allein den Weg nach unten findet, aber ich fürchte, Euer Personal duldet eine derartige Zwanglosigkeit nicht.«

Arlian wehrte Blacks Entschuldigung ab und führte ihn zur Innentür. »Ich werde ihnen sagen, dass du dich frei im Haus bewegen darfst«, erklärte er, als er ihn zu einem kleinen Salon geleitete, »aber was bringt dich hierher? Gibt es ein Problem im Alten Palast?«

»Nun, ich glaube nicht, dass er noch immer dort ist«, sagte Black, »aber möglicherweise ist er heimlich zurückgekehrt.«

»Ein Problem, das du ›er‹ nennst? Von wem sprichst du?«

Da sie jetzt allein waren, verzichtete Black auf die förmliche Anrede. »Dein guter Freund Lord Wither.«

Arlian drehte den Kopf und sah seinen Freund von der Seite an. »Wither? Er ist noch einmal in den Palast gekommen?«

»So ist es.«

»Hast du ihn hierher geschickt?«

»Er war nicht auf der Suche nach dir, Ari«, sagte Black mit einem schurkischen Grinsen. »Er wollte mit mir sprechen.«

»Tatsächlich?« Arlian ließ sich in einen vom Alter geschwärzten Eichensessel sinken und bedeutete Black, ebenfalls Platz zu nehmen. »Und was wollte Lord Wither von dir?«

»Er hat mir einen geschäftlichen Vorschlag gemacht. Er glaubt, dass ich über gewisse Informationen verfüge, für die er mir einen überaus großzügigen Preis bot.«

»Und was für Informationen sind das?«, fragte Arlian, obwohl er glaubte, die Antwort zu kennen.

»Die genaue Lage von Lord Enziets Todesort. Er wollte, dass ich ihn hinführe.«

Arlian nickte. »Das dachte ich mir schon. Hat er gesagt, warum?«

»Das hat er nicht.« Black musterte seinen Herrn. »Ich nehme an, dass es seiner Meinung nach dort etwas gibt, das Enziet bei sich hatte, als er starb, und das er unbedingt haben will. Als er vorgestern mit dir sprach, glaubte er wohl, dass du diesen mysteriösen Gegenstand hast, nicht wahr? Ich vermute, deshalb hat er Horn geschickt, um uns zu beschützen.«

»Er hoffte, dass ich es habe. Was nicht der Fall ist. Und was das betrifft, Lord Enziet hatte es auch noch nicht, als er starb – er wollte es holen, versagte aber kurz vor seinem Ziel.«

»Ah.« Black lehnte sich in seinem Sessel zurück. »Ich habe mich schon gefragt, warum Enziet diese bestimmte Höhle in der Ödnis aufgesucht hat. Dürfte ich fragen, um was für eine Kostbarkeit es sich handelt?«

»Ich denke, es ist besser, wenn du es nicht weißt. Und als Lord Wither sein Angebot machte, was hast du ihm gesagt?«

»Nun, dass ich es überdenken werde, natürlich! Bin ich

so närrisch, dass ich ein fürstliches Angebot einfach ablehne?«

Arlian lächelte schurkisch. »In der Tat, Black, du bist ganz gewiss kein Narr, und ich weiß das nur zu gut – obwohl deine Bereitschaft, in meinen Diensten zu bleiben, in dieser Hinsicht einige Zweifel aufkommen lässt. Muss ich mir demnach deine Dienste erkaufen und versuchen, Lord Withers Angebot zu übertreffen?« Sein Ton und Lächeln waren offen sardonisch, um ein mögliches Missverständnis in dieser Angelegenheit zu vermeiden.

»Natürlich nicht, Ari! Du weißt bereits, wo Enziet starb!«, erwiderte Black mit dem gleichen Lächeln. Dann verdüsterte sich seine Miene.

»Im Ernst, Ari«, sagte er, »ich bin mir nicht sicher, was ich davon halten soll. Ich kenne einen Teil deiner Geschichte, und ich habe dir bei deinem Rachefeldzug geholfen, aber du hast immer Geheimnisse vor mir gehabt, und noch mehr seit Enziets Tod. Es gibt zweifellos Dinge hier, von denen ich nichts weiß; offen gesagt, in dieser Höhle sind Dinge geschehen, die ich nicht verstehe, und ich nehme vermutlich zu Recht an, dass Lord Withers brennendes Interesse an diesem Ort und dir damit zusammenhängt. Wenn ich durch fremdes Gebiet reise, ziehe ich es vor, dies in Begleitung eines Führers zu tun, und du scheinst die einzige Person zu sein, die ich kenne, die mit diesen Wegen vertraut ist. Würde es dir schaden, wenn ich Wither zu der Höhle führe, oder würde es dir bei deinen Plänen helfen? Würde es mir schaden? Würde es Wither schaden? Ich kann deinen Interessen nicht wirksam dienen, wenn ich sie nicht kenne.«

Arlian sah seinen Haushofmeister einen langen Moment nachdenklich an und seufzte dann.

»Ich frage mich manchmal, wie du es mit mir aushältst«, gestand er.

»Du bezahlst gut«, antwortete Black sofort, bevor Arlian fortfahren konnte.

Arlian lächelte trocken. »Nicht so gut – und wie du schon sagtest, ich habe Geheimnisse vor dir, viele sogar, während ich dich mit anderen belaste. Und ich fürchte, ich werde damit noch eine Weile fortfahren. Doch dieses Geheimnis kann ich dir enthüllen, und es dürfte sich nicht als belastend erweisen. Diese Höhle war nur eine Art Vorraum; was Lord Wither sucht, liegt darunter.«

»Eine tiefere Höhle?«

Arlian nickte.

»Wo die Drachen schlafen? Wollte Enziet sie wecken?«

»Ich bin mir nicht ganz sicher, was Enziet vorhatte«, räumte Arlian ein. »Die Drachen zu wecken ist eine Möglichkeit. Allerdings hat er Wither erzählt, dass er lediglich beabsichtigte, etwas Drachengift zu besorgen.«

»Und das ist es, was Wither will? Drachengift?«

»Genau.«

»Aber warum? Er hat bereits das Herz eines Drachen und alles Geld, das er braucht. Muss die Magie demnach vielleicht erneuert werden?«

Arlian schüttelte den Kopf. »Er hat eine Geliebte«, sagte er.

»Lady Marasa, Opal genannt.«

»Genau.«

Black antwortete nicht, und Arlian fühlte sich gezwungen hinzuzufügen: »Wither hat miterlebt, wie mehrere Frauen alt wurden und starben, und er hat eine Abneigung gegen diesen Vorgang entwickelt.«

»Verständlich«, meinte Black. »Soll ich ihm dann verraten, wo die Höhle liegt?«

Arlian runzelte die Stirn. »Nein. Die Welt braucht nicht noch mehr Drachenherzen.«

Black sah seinen Herrn einen langen Moment nachdenklich an.

»Mir stellt sich die Frage, Ari, warum du etwas dagegen hast, dass andere langes Leben und außergewöhnliche Gesundheit und beeindruckende Charakterstärke erlangen? Mir stellt sich die Frage, warum zum Beispiel ich nicht versuchen sollte, das Gift in meinen Besitz zu bringen.«

Arlian hatte befürchtet, dass dieser Moment kommen würde. Es wäre einfacher, Black die Wahrheit zu sagen, aber obwohl Arlian Black mehr traute als jedem anderen Menschen, den er seit seiner Flucht aus den Minen von Tiefgraben getroffen hatte, war er noch nicht bereit, seine Geheimnisse zu teilen. Enziet hatte das Wissen um die Vermehrung der Drachen jahrhundertelang für sich behalten, und Arlian hatte keine Eile, dieses Geheimnis zu verraten.

Zumindest jetzt noch nicht.

Er suchte den Blick seines Haushofmeisters. »Ich habe meine Gründe, lieber Black, und ich halte sie für gut. Ich bitte dich, mir in dieser Hinsicht zunächst zu vertrauen. Vielleicht werde ich es im Lauf der Zeit über mich bringen, dir alles zu erklären, und du kannst dann selbst entscheiden. Wenn es dazu kommt, dass du nicht länger allein meinem Wort vertrauen kannst und ich noch immer nicht bereit bin, es zu erklären, nun, ich werde dich nicht aufhalten – aber wenn die Resultate deines Experiments so aussehen, wie ich befürchte, werde ich vielleicht mein Möglichstes tun, um dich nach deiner Rückkehr zu töten. Ich würde es wirklich vorziehen, dies nicht zu tun.«

Black schnaubte.

»Und bedenke bitte, dass du vorhast, dich in eine Höhle zu schleichen, in der mehrere Drachen schlafen – eine Höhle ohne jedes natürliche Licht. Planst du, im Dunkeln herumzuirren und vielleicht über eine ausgestreckte Klaue zu stolpern, während du nach den gifttropfenden Reißzähnen greifst, oder hast du vor, ein Licht mitzunehmen? Ich habe keine Ahnung, wie tief Drachen schlafen oder wie empfindlich sie auf Fackellicht reagieren ...«

Black schnitt eine Grimasse. »Das ist ein berechtigter Einwand«, sagte er. »Ich werde also nicht die Höhlen aufsuchen, um für mich oder Lord Wither und seine Frau Gift zu besorgen. Soll ich ihn dann vielleicht kreuz und quer durch die Ödnis führen und so tun, als hätte ich mich verirrt? Vielleicht entmutigt es ihn.«

»Nein«, sagte Arlian. »Ich fürchte, das wird ihn nur noch entschlossener machen, und er hat eine derartige Täuschung nicht verdient – er hat uns Horn und seine Männer zu Hilfe geschickt und nicht auf einer Gegenleistung bestanden. Nein, lehne seine Bitte einfach ab. Lass ihn einen anderen Weg finden, Lady Marasa zu verdammen; wir werden uns nicht daran beteiligen.«

Er erwähnte nicht, dass er bezweifelte, dass selbst ein zuverlässiger Mann wie Black auf Dauer Lord Withers übermenschlichem Charisma widerstehen konnte. Die Möglichkeit, dass das Herz des Drachen genügte, um Blacks Willen zu brechen, wenn die beiden längere Zeit allein durch die Ödnis reisten, war so groß, dass Arlian es nicht riskieren wollte.

Allerdings würde es Black vermutlich nicht gern hören, wenn er seine Bedenken laut aussprach.

Arlian war so auf Blacks mögliche Empfänglichkeit für Withers Autorität konzentriert, dass er seine verräterische Wortwahl nicht bemerkte, bis Black antwortete.

»Sie verdammen?« Blacks Augen weiteten sich. »Was für ein interessanter Ausdruck! Bist du demnach verdammt?«

Arlians Gesicht wurde ausdruckslos, als er daran dachte, was er in den vergangenen zehn Jahren durchgemacht hatte – Brände, Tod und Grauen; seine Familie, seine Freunde in den Minen, die Frau, die er geliebt hatte, alle waren sie tot. Er sah sein eigenes Leben, sinnentleert, nur von dem verzehrenden Gedanken an Rache erfüllt; er erkannte, dass er nicht einmal seinem besten und treuesten Freund trauen konnte, sondern ihm stattdessen Geheimnisse vorenthielt und leidenschaftslos die Möglichkeit in Erwägung zog, dass Black ihn an Lord Wither verriet – und die Möglichkeit, dass er Black vielleicht eines Tages töten würde.

Arlian sah Black in die Augen. »Musst du das wirklich noch fragen?«, sagte er.

Black senkte den Blick, und das Gespräch war zu Ende.

8
Lord Drisheens Nachlass

In den nächsten Tagen machte Lord Wither keinen Versuch, Arlian zu bedrängen – und auch sonst bat kein Außenstehender um eine Audienz. Stattdessen konzentrierte sich Arlian auf die Vorbereitungen für seinen geplanten Krieg gegen die Drachen und kümmerte sich um die Bedürfnisse seiner Gäste und seines Gesindes. Die Freilassung von Enziets Sklaven hatte im Grauen Haus zu einem Mangel an Bediensteten geführt, aber er zögerte, neue Diener einzustellen.

Er nahm an, dass er mit der Zeit das eine oder andere Haus verkaufen würde, aber er hatte noch nicht entschieden, welches. Der Alte Palast war weitaus komfortabler, aber viel zu groß für seine Bedürfnisse und viel zu aufwendig im Unterhalt. Bevor er ihn erworben hatte, hatte er jahrelang leer gestanden, weil er einfach zu groß für einen gewöhnlichen Lord war.

Wenn es ihm nicht gelang, weitere aritheische Magie zu erstehen und weiterzuverkaufen, und wenn Enziets Güter nicht genug Einnahmen abwarfen, würde er es sich vielleicht nicht leisten können, den Alten Palast zu behalten, und das Graue Haus war, obwohl es ihm an Charme mangelte, groß genug für ihn und die sechs Frauen.

Wenn Geld kein Problem war, würde er es vorziehen, den Alten Palast zu behalten und das Graue Haus zu verkaufen, aber er musste sich zunächst mit seinem Inhalt vertraut machen.

Eine Kiste voller Knochen und anderer Überreste in einer Zelle in den oberen Stockwerken von Enziets Haus war alles, was von einer Frau namens Möwe übrig war; bei seinem dritten Besuch ließ er diese Truhe herausschaffen und traf die Vorbereitungen für eine private Beerdigung in einem Garten hinter dem Alten Palast, neben Sweets Grab, an der Lara, Brooke, Hasty, Lily, Kitty und Musk teilnehmen konnten, ohne dass ihre Verstümmelungen unerwünschte Aufmerksamkeit erregten – und ohne Hasty in ihrem hochschwangeren Zustand zu belasten.

Die Beerdigung fand an einem grauen, stürmischen Tag statt und verlief ohne Zwischenfälle.

Am Abend nach der Beerdigung setzten bei Hasty die Wehen ein, und Arlian schickte nach der Hebamme. Die kleine Vanniari kam am nächsten Morgen gesund zur Welt, und in der nächsten Zeit war alle Aufmerksamkeit auf das Baby konzentriert.

Arlian fand Zeit, ein neues Schwert samt Schwertbrecher zu kaufen, um jene zu ersetzen, die er in der Höhle hinter der Ödnis verloren hatte, und er fertigte probeweise ein paar Obsidianwaffen aus Enziets Vorräten an.

Aus Tiefgraben traf eine vorläufige Nachricht ein – zu Lord Enziets Besitztümern gehörte ein Anteil von einem Fünftel an der Mine des alten Mannes, und die anderen Besitzer waren bereit, ihre zu verkaufen, wenn der Preis stimmte.

Der Verwalter der Mine, den Arlian und die anderen Bergleute nur als den alten Mann gekannt hatten, dessen richtiger Name aber Lithuil war, hatte zugesagt, Amethyste für Lord Obsidian zu sammeln; der genaue Preis sollte später ausgehandelt werden. Arlian war klar, dass er früher oder später selbst nach Tiefgraben reisen musste, um die Sache zu klären – aber das konnte warten.

Allerdings schickte er eine Nachricht los, dass er am Erwerb der anderen vier Anteile interessiert war und für seine Zwecke Silber gehortet werden sollte.

Er besuchte nicht die Halle der Drachen-Gesellschaft in der Straße des Schwarzen Turms. Er wusste, dass er es sollte, um dort seinen Ruf zu festigen und herauszufinden, ob die Lage der Drachenhöhlen bekannt war, aber er konnte es nicht über sich bringen, schon jetzt den anderen Drachenherzen gegenüberzutreten.

Schließlich zog er es ernsthaft in Erwägung, sie alle zu töten. Ein Heilmittel gegen das Drachengift wäre besser, aber er konnte sich nicht vorstellen, wie eins gefunden werden sollte – in den siebenhundert Jahren seit ihrer Gründung hatte die Drachen-Gesellschaft keines entdeckt.

Natürlich, die meisten hatten es wahrscheinlich nicht einmal versucht, da es das Drachengift in ihren Adern war, das sie alle am Leben erhielt; und selbst Enziet, der sich intensiv mit Zaubermethoden beschäftigt hatte, um die Wirkungen des Giftes in Schach zu halten, hatte es nur geschafft, seine eigene Lebensspanne um ein paar Jahre zu verlängern – höchstens um fünfzig Jahre.

Wenn das alles war, was Enziet in jahrhundertelanger Arbeit zu Stande gebracht hatte, konnte Arlian schwerlich auf ein besseres Ergebnis hoffen.

Und das bedeutete, dass die Drachenherzen sterben mussten, wenn er die Drachen ausrotten wollte.

Das bedeutete, wie Arlian überzeugt war, dass er, Arlian vom Rauchenden Berg, sie alle töten musste.

Außerdem hatte Arlian als Mitglied der Gesellschaft geschworen, alle Informationen zu teilen, die er über die Drachen gewann, und er war noch nicht bereit, die großen Geheimnisse zu enthüllen, die er von Enziet erfahren hatte, ebenso wenig wie Enziet selbst. Enziet hatte es für zweckmäßig gehalten, diesen Teil seines Mitgliedschwurs zu ignorieren; Arlian gefiel es nicht, wie sein verstorbener Feind zu handeln, doch er konnte Enziets Beweggründe durchaus verstehen. Arlian glaubte, dass er es mit der Zeit notwendig finden würde, die Wahrheit zu enthüllen, aber er hoffte, dass es nicht zu bald geschehen würde; er brauchte Zeit, um nachzudenken, zu planen, sich vorzubereiten und die Aktionen der anderen vorherzusehen.

Glücklicherweise besagte der Schwur nicht, dass er sofort enthüllen musste, was er erfahren hatte. Er würde es ihnen im Lauf der Zeit erzählen, wenn auch nur, um ihnen zu erklären, warum er sie tötete.

Jetzt in ihre Halle zu marschieren und so zu tun, als hätte sich nichts verändert, sich ihren Fragen über die Umstände von Enziets Tod zu stellen, sie anzusehen und mit ihnen zu reden und dabei zu wissen, dass er sie eines Tages töten würde ... Arlian war noch nicht bereit dafür.

Er begab sich weder in die Halle der Gesellschaft, noch lud er irgendwelche Mitglieder der Gesellschaft in sein Haus ein – nicht einmal Lady Reif. Hätte jemand am Tor des Alten Palastes geklopft, hätte er seinen Besucher empfangen und ihn so höflich wie möglich behandelt, aber er konnte es nicht über sich bringen, die Gesellschaft von Männern und Frauen zu suchen, die zu töten er entschlossen war.

Er fragte sich, was sie wohl dachten und ob Nagel und Toribor um ihr Leben fürchteten – sie wussten im Gegensatz zu den anderen, dass er sie eines Tages töten würde. Er suchte sie nicht auf, hörte aber zu, wenn seine Gäste oder Diener tratschten, und er stellte ein paar Fragen, um die letzten Neuigkeiten über sie in Erfahrung zu bringen.

Da die Mitglieder der Gesellschaft alle zu den Reichen und Mächtigen der Stadt gehörten, gab es eine Menge Klatsch über sie – Lara und Stammel schienen die besten Quellen zu sein, obwohl sich Arlian nicht vorstellen konnte, wie Lara, die neu eingetroffen und wegen ihrer Verstümmelung an den Palast gefesselt war, all diese Informationen sammelte.

Arlian erfuhr auf diese Weise, dass Lord Drisheen keinen Erben eingesetzt hatte. Dies war schwerlich eine Überraschung bei einem Mann ohne Familie, der beabsichtigt hatte, ewig zu leben, aber es war nichtsdestotrotz interessant.

Nach altem Brauch waren Lord Drisheens Besitztümer somit an den Herzog von Manfort gefallen, und nach einer angemessenen Zeitspanne, in der sich die Nachricht verbreiten konnte und die Vertreter des Herzogs alles an sich nahmen, was der Herzog ihrer Meinung nach behalten wollte, sollte der restliche Nachlass zu einem dem Herzog genehmen Zeitpunkt versteigert werden.

Diese Versteigerung fand neunzehn Tage nach Arlians

Rückkehr nach Manfort statt, als sich die Aufregung um Vanniari gelegt hatte, aber bevor Arlian Gelegenheit fand, die Durchsicht von Lord Enziets Besitz abzuschließen oder die Stadt zu verlassen, um Tiefgraben zu besuchen.

Während die Tatsache, dass Drisheen keinen Erben hatte, Arlian nicht erstaunte, sah er in diesem Datum eine erfreuliche Überraschung; er hatte angenommen, bis er das Gegenteil erfuhr, dass Drisheens Nachlass längst abgewickelt war, da Lord Toribor und die anderen schon vor längerer Zeit die Nachricht von dem Tod des Mannes nach Manfort zurückgebracht hatten. Drisheens gedungener Meuchelmörder hatte gewusst, dass sein Herr tot war, so dass die Nachricht schwerlich ein Geheimnis sein konnte.

Arlian nahm an, dass er die Zeit für die Vorbereitung der Auktion unterschätzt hatte, aber was auch immer der Grund für die Verzögerung war, sie kam ihm gelegen. Die Entdeckung, dass die Angelegenheit noch nicht geregelt war, bedeutete, dass er die Chance hatte festzustellen, ob Drisheen, der einer von Enziets engsten Gefährten gewesen war, irgendetwas hinterlassen hatte, was Arlian nützlich sein konnte – vielleicht hatte Enziet verschlüsselte Botschaften an Drisheen geschickt, und Drisheen hatte den entsprechenden Schlüssel, oder vielleicht hatte Drisheen ein Tagebuch mit Erkenntnissen über die Drachen oder Enziet geführt.

Enziet hatte gewusst, wo zumindest ein Drachennest lag; vielleicht hatte Drisheen andere gekannt.

Und Arlian war auch neugierig, ob Drisheen irgendwelche Aufzeichnungen über andere gedungene Meuchelmörder hinterlassen hatte.

Also machte sich Arlian am Morgen jenes Tages auf den Weg durch die kalten grauen Straßen zu Drisheens Anwesen, um an der ersten Auktionsrunde teilzunehmen; die Vielzahl der Güter, die zur Versteigerung standen, bedeutete, dass es mehrere Tage dauern würde, bis das Verfahren abgeschlossen war. Jeden Tag kam eine Mischung aus persönlichen Gegenständen, Möbeln und geschäftlichen Besitztümern unter den Hammer, bis der Auktionator entschied, dass die Käufer das Interesse verloren.

Arlian ging allein; Black war mit dem Haushalt beschäftigt und hatte kein Interesse an der, wie er es nannte, ghulischen Veranstaltung, und Arlian hatte sonst niemanden, der geeignet war, ihn bei einem derartigen Anlass zu begleiten. Seit seiner Rückkehr nach Manfort hatte er keinen Kontakt zu Lady Reif aufgenommen, und seine weiblichen Hausgäste konnten unmöglich an einem Ereignis teilnehmen, bei dem von den Besuchern erwartet wurde, während des Bietens zu stehen und von Zimmer zu Zimmer zu gehen.

Er hatte keine anderen Freunde in Manfort, dämmerte Arlian – eine recht deprimierende Erkenntnis –, und so ging er allein den Hügel hinunter zu Drisheens Anwesen, in seinen Mantel gehüllt.

Tor und Tür standen bei seiner Ankunft offen und wurden nur von einem bedrückten Bediensteten bewacht. Arlian gab dem Mann seinen Mantel und wartete nicht darauf, dass er ihn zur Auktion führte; er fand sie mühelos, indem er der Stimme des Auktionators folgte. Er durchquerte das Foyer, ging durch einen weißen Steinkorridor und betrat einen recht großen, aber überfüllten Salon, in dem sich mindestens ein Dutzend potenzielle Käufer um den Auktionator drängten.

Andere Käufer wanderten durch die verschiedenen Räume, stellte Arlian fest, und da er kein Interesse an den Salonmöbeln hatte, schlenderte er in eine Spiegelgalerie, wo sich mehrere Lords und Ladys aufhielten und die Möbel begutachteten.

Niemand nahm seine Anwesenheit zur Kenntnis, und er drängte sich nicht auf, sondern musterte die Käufer.

Die meisten waren ihm fremd. Er kannte alle Mitglieder der Drachen-Gesellschaft, und er hatte viele der reichsten und mächtigsten Bewohner Manforts auf dem Ball getroffen, den er im Alten Palast veranstaltet hatte, aber die Leute, die zum Bieten hier waren, gehörten größtenteils dem niederen Adel an und waren bestrebt, Dinge billig zu kaufen, die sie sich ansonsten nicht leisten konnten.

Er schritt durch die Galerie zur Tür eines Salons und blieb stehen, ohne einzutreten.

Der Herzog von Manfort befand sich in dem Salon und plauderte mit einem Teil seines Hofstaats. Arlian war klug genug, nicht zu stören, und wandte sich ab.

Es machte Sinn, dass der Herzog hier war, da die Auktion zu seinen Gunsten stattfand; wahrscheinlich war er gekommen, um die Verkäufe zu beaufsichtigen und sicherzustellen, dass angemessene Preise bezahlt wurden. Es machte Sinn, aber Arlian hatte nicht daran gedacht. Er verfluchte sich für diesen Fehler – dies hätte eine Chance sein können herauszufinden, ob der Herzog bereit war, Arlians geplanten Krieg gegen die Drachen zu unterstützen. Einfach unvorbereitet hineinzugehen konnte gut in einer Katastrophe enden, wenn er das Falsche sagte ...

Aber ihm blieb noch Zeit zum Nachdenken, während die Auktion weiterging. Vielleicht fiel ihm etwas Vernünftiges ein.

Im Moment entschied er, sich den anderen Bietern anzuschließen. Er kehrte ins Wohnzimmer zurück, nur um festzustellen, dass sie sich in den dahinterliegenden Zeichenraum begaben.

Arlian folgte und blieb in der nächsten Stunde bei der Gruppe, aber er machte nur ein paar halbherzige Gebote, die Büchern und bestimmten persönlichen Dingen galten, in der Hoffnung, so an Informationen über Drisheens Zauberaktivitäten zu gelangen. Er hatte keine Verwendung für gebrauchte Möbel, und nichts wurde versteigert, was irgendeine Beziehung zu Enziet hatte.

Im Zeichenraum erwarb er nur ein Bündel Papiere, die sich bei genauerer Untersuchung als Auszüge aus Haushaltsbüchern entpuppten und völlig nutzlos waren.

Danach begab sich der Auktionator in Lord Drisheens große und elegante Bibliothek, und Arlian folgte – aber der Ortswechsel verstärkte sein Unbehagen noch. Er ertappte sich dabei, wie sein Blick immer wieder von dem Auktionator zu der Ecke wanderte, wo Diamant und Nerz gehangen hatten. Die Leichen waren schon vor Monaten entfernt worden, aber Arlian sah das Bild noch immer schmerzhaft deutlich vor sich.

Er konzentrierte sich auf den Auktionator und einen Moment später auf das kleine Gefolge des Herzogs. Der Herzog und sein halbes Dutzend Höflinge hatten sich über eine verborgene Treppe auf den Balkon hinter dem Auktionator begeben, wo sie jetzt standen und die Menge beobachteten.

Dies rief die Erinnerung an die gehängten Frauen noch stärker zurück. Ein Lord in hellgrüner Seide stand mit seinen Ellbogen nur zehn Zentimeter von der Stelle entfernt, wo die Schlinge, die Nerz getötet hatte, an dem Balkongeländer befestigt gewesen war. Arlian versuchte nicht daran zu denken, während er das Gefolge des Herzogs musterte.

Etwa die Hälfte der Begleiter des Herzogs waren Drachenherzen, stellte Arlian fest. Zu den potenziellen Käufern gehörten ein paar weitere. Es war nicht verwunderlich, denn die Drachen-Gesellschaft kontrollierte schließlich den Großteils des Reichtums und der Macht in Manfort; Arlian hatte vermutet, dass zumindest ein paar von ihnen an der Auktion teilnehmen würden.

Wie in der Galerie wurde er von ihnen nicht gegrüßt, obwohl die Drachenherzen – im Gegensatz zu den anderen – zweifellos wussten, wer er war. Er war nicht sicher, ob sie zu sehr mit dem Bieten beschäftigt waren und ihn wirklich nicht bemerkten, oder ob sie ihn absichtlich ignorierten. Arlian fand es nachvollziehbar, dass sie den Mann schnitten, der vier prominente Lords, darunter drei Drachenherzen, getötet hatte – aber vielleicht war seine Anwesenheit wirklich nicht aufgefallen, da er sich im Hintergrund hielt und ohne Gefolge gekommen war.

Jedenfalls hatte Arlian so Gelegenheit, die Elite der Stadt zu beobachten, den Hofstaat des Herzogs und die Drachen-Gesellschaft, was wahrscheinlich mehr wert war als jede Chance, irgendetwas zu ersteigern. Ihm fiel sofort auf, dass Lord Hardior, der vor nicht allzu langer Zeit in Ungnade gefallen war, offenbar nach Enziets und Drisheens Tod wieder das Amt des Chefberaters übernommen hatte.

Lady Reif, ebenfalls eine frühere wichtige Ratgeberin, war nicht anwesend, und die anderen Höflinge in dem Gefolge waren offensichtlich unbedeutend. Hardior allein stand an der Seite des Herzogs, statt sich respektvoll einen Schritt hinter ihm zu halten.

Arlian hatte Lord Hardior auf dem rauschenden Ball kennen gelernt, den er gegeben hatte, um den Herren von Manfort Lord Obsidian vorzustellen, aber er hatte danach nicht viel mit ihm zu tun gehabt. Lord Hardior war natürlich Mitglied der Drachen-Gesellschaft – die im Verborgenen wirkende Gesellschaft hatte fast die gesamte Macht in Manfort –, war aber bei Arlians Einweihung nicht zugegen gewesen und hatte deshalb nicht an der sich anschließenden rituellen Befragung teilgenommen. Arlian glaubte aber, bei verschiedenen anderen Anlässen ein paar höfliche Worte mit Hardior gewechselt zu haben.

Er erinnerte sich, dass Lord Hardior vor ein oder zwei Jahren aus dem inneren Kreis des Herzogs verbannt worden war und dass angeblich Lord Enziet dahinter gesteckt hatte. Doch jetzt war Enziet tot, und hier war Lord Hardior, tadellos in weiße Spitze und braunen Samt gekleidet, an der Seite des Herzogs, Scherze in des Herzogs Ohr flüsternd und unauffällig auf die hübschesten Frauen in der Menge deutend, während die anderen Ratgeber respektvollen Abstand hielten und der Herzog lächelte und leise lachte;

zweifellos hatte Lord Hardior die Gelegenheit genutzt, die Enziets Abwesenheit bot.

In diesem Moment, während der Auktionator ein langweiliges genealogisches Werk anpries, musterte Hardior die Menge und bemerkte, dass Arlian zu ihm aufschaute.

Ihre Blicke trafen sich, und Hardior lächelte.

Arlian fragte sich, was dieses Lächeln bedeutete; es wirkte freundlich, aber er war klug genug, keinem Drachenherzen zu trauen.

Dies war nicht das kalte Lächeln eines Feindes beim Anblick seines Opfers und auch nicht die ironische Verachtung, die Arlian oft bei Enziet beobachtet hatte; es wirkte ehrlich und warm.

Diese Wärme konnte natürlich falsch sein und nur dazu dienen, Arlian weiszumachen, dass er einen Verbündeten hatte, bis die Falle zuschnappte. Es war durchaus denkbar, dass Hardior Arlians Verhaftung für den Mord an Lord Drisheen vorbereitete und es auf ironische Weise befriedigend fand, Arlian hier in Drisheens Haus anzutreffen.

Wenn man ihn irgendeines Verbrechens beschuldigen würde, dann wahrscheinlich des Mordes an Drisheen, da Arlians andere Opfer bei fairen, ehrenhaften Duellen gestorben waren. Er hatte Drisheen vor Zeugen kaltblütig getötet, ohne dass Drisheen sein Schwert gezogen hatte; wenn Hardior Arlian vernichten wollte, war dies die beste Anklage.

Andererseits konnte es sein, dass Lord Hardior dankbar war, weil Arlian Enziet und Drisheen für immer beseitigt und Reif mehrere Monate lang aus der Stadt entfernt hatte, so dass der Herzog ohne vertrauenswürdige Ratgeber dastand.

Das konnte sich als nützlich erweisen. Ein politischer Verbündeter konnte sehr hilfreich sein, wenn es um die Vernichtung der Drachen und der Drachen-Gesellschaft ging. Arlian neigte den Kopf und erwiderte das Lächeln.

Einen Moment lächelten sich die beiden Männer an; dann beugte sich Hardior zur Seite und flüsterte dem Herzog ins Ohr. Er deutete auf Arlian.

Der Blick des Herzogs folgte Hardiors Finger, bis er Arlian traf, woraufhin der Herzog lächelte und winkte.

Arlian verbeugte sich leicht. Ein paar Köpfe drehten sich in seine Richtung, aber niemand sagte etwas. Er glaubte, unter den Drachenherzen ein paar überraschte Gesichter zu sehen, aber ihre Mienen wurden sofort wieder ausdruckslos.

Alle richteten ihre Aufmerksamkeit wieder auf die Auktion, als die Genealogie für nur sieben Dukaten verkauft und eine Ausgabe von Lady Arinias berühmten erotischen Geschichten angeboten wurde, ein Werk, das vor drei Jahrhunderten einen großen Skandal ausgelöst hatte.

Der Herzog schien ihm geneigt zu sein, und Arlian fragte sich, ob es irgendeine Möglichkeit gab, dies zu seinem Vorteil zu nutzen – aber er war hier unten und tat so, als ob er bieten würde, während der Herzog auf dem Balkon stand und das Geschehen beobachtete. Er sah keinen Weg, ihm nahe genug zu kommen, um mit ihm zu sprechen, ohne gegen die Etikette zu verstoßen.

Außerdem würde er nicht mit dem Herzog sprechen können, ohne dass Lord Hardior an der Unterhaltung teilnahm, und Arlian wusste nicht genug von Hardiors Absichten und Einstellungen, um das zu riskieren.

Er runzelte die Stirn und versuchte höflich die Männer auf dem Balkon zu ignorieren – und das unerwünschte Bild von Nerz, wie sie dort baumelte ...

9
Ein Gespräch mit Lord Hardior

Kurz darauf langweilte sich Arlian und wandte sich zum Gehen. Nichts Interessantes war im Angebot, soweit er dies beurteilen konnte, und in anderer Hinsicht hatte er gesehen, was er sehen wollte – die Elite Manforts schien den Verlust von Lord Enziet und Lord Drisheen ohne großen Aufruhr akzeptiert zu haben, und es war klar, dass der Herzog von Manfort auch weiterhin ein leicht zu beeinflussender Narr in den Händen der Drachen-Gesellschaft war.

Und niemand hatte ihm offene Feindseligkeit entgegengebracht; im Gegenteil, Hardior und der Herzog waren überaus freundlich gewesen. Wenn jemand vorhatte, die von Arlian getöteten Männer zu rächen, so zeigte er es nicht offen.

Das würde sein Leben leichter machen; es würde keine Ablenkungen geben, wenn er seinen Feldzug gegen die Drachen vorbereitete. Er hatte halb erwartet, dass Lord Toribor, vielleicht mit Hilfe von Nagel, die Gesellschaft gegen ihn aufgehetzt, ihn zu einem Ausgestoßenen gemacht hatte – aber nichts deutete darauf hin.

Allerdings hatten Toribor und Nagel die Auktion nicht besucht, ebenso wenig wie die meisten anderen Drachenherzen. Arlian schärfte sich ein, dass er nicht zu sorglos werden durfte, wenn es um seine Sicherheit ging. Sie hatten vielleicht noch immer Pläne, den Mann auszuschalten, der geschworen hatte, sie zu töten. Wither wollte ihn lebend, aber niemand sonst hatte jemanden geschickt, um Drisheens Meuchelmörder aufzuhalten.

Er blieb an der Tür stehen und zog seinen Mantel enger um sich; der Himmel draußen war von einem bleiernen Grau, so grau wie die Steinstraßen hinter dem Tor, und die Luft war frostig vom letzten Aufbäumen des sterbenden Winters. Er wollte schon hinaustreten und den Lakaien die Tür schließen lassen, als er hinter sich Schritte und ein höfliches Hüsteln hörte.

Er drehte sich um und sah Lord Hardior auf der anderen Seite des kleinen Foyers im Türrahmen stehen.

»Mein Lord Hardior«, sagte Arlian. »Wie schön, Euch zu sehen!«

»Lord Obsidian«, entgegnete Hardior, während er aus dem Türrahmen trat. »Ich hatte gehofft, Euch abzufangen.«

Arlian warf dem wartenden Lakaien einen Blick zu und sagte: »Ich wollte gerade gehen; soll ich also bleiben?«

»Oh, ich will Euch nicht aufhalten – aber vielleicht kann ich Euch bis zum Tor begleiten? Ein paar Worte machen jede Reise angenehmer, ganz gleich, wie kurz sie ist, meint Ihr nicht auch?«

»Wohl wahr«, sagte Arlian. »Ich freue mich über Eure Gesellschaft.« Er neigte leicht den Kopf, wandte sich dann ab und trat nach draußen. Er machte zwei Schritte Richtung Tor und blieb dann stehen, bis Lord Hardior an seiner Seite war.

»Wartet Eure Kutsche?«, fragte Hardior.

»Ich bin zu Fuß gekommen«, erwiderte Arlian. »Und Ihr?«

»Ich fuhr mit Seiner Hoheit«, erklärte Hardior. »Da ich den Rest des Nachmittags nicht mehr das Vergnügen seiner Gesellschaft habe, bin auch ich zu Fuß.«

»Dann muss unser Spaziergang nicht am Tor enden, wenn Ihr möchtet. Ich nehme an, da Ihr wegen mir Seine Hoheit verlassen habt, gibt es eine recht dringende Angelegenheit, die Ihr mit mir besprechen wollt?« Arlian schlenderte den Weg hinunter, während er sprach, und Hardior begleitete ihn.

Dies war eine perfekte Gelegenheit, um Lord Hardior auszuhorchen, um zu erfahren, wie man ihn am Hof des Herzogs und in der Drachen-Gesellschaft sah. Arlian versuchte nicht zu grinsen und begnügte sich stattdessen mit einem höflichen kleinen Lächeln.

Hardior lächelte ebenfalls. »Vielleicht nicht dringend, mein Lord, aber von einiger Wichtigkeit, ja.«

»Dann sagt mir bitte, worum es sich handelt.«

»Das ist ganz einfach. Ich möchte Eure Absichten erfahren.«

Arlian warf ihm einen Seitenblick zu. Eine derart direkte Antwort hatte er nicht erwartet. »Meine Absichten?«

»In der Tat. Ihr habt Seine Hoheit um zwei geschätzte Ratgeber gebracht, und obwohl er Eure Ehre nicht anzweifelt und die Rechtmäßigkeit Eures Handelns nicht in Frage stellt, ist er besorgt, dass Ihr vielleicht noch mehr beseitigt. Er fragt sich, ob es vielleicht Eure Absicht ist, in Manfort Macht zu erlangen, indem Ihr Rivalen aus dem Weg räumt.«

Die beiden erreichten das Tor, wo ein Torwächter stand und schweigend verfolgte, wie sie passierten. Er war bei

Arlians Ankunft nicht da gewesen, und Arlian hätte es bevorzugt, wenn er auch jetzt nicht da gewesen wäre.

Arlian sagte: »Mein lieber Hardior, ich bin nicht im Geringsten an Macht interessiert. Ich weiß, dass Ihr bei meiner ... Ankunft in der Straße des Schwarzen Turms nicht anwesend wart, aber sicherlich habt Ihr einiges von dem gehört, was dort gesagt wurde?« Er hielt es für unklug, die Drachen-Gesellschaft namentlich zu erwähnen, solange der Torwächter in Hörweite war, aber er war überzeugt, dass Lord Hardior die Anspielung verstehen würde.

»Man hört so viele Geschichten, Obsidian, so dass man kaum weiß, was man glauben soll. Ich würde es bevorzugen, wenn Ihr mir offen erzählt, warum Ihr nach Manfort gekommen seid und was Ihr zu erreichen hofft.«

»Ich kam, um Rache zu nehmen, mein Lord«, erklärte Arlian. Er sah keinen Grund, der Frage auszuweichen; seine Absichten waren in der Gesellschaft schwerlich ein Geheimnis, und sie waren jetzt zu weit die Straße hinunter, als dass der Torwächter mithören konnte. Die Straße war nicht menschenleer, aber an diesem düsteren Tag waren nur wenige andere Bürger unterwegs, und alle schienen mehr damit beschäftigt zu sein, der feuchten Kälte zu entkommen, als das Gespräch der beiden Lords mitzuhören. »Als Kind wurde ich unrechtmäßig in die Sklaverei verkauft und musste in den Minen von Tiefgraben schuften, und ich habe geschworen, die sieben Menschen zu finden und zu töten, die an dieser schändlichen Tat beteiligt waren. Später freundete ich mich mit Frauen an, die von sechs Lords nach Gutdünken verstümmelt und dann ermordet wurden, und ich schwor, sowohl diese armen toten Seelen als auch meine eigene Versklavung zu rächen.«

»Insgesamt dreizehn Männer«, rechnete Hardior.

Arlian schüttelte den Kopf. »Nein«, sagte er. »Zehn Männer und zwei Frauen, denn einer der sechs Lords war Lord Enziet, der außerdem der Mann war, der mich in die Sklaverei verkauft hat.«

»Und Ihr habt sie inzwischen alle beseitigt?«

»Ich habe alle zehn Männer gefunden«, erwiderte Arlian, »und acht von ihnen sind tot. Zwei der Lords, Nagel und Toribor, sind noch am Leben, und es ist mir nicht gelungen, die beiden Frauen aufzuspüren – eine soll schon vor Jahren gestorben sein, und die andere floh nach Manfort und ist nicht mehr zurückgekehrt.« Erst dann fiel ihm der Lampenlöscher ein – die von ihm nach Tiefgraben geschickten Gesandten hatten nicht den Auftrag, nach dem Aufseher zu suchen, so dass er nicht wusste, ob der Lampenlöscher noch lebte.

Wenn doch ... nun, er war eine Kleinigkeit im Vergleich zu den Drachen, und er war nicht sicher, ob er ihn verfolgen würde oder nicht. Er entschied, es nicht zu erwähnen.

»Aber wohin hat Euch das gebracht?«, fragte Hardior. »Als Mitglied der Drachen-Gesellschaft habt Ihr geschworen, Nagel und Toribor innerhalb der Stadtmauern nicht zu töten; habt Ihr vor, diese beiden Frauen aufzuspüren?«

»Ich habe genug Rache an Männern und Frauen genommen, mein Lord. Es mag durchaus sein, dass ich eines Tages Nagel und Toribor töten werde – Nagel hat sich bereit erklärt, sich mir vor der Mauer zu stellen, wenn ich Toribor erledigt habe, und ich werde ihn vielleicht beim Wort nehmen, vielleicht aber auch nicht. Toribor und ich haben bereits gekämpft, und ich denke, wir können uns gegenseitig einschätzen; im Moment halte ich es für denkbar, dass es möglich ist, die Angelegenheit nicht weiterzuverfolgen, aber es kann durchaus sein, dass wir zu einem anderen Zeitpunkt erneut miteinander kämpfen werden.« Er erinnerte sich wieder an das Duell in den nächtlichen Straßen von Korkbaum, das damit geendet hatte, dass Toribor blutend im Dreck lag, und Arlian ertappte sich bei dem Gedanken, Lord Toribor einen Besuch abzustatten und mit ihm über die Dinge zu reden, die ungeklärt geblieben waren.

Er hätte dies sogar schon viel früher tun müssen, aber seit seiner Rückkehr nach Manfort war er abgelenkt worden – von Enziets Vermächtnis, Iseins Nachricht über den Mangel an Magie, Withers Besuch und Vanniaris Geburt.

Er wollte Lord Toribor eigentlich nicht mehr töten, aber er hatte in den Straßen von Korkbaum erklärt, dass ihr Streit noch nicht beendet war – und natürlich hatte er vor, im Lauf der Zeit alle Drachenherzen zu töten. Es war vielleicht klug, Toribors Absichten herauszufinden. Würde es sich als nötig erweisen, in Kürze erneut mit ihm zu kämpfen?

Er erinnerte sich, dass er Toribor dort in Korkbaum ein Versprechen gegeben hatte – dass er Enziet aushorchen würde, bevor er ihn tötete. Toribor hatte geglaubt, dass nach Enziets Tod die Drachen über die Länder der Menschen herfallen und den Frieden beenden würden, der jetzt seit siebenhundert Jahren zwischen der Menschheit und den Drachen bestand.

Dies war eigentlich eine recht vernünftige Annahme gewesen – Enziets Pakt hatte den alten Menschen-Drachen-

Krieg beendet. Aber Enziet war schon seit Monaten tot, und Arlian hatte keine Berichte gehört, dass die Drachen aus ihren Höhlen gekommen waren. Arlian fragte sich, was Toribor davon hielt.

Dies waren definitiv Dinge, die geklärt werden mussten.

Aber nichts davon wollte er mit Hardior besprechen. Seine Probleme mit Toribor waren seine Angelegenheit und gingen Hardior nichts an.

»Ich denke, wenn diese beiden Frauen noch leben, sind sie es nicht wert, dass ich sie verfolge«, fügte er hinzu. »Doch sollten sie mir zufällig über den Weg laufen, werde ich mit ihnen verfahren, wie es mir richtig erscheint.« Dolch und Zahn waren bloß Enziets Werkzeuge gewesen; seit Lord Dragons Tod waren die beiden nur zwei weitere Halunken in einer Welt, in der es von Schurken nur so wimmelte.

»Und wenn Ihr Toribor und Nagel getötet habt – vorausgesetzt, es gelingt Euch und Ihr überlebt –, was werdet Ihr dann tun?«, fragte Hardior. »Habt Ihr Pläne für die Zeit nach diesem Rachefeldzug, von dem Ihr so besessen seid?«

Arlian lächelte schräg. »Das habe ich wahrhaftig, mein Lord, denn ich habe noch nicht die größere Rache erwähnt, auf die ich aus bin. Die Menschen sind meine geringeren Feinde. Meine Familie wurde von drei Drachen massakriert, als ich ein Junge war, und ich habe geschworen, diese Drachen zu finden und zu vernichten oder bei dem Versuch zu sterben.« Er erwähnte nicht, dass er vorhatte, alle Drachen zu töten; das hätte größenwahnsinnig geklungen.

»Ah!« Hardior breitete die Hände aus. »Ich hörte dies

schon, mein Lord, aber ich konnte nicht glauben, dass der Mann, der Lord Enziet getötet hat, so verrückt ist.«

So viel zur Zurückhaltung bei der Erklärung seiner Absichten. Arlian warf Hardior einen kurzen, misstrauischen Blick zu. »Lord Enziet hat sich selbst das Herz herausgeschnitten«, sagte er. »Ich habe nicht gesagt, dass ich ihn getötet habe, nur dass er tot ist.«

»Ich versuche nicht, Euch ein Geständnis zu entlocken, Obsidian. Es gibt hier offenbar Geheimnisse, die ich nicht verstehe – diese Tatsache ist Euch ins Gesicht geschrieben, denn keine Klinge hat Euch diese Narbe zugefügt. Ich verlange keine Erklärung von Euch. Ich werde vielleicht nie erfahren, was wirklich mit Lord Enziet geschehen ist, und dies bereitet mir kein Kopfzerbrechen. Von meinem Standpunkt aus genügt es, dass er tot ist und Ihr nicht die Absicht habt, an seine Stelle zu treten.«

»Ich habe kein Interesse, ihn am Hof des Herzogs zu ersetzen«, sagte Arlian. »Er hat mich allerdings zum Erben seiner Besitztümer und Landgüter eingesetzt, und ich habe diese Rolle angenommen.«

»Und ich kann das nur begrüßen. Es ist besser, Ihr habt sie in Euren Händen, als dass ein Streit darum entbrennt oder sie versteigert werden, um die überquellenden Schatzkisten des Herzogs zu füllen, wie es in Drisheens Fall geschehen ist.«

Arlian blieb stehen und sah Hardior ins Gesicht.

»Mein Lord«, sagte er, »lasst uns offen sprechen. Ihr sagtet, Ihr wollt mit mir über eine wichtige Angelegenheit reden, dennoch fragt Ihr mich nur über meine Absichten aus. Obwohl sie für mich zweifellos wichtig sind, entgeht mir die Bedeutung, die sie für Euch haben. Hätte ich tatsächlich vor, Eure Position am Hofe zu usurpieren, würde ich es Euch sicherlich nicht erzählen, oder? Ihr würdet Euch kaum die Mühe machen, Euch meine Unschuldsbeteuerungen anzuhören – was könnte ich sonst sagen? Nun, warum führen wir dieses Gespräch?«

Hardior grinste ihn an.

»Ihr seid so direkt wie Enziet, nicht wahr?«, sagte er. »Nun gut. Ja, ich habe erwartet, dass Ihr abstreiten werdet, hier in Manfort irgendwelche politischen Ambitionen zu haben, aber ich hielt mich für fähig, Eure Aufrichtigkeit einzuschätzen. Da Ihr tatsächlich verrückt zu sein scheint, dachte ich weiterhin, Ihr würdet mir vielleicht freiwillig eine Liste jener geben, die Ihr zu töten beabsichtigt, damit ich entsprechend planen kann. Das habt Ihr offenbar getan. Ihr habt Nagel und Toribor genannt und gesagt, dass es noch andere gibt, und ich glaube Euch. Nagel ist ohne jeden politischen Einfluss, denn er hat sich schon vor der Geburt des derzeitigen Herzogs vom Hof zurückgezogen; Toribor gehört seit Enziets Tod keiner Gruppe an und scheint tatsächlich ein fast gebrochener Mann zu sein, mit dem man leicht fertig werden kann. Er verbringt seine Zeit mit Fechttraining statt mit Politik. Ich hoffe, mein Lord, dass Ihr, als Enziets Erbe und sehr reicher Mann, überzeugt werden könnt, meine Position am Hofe zu unterstützen – es würde meinen Einfluss stärken, und im Gegenzug würde ich dafür sorgen, dass die Umstände von Lord Drisheens Tod in einer Schänke in Korkbaum nicht untersucht werden.«

»Tatsächlich?«, sagte Arlian. Er musste zugeben, dass

eine derartige Vereinbarung ihre Vorteile hatte und ihn vor einer Verfolgung durch den Herzog bewahrte, aber er konnte der Versuchung nicht widerstehen, sarkastisch hinzuzufügen: »Und wie passen die Drachen in Eure Berechnungen?«

»Bis jetzt noch gar nicht«, räumte Hardior ein. »Obwohl es stimmt, dass Toribor etwas von Geheimnissen und einem Pakt erwähnt hat, den Lord Enziet geschlossen haben soll, erwarte ich, dass alles so bleibt wie schon seit Jahrhunderten – die Drachen werden die meiste Zeit in ihren Höhlen ausharren und nur hin und wieder herauskommen, wenn das Wetter günstig ist, um irgendein unglückliches kleines Dorf zu zerstören, und wir werden sie ignorieren und uns weiter um unsere Angelegenheiten kümmern. Falls Ihr ernsthaft versuchen solltet, sie zu vernichten, werdet Ihr bei dem Versuch natürlich sterben, was bedauerlich sein wird, aber der Rest von uns wird ohne Euch weitermachen – ich hoffe nur, dass Ihr sie nicht derart erzürnt, dass sie mehrere Dörfer zerstören werden. Solltet Ihr es, wie ich erwarte, für zweckdienlich halten, viele lange Jahre mit der Planung und Vorbereitung zu verbringen, werden wir noch länger das Vergnügen Eurer Gesellschaft haben.«

Arlian sah ihn einen Moment schweigend an, und Hardiors Lächeln verblasste bei diesem Blick.

»Es gibt Geheimnisse, die Ihr nicht kennt, mein Lord«, sagte Arlian schließlich. »Was Enziet Toribor erzählte, war im besten Fall nur ein Teil der Wahrheit, wenn nicht gar Lügen, aber Enziet verbrachte fast tausend Jahre mit der Erforschung der Natur der Drachen, und er machte mich zum Erben seines Wissens. Ich mag verrückt sein, mein

Lord, aber ich glaube, dass ich tatsächlich einen Weg kenne, die Drachen zu töten. Wenn sich herausstellt, dass ich nicht verrückt bin und ich tatsächlich eins oder mehrere dieser Ungeheuer töte, was ist dann?«

Hardiors Lächeln verschwand.

»Fragt Ihr mich, was ich tun würde, wenn Ihr einen Drachen tötet?«

»Ja. Und lasst mich Euch auch fragen, was Ihr tun würdet, wenn ich alle Drachen töte.«

Hardior zögerte mit ausdruckslosem Gesicht, bevor er antwortete. »Nun, Ihr wäret natürlich der größte Held in der Geschichte Manforts! Man würde Euch alles geben, was Ihr verlangt.«

»Alles? Selbst den Tod bestimmter Leute?«

»Nagel und Toribor?«

»Vielleicht. Und vielleicht andere.«

Hardior schluckte und schüttelte dann den Kopf. »Das ist absurd. Euer Wahnsinn ist ansteckend, mein Lord. Wir wollen diese Dinge auf sich beruhen lassen, bis sie das Reich der wilden Fantasien verlassen.«

»Wie Ihr wünscht, mein Lord.« Arlian wandte sich ab und ging davon.

Hardior zögerte und wandte sich dann in die andere Richtung.

»Einen schönen Tag noch, mein Lord«, rief er.

Arlian winkte schweigend und marschierte weiter.

Diese Bemerkung, dass er vielleicht Jahre mit der Planung seines Angriffs auf die Drachen verbringen, die Andeutung, dass er ihn in Wirklichkeit niemals durchführen würde, bedrückte ihn.

Er würde sich Zeit für die Vorbereitung nehmen, denn wenn er überstürzt handelte, würde er bestimmt getötet werden, aber er würde ihn nicht ewig hinausschieben. Die Versuchung, dies zu tun, war zweifellos real, aber er würde der Versuchung nicht nachgeben. Er würde Hardior und allen anderen in Manfort beweisen, dass er vielleicht verrückt, aber weder ein Narr noch ein Feigling war. Er würde die Drachen jagen, und er würde es bald tun.

Vielleicht würde er zusammen mit den Aritheiern nach Tiefgraben gehen, die Angelegenheit in den Minen regeln, eine Karawane mit Silber und Amethysten für die Reise ausrüsten und dann nach Süden ziehen.

Und in der Ödnis angekommen, würden die Aritheier weiter zu den Grenzlanden reisen, während er sich nach Osten wandte, zu der Höhle, in der Enziet gestorben war, und der darunter liegenden Drachenhöhle.

Binnen eines Jahres, versprach er sich. Er würde binnen eines Jahres nach Süden ziehen.

10
In der Halle der Drachen-Gesellschaft

Vanniari war ein rundes und gesundes Baby, das glücklich an der Brust seiner Mutter saugte. Hasty liebte es abgöttisch, aber in ihrem verkrüppelten Zustand konnte sie sich nicht richtig um das Kind kümmern; Lord Obsidians andere verkrüppelte Gäste, Lara und Brooke und Musk und Lily und Kitty, waren ihr keine große Hilfe, und stattdessen wurden die Palastdiener hinzugezogen, wenn es gewickelt oder getragen werden musste. Stammel nahm das Heft in die Hand und sorgte dafür, dass Hastys Tochter regelmäßig mit sauberer Kleidung und Bettzeug versorgt wurde.

Arlian gewöhnte es sich an, Hasty und Vanniari mindestens einmal am Tag zu besuchen, aber der Großteil seiner Aufmerksamkeit galt anderen Angelegenheiten.

Nach seinem Gespräch mit Lord Hardior setzte er sofort ein Schreiben an Lord Toribor auf, einen Brief, in dem er um ein Treffen bat.

Die Formulierung war schwierig; die üblichen Höflichkeiten mit ihren Freundschaftsbekundungen waren natürlich ungeeignet, da der letzte Kontakt zwischen den beiden Männern ein Duell gewesen war, an dessen Ende Arlian erklärt hatte, dass ihr Streit noch nicht beigelegt war. Außerdem durfte Arlian nicht niederschreiben, was er besprechen wollte, da es durchaus möglich war, dass Bedienstete die Botschaft lasen. Selbst die Versicherung, dass

Toribors Leben noch immer durch den Schwur der Drachen-Gesellschaft geschützt war, erwies sich als schwierig, da schon die Existenz der Drachen-Gesellschaft zumindest ein nominelles Geheimnis war.

Endlich, nach einem ganzen Tag, war Arlian mit den Formulierungen zufrieden und übergab die Botschaft Black.

Zwei Stunden später, als Arlian mit den Küchenbediensteten über Zeit und Ort des Abendessens sprach, kehrte Black mit Toribors Antwort zurück. Kommentarlos überreichte er sie Arlian.

Arlian öffnete den Brief und las: »Ich habe mich schon gefragt, wann ich von Euch hören würde. Aus Gründen, die sicherlich klar sind, werde ich keinen Fuß in den Alten Palast oder das Haus setzen, das früher Lord Enziet gehörte, und ich werde Euch auch nicht in mein Haus bitten, aber ich werde, wenn Ihr wollt, Euch morgen in der Straße des Schwarzen Turms treffen.«

Arlian dachte kurz nach und gab das Schreiben dann Black. »Nun gut«, sagte er. »Richte ihm aus, dass ich ihn morgen treffen werde.« Er betrachtete die Essensvorbereitungen und fügte hinzu: »Aber geh nicht jetzt. Nach dem Abendbrot ist früh genug.«

Der nächste Tag war sonnig und warm, ein perfekter Tag am Frühlingsanfang, und das Wetter und das bevorstehende Treffen mit Lord Toribor lenkten Arlian von seinen Racheplänen gegen die Drachen ab; stattdessen besuchte er die Gräber im Garten, wo Sweet und Möwe zur letzten Ruhe gebettet waren, und genoss den Anblick der Knospen an den Bäumen und der grünen Schösslinge, die aus den

Blumenbeeten hervorsahen, und den intensiven Geruch der feuchten Erde.

Er hatte nicht oft die Gelegenheit und Zeit, um derartige Dinge zu bewundern. Vor einem Jahr, als das erste Grün des Frühlings erschienen war, war er als reicher Mann nach Manfort zurückgekehrt und zu sehr damit beschäftigt gewesen, seinen Haushalt im Alten Palast einzurichten, Geschäftsverbindungen herzustellen, um die aritheische Magie zu verkaufen, und seinen Ruf als einer von Manforts reichen Exzentrikern zu festigen. Er hatte keine Zeit gehabt, auf die Veränderungen der Natur zu achten.

Im Jahr davor war er aus dem Haus der sechs Lords geflohen und hatte zusammen mit Black in einem gemieteten Zimmer in den staubigen Straßen von Manfort Zuflucht gefunden, als die Welt vor den Toren der Stadt grün geworden war.

Und die sieben Frühjahre davor hatte er tief unter der Erde gehaust, in den nackten Felsstollen der Minen von Tiefgraben, wo die Jahreszeiten keine Bedeutung hatten.

Jetzt stand er im Garten und betrachtete die winzigen grünen Spitzen, die sich zu beiden Seiten von Sweets Grab durch das tote Laub bohrten, und er war nicht sicher, was er fühlte. Sweets Tod hatte eine große Wunde in seinem Herzen, ein klaffendes Loch in seiner Seele hinterlassen – aber sie hatte ihren Frieden gefunden, war für immer frei von Lord Enziet, frei von Schmerz und Angst und schrecklichen Erinnerungen, und die Welt um sie herum erneuerte sich und ging ohne sie weiter.

Auch er musste ohne sie weitergehen. Er hatte sie gerächt, hatte die beiden Männer getötet, die sie so lange Zeit misshandelt und am Ende vergiftet hatten. Er hatte außerdem drei der anderen getötet, die sie gefangen gehalten, verkrüppelt und missbraucht hatten – nur Nagel und Toribor hatten überlebt. Er hatte alles getan, was er konnte, um sich für ihre Freundlichkeit und Liebe zu revanchieren.

Es brachte sie nicht zurück. Es schenkte ihr nicht das glückliche Leben, das sie verdient hatte. Nichts konnte das vollbringen; sie war tot und fort.

Arlian war es nicht. Er war noch immer am Leben. Er hatte ein Heim und Geld und Freunde, und er war ein Drachenherz, immun gegen Gift und Krankheiten. Die Welt war ein wundervoller Ort, der sich selbst erneuerte, grün und fruchtbar wurde. Im ersten Stock befand sich eine Mutter mit ihrem neugeborenen Baby, dessen Leben gerade erst begann.

Sein Leben sollte lang und glücklich sein. Er war frei, das zu tun, was ihm beliebte.

Und er plante Dutzende von Morden und am Ende sogar seinen Selbstmord. Das setzte natürlich voraus, dass er bei seinem Angriff auf die Drachen nicht starb.

Im Lauf der letzten zehn Jahre hatten zahllose Leute zu ihm gesagt, dass er verrückt war, und als er jetzt Sweets Grab betrachtete, vermutete er, dass sie Recht hatten. Er hatte alles getan, was man vernünftigerweise von ihm verlangen konnte; er hatte Enziet und Drisheen getötet und sechs Frauen aus der Sklaverei befreit. Er hatte außerdem Enziets Sklaven die Freiheit geschenkt.

Aber es befriedigte ihn nicht; offenbar war er nicht vernünftig.

Er war noch immer von Verwirrung und Zweifeln an der

Weisheit seiner Pläne erfüllt, als er die Straße des Schwarzes Turms hinunter zu der schwarzen Eisentür mit dem roten Riegel ging, durch die man in die Halle der Drachen-Gesellschaft gelangte.

Er wusste, dass es vielleicht nicht klug war, dass es nur böse enden konnte, aber er dachte nie ernsthaft daran, auf seine Rache an den Drachen zu verzichten. Er überlegte nur, ob es verrückt war, sie zu verfolgen, oder nicht.

Tief in Gedanken versunken wurde er in den großen Saal der Gesellschaft geführt, und die plötzliche Stille, die sich über den Raum legte, riss ihn aus seinen Überlegungen. Er blieb im Rahmen der Innentür stehen und sah sich im Raum um, wo ein Dutzend Gesichter seinen Blick stumm erwiderten.

Kein Lichtstrahl der Frühlingssonne drang in diese Kammer; stattdessen erhellten etwa hundert Kerzen den fensterlosen Raum. Ihr Licht brach sich matt an der vergoldeten kassettierten Decke und dem polierten Holz der Wände und Vitrinen und erhellte Hunderte von Schnitzereien und Kuriositäten. Die Luft roch durchdringend nach Staub und Kerzenwachs. Die Personen in dem Raum saßen auf Stühlen an den Dutzenden von schweren Tischen. Dicke Teppiche dämpften ihre Schritte.

Aber alle starrten ihn an.

Arlian, mit seinen eigenen Gedanken und dem bevorstehenden Treffen mit Toribor beschäftigt, hatte nicht die mögliche Wirkung seines Erscheinens hier bedacht. Jetzt dämmerte ihm, dass er es hätte tun sollen.

Er war der Mann, der Lord Enziet als Verräter gebrandmarkt hatte, das älteste Mitglied der Gesellschaft und einer ihrer Gründer. Er war der Mann, der Enziet in die Ödnis verfolgt und offenbar in den Tod getrieben hatte. Er war der Mann, der in einer Schänke in Korkbaum Lord Drisheen erschlagen hatte, ein anderes altes Mitglied, und der den Meuchelmörder überlebt hatte, der von Drisheen auf ihn angesetzt worden war. Er war der Mann, der den berüchtigten Lord Horim in einem Duell vor den Toren niedergestreckt und geschworen hatte, die Lords Stiam und Toribor ebenfalls zu töten.

Und er hatte seit seiner Jagd auf Enziet keinen Fuß in diesen Raum gesetzt.

Außerdem war er ein Drachenherz mit einer neuen Narbe im Gesicht, und in der Gesellschaft galt der Glaube, dass nur ein Drache ein Drachenherz verletzen konnte.

Natürlich wollten die anderen ihn sehen, um herauszufinden, was er beabsichtigte und ob er wirklich die Narbe hatte.

Er sah sich langsam im Raum um, musterte die Gesichter zwischen den Statuen und dem Nippes, und in der gegenüberliegenden Ecke entdeckte er das breite Gesicht mit der Augenklappe, das Gesicht, das er suchte. Wortlos durchquerte er den Raum, zwängte sich an den Tischen vorbei, bis er Lord Toribor erreichte, der an einem der vielen Tische saß.

Ein Dutzend Augenpaare verfolgten jede seiner Bewegungen.

»Darf ich mich zu Euch setzen?«, fragte Arlian und wies auf einen Stuhl an Toribors Tisch.

»Setzt Euch«, sagte Toribor. »Bringen wir es hinter uns.«

Arlian nahm Platz, und einen Moment sahen sich die beiden Männer nur an.

»Ich vermute, Ihr seid nicht an höflichen Artigkeiten interessiert«, sagte Arlian schließlich leise.

»Ihr habt mir bei unserer letzten Begegnung ins Bein gestochen«, erwiderte Toribor etwas lauter, »und Ihr habt geschworen, mich zu töten. Ich halte dies für unfreundlich genug, um jede Art höflichen Geplauders sehr schwierig zu machen.«

»Natürlich«, sagte Arlian. »Nichtsdestotrotz denke ich, dass es Angelegenheiten gibt, über die wir reden sollten. Ich denke, Ihr erinnert Euch, worüber wir beim letzten Mal gesprochen haben. Als Ihr blutend dalagt, habt Ihr mich dazu gebracht, einen Schwur zu leisten – dass ich Lord Enziet nicht töten werde, ohne ihn vorher anzuhören.«

»Ich erinnere mich«, bestätigte Toribor in demselben Tonfall wie Arlian.

»Ich habe mir angehört, was er zu sagen hatte.«

»Und ...«

Bevor Toribor weitersprechen konnte, wurden die beiden von einem Neuankömmling unterbrochen, einem mittelgroßen Mann mit ergrauenden schwarzen Haaren, der an ihren Tisch trat. Arlian kannte dieses Gesicht, aber ihm fiel der Name des Mannes nicht sofort ein.

»Bedroht Obsidian Euch?«, fragte der Neuankömmling herausfordernd.

Toribor blickte zu ihm auf. »Nein«, sagte er.

»Wir alle wissen, dass er vorhat, Euch zu töten ...«

»Und er hat geschworen, es nicht innerhalb der Stadtmauern zu versuchen. Danke für Eure Besorgnis, Lord Zaner, aber ich werde mit diesem Jungen schon fertig.«

Zaner sah von einem Mann zum anderen und breitete dann die Hände aus. »Ich versuche nur zu helfen, aber wenn Ihr nicht wollt …«

»Ich will nicht«, sagte Toribor und funkelte Arlian an. »Ich weiß das Angebot zu schätzen, aber wir haben private Angelegenheiten zu besprechen.«

»Wenn Ihr Eure Meinung ändert, lasst es mich einfach wissen.«

»Das werde ich, mein Lord«, sagte Toribor gereizt.

Zaner zögerte und wandte sich dann mit den Worten ab: »Ich wollte nur helfen. Es gibt keinen Grund, ärgerlich zu werden.«

Toribor und Arlian verfolgten, wie sich Zaner zurückzog; als er außer Hörweite war, beugte sich Toribor über den Tisch und sagte mit leiser, aber eindringlicher Stimme: »Was hat Enziet Euch erzählt?«

»Eigentlich eine Menge.« Er erinnerte sich an jenes Gespräch in der Finsternis der düsteren Höhle, wie Enziet ihn ausgelacht und gesagt hatte, dass die Drachen vor all diesen Jahrhunderten die Länder der Menschen nicht verlassen hatten, weil der erste Herzog von Manfort und seine Krieger so tapfer gekämpft hatten, sondern weil Enziet sie erpresst und gedroht hatte, ihre Jungen zu töten.

Er hatte nicht die Absicht, Toribor all das zu verraten oder ihm zu beschreiben, wie aus Enziets Herzblut ein Drache entstanden war.

»Ich wollte Euch nur sagen«, erklärte er, »dass Enziet Euch belogen hat. Er behauptete, nach seinem Tod würden die Drachen zurückkehren. Nun, seht Euch um – er ist seit Monaten tot, und gibt es einen einzigen Bericht, dass ein

Drache erwacht ist? Er sagte mir dort in der Ödnis, dass er nicht wüsste, was die Drachen tun werden, wenn er stirbt. Ja, er hat einen Pakt mit ihnen geschlossen, und er endete mit seinem Tod, so dass die Drachen nicht länger an die Abmachungen gebunden sind – aber sie sind alt und müde und schlafen noch immer.«

Toribor starrte ihn einen Moment an und sagte dann: »Warum sollte ich Euch glauben?«

Arlian blinzelte überrascht.

»Weil ich keinen Grund habe, Euch anzulügen«, erwiderte er. »Wenn Ihr wollt, werde ich bei den toten Göttern oder wem auch immer schwören, dass Enziet mir gegenüber eingestand, dass er nicht wusste, was die Drachen nach seinem Tod tun werden.«

»Und warum erzählt Ihr mir das?«

Das war eine schwierigere Frage, und Arlian brauchte einen Moment, um die Antwort zu formulieren.

»Weil dies zwischen uns ungeklärt war«, sagte er schließlich. »Bei unserem letzten Gespräch in den Straßen von Korkbaum habe ich Euch ein Versprechen gegeben. Ich wollte Euch wissen lassen, ganz gleich, welchen Eindruck es auch erweckt, dass ich dieses Versprechen gehalten habe und Eure Besorgnis, die Besorgnis, die Euch damals wichtiger zu sein schien als Euer Leben, unberechtigt war.«

»Das wisst Ihr nicht«, sagte Toribor ruhig.

Arlian starrte ihn verständnislos an. »Die Drachen sind nicht zurückgekehrt«, sagte er schließlich.

Toribor schnaubte. »Natürlich nicht«, bestätigte er. »Seht nach draußen, mein Lord – der Winter geht gerade erst zu Ende! Ihr solltet so gut wie jeder andere von uns wissen, dass dies kein Drachenwetter ist, dass es schon zu kalt für sie war, als Ihr Enziet getötet habt.«

Arlian starrte erneut – doch er sah nicht Toribor an, sondern ins Leere, als ihm dämmerte, wie töricht er gewesen war.

Er hatte nicht daran gedacht, obwohl es auf der Hand lag. Als Black ihn aus der Höhle geholt hatte, war er zu beschäftigt damit gewesen, am Leben zu bleiben, um an die Möglichkeit zu denken, dass die Drachen aus ihren tieferen Höhlen kriechen würden, um erneut die Herrschaft über die Länder der Menschen anzutreten, und als er sich so weit erholt hatte, dass er sich um andere Dinge kümmern konnte, hatte ihn die Mühsal der Reise in einem überfüllten, von Ochsen gezogenen Wagen abgelenkt. Als er endlich näher darüber nachgedacht hatte, war genug Zeit vergangen, um ihn vermuten zu lassen, dass die Drachen nicht kamen. Er hatte geglaubt, dass sie vielleicht noch nicht von Enziets Tod erfahren hatten oder planten, an Stelle von Enziet einen Handel mit Arlian abzuschließen. Er hatte es allerdings für am wahrscheinlichsten gehalten, dass sie einfach zu alt und zu müde waren, um sich, trotz Enziets Tod, mit der Außenwelt zu beschäftigen.

Schließlich war in den zehn Jahren, seit drei Drachen das Dorf Obsidian auf dem Rauchenden Berg zerstört hatten, keine dieser Kreaturen mehr gesehen worden. Nach dem, was er gehört hatte, waren alle Drachen, die noch am Leben waren, uralt und schwarz; keiner hatte die grüne Haut, die typisch für Drachen in ihrer Blütezeit war. Die jüngsten waren mindestens siebenhundert Jahre alt. Sicherlich lebten selbst Drachen nicht ewig, und selbst

Drachen mussten mit dem Alter müde und schwach werden! Er hatte gehofft, sie aufzuspüren und zu töten, solange sie noch immer schliefen.

Aber er hatte nicht bedacht, was Toribor klar war – dass Drachen Kreaturen der Hitze waren und seit Jahrhunderten nur im Hochsommer herauskamen, wenn die Luft heiß und schwül und der Himmel von Wolken verhangen war.

Was bedeutete, dass, wenn der Sommer kam, vielleicht auch die Drachen kommen würden.

Plötzlich schienen seine Pläne, Obsidianwaffen herzustellen und die Höhlen der Drachen zu finden, weitaus dringlicher zu sein. Er hatte angenommen, dass er sich, wie Hardior gesagt hatte, für seine Vorbereitungen Zeit lassen konnte, Jahre oder sogar Jahrzehnte, sollte es sich als notwendig erweisen – auch wenn er nie beabsichtigt hatte, so lange zu warten.

Aber jetzt musste er die Möglichkeit in Betracht ziehen, dass er nur noch zwei oder drei Monate hatte, dass die Drachen herauskommen würden, wenn das kühle Grün des Frühlings der Hitze des Sommers wich.

Er wusste, wie sie sich vermehrten, und konnte sicherlich – mit der Hilfe des Restes der Bewohner der Stadt, wenn sie erst einmal alarmiert waren – all ihre potenziellen Nachkommen töten, indem er die Drachen-Gesellschaft vernichtete. Aber die erwachsenen Drachen würden verschont bleiben, und obwohl er sich für fähig hielt, einen Speer mit Obsidianspitze in das Herz eines schlafenden Drachen zu bohren, würde es weitaus schwieriger sein, einen wachen Drachen zu töten.

Und es setzte außerdem voraus, dass ihm alle glaubten,

wenn er die Vermehrungsweise der Drachen erklärte – und er hatte die Befürchtung, dass sie ihm nicht glauben würden. Wenn er versuchte, einen Kreuzzug gegen die Drachen-Gesellschaft zu starten, würde dies wahrscheinlich nur den weit verbreiteten Glauben stärken, dass er verrückt war.

Die Drachen zu töten war vielleicht viel dringender, als er gedacht hatte.

»Hört zu, Toribor«, sagte er, während er sich nach vorn beugte und den Mann ansah, »Ihr habt vielleicht Recht. Ich habe nicht daran gedacht, und ich komme mir deswegen wie ein Narr vor. Und dies macht es umso wichtiger, dass wir uns einigen. Ja, ich habe geschworen, Eure Missetaten an den Frauen aus dem Haus der Fleischeszunft zu rächen, aber ich würde dies zunächst beiseite schieben. Ich habe Euch einmal besiegt und Euch zwei Frauen und ein Pferd genommen, aber ich ließ Euch am Leben; ich werde Euch auch weiter am Leben lassen, für einige Zeit, so dass wir zusammenarbeiten können, so dass die gesamte Drachen-Gesellschaft zusammenarbeiten kann, wenn die Drachen tatsächlich zurückkehren.«

»Und was können wir dann tun?«, fragte Toribor zornig. »Wir sind keine Krieger wie unsere Vorfahren; wir wissen nicht einmal, wie sie die Drachen bekämpft oder wie sie die Drachen vertrieben haben. Kein Mensch hat je einen Drachen getötet; wie sollen wir sie also bekämpfen? Wenn sie zurückkehren, werden wir alle versklavt werden wie die Alten ...«

»Nein«, unterbrach Arlian, »das werden wir nicht. Ich habe Euch gesagt, dass mir Enziet viele Dinge verraten hat.

Er hatte seit Jahrhunderten Nachforschungen angestellt und herausgefunden, dass Obsidianklingen die Haut eines Drachen durchdringen können.«

Nun war Toribor mit dem Starren an der Reihe, obwohl seine Miene mehr Zweifel als Überraschung verriet.

»Obsidian kann einen Drachen verletzen?«, fragte er. »So wie Lord Obsidian Lord Dragon erschlug?«

»So ist es«, bestätigte Arlian, auch wenn ihm der Vergleich einiges Unbehagen bereitete. Er überlegte, ob er erneut abstreiten sollte, dass er Enziet getötet hatte, aber er entschied, dass es keinen Sinn hatte, das Gespräch mit etwas zu belasten, das nichts mit dem eigentlichen Thema zu tun hatte.

»Und Ihr habt demnach vor, uns alle mit Obsidianklingen auszurüsten?«

»Mit so vielen wie möglich, ja.«

»Und die Möglichkeit, dass diese schwarzen Waffen vielleicht verzaubert sind, dass sich irgendein Komplott von Euch dahinter verbirgt, soll ich nicht in Erwägung ziehen?«

Arlian seufzte.

»Ich bin kein Zauberer«, erklärte er. »Das wisst Ihr. Ich bin gerade in meinem dritten Lebensjahrzehnt, und es dauert Jahrhunderte, um die Zauberei zu meistern.«

»Ihr habt Magier in Eurem Haushalt«, erinnerte Toribor. »Aritheische Magier. Wer weiß, was sie mit Obsidian alles anstellen können?«

»Ich weiß es nicht«, sagte Arlian. »Ich weiß nur, dass sich damit Drachen töten lassen. Ich würde die Drachen-Gesellschaft gern mit Obsidian bewaffnen.«

»Ich bin anderer Ansicht«, entgegnete Toribor. »Wir alle

wissen seit Eurem Eintritt in die Gesellschaft, dass Ihr verrückt seid, Lord Obsidian; ich für meinen Teil beabsichtige nicht, bei diesem Wahnsinn mitzumachen.« Er schob seinen Stuhl zurück und erhob sich. »Ich glaube nicht, dass wir noch mehr zu besprechen haben. Ich glaube Euch, wenn Ihr sagt, dass Enziet nicht wusste, was nach seinem Tod geschehen würde, aber ansonsten habe ich keine Ahnung, was die Wahrheit und was die Fantasterei eines Wahnsinnigen ist. Wenn die Drachen zurückkehren, werde ich sie nach besten Kräften bekämpfen. Sollte Obsidian sie tatsächlich verletzen, werde ich von Euch eine schwarze Klinge annehmen und tun, was ich kann. Bis dahin, mein Lord, will ich nichts mit Euch zu tun haben. Wir haben den ganzen Winter nicht miteinander gesprochen; lasst uns sehen, ob wir diesen Rekord noch übertreffen können.«

Mit diesen Worten wandte er sich ab und stapfte davon.

Arlian sah ihm enttäuscht und verwirrt nach.

Verzauberte Waffen? Der Gedanke war ihm nie gekommen, doch für Toribor schien es auf der Hand zu liegen. Konnten die Aritheier Waffen verzaubern? Half dies vielleicht gegen die Drachen?

Konnte ihm ihre Magie noch in anderer Hinsicht nützlich sein? Er hatte diese Möglichkeit nie bedacht. Es gab keine Drachen in Arithei, so dass die Magier keine praktischen Erfahrungen mit ihnen hatten; er hatte nicht daran gedacht, sie zu fragen, ob sie vielleicht wussten, warum die Drachen die Reiche jenseits der Grenzlande mieden. Zauberei war nutzlos gegen Drachen, wie jeder wusste, aber südliche Magie war weitaus mächtiger als Zauberei.

Es war eine interessante Möglichkeit – aber deswegen

war er nicht hierher gekommen. Er hatte gehofft, Toribor zu überzeugen, dass sie als Menschen alle auf derselben Seite standen, aber Toribor war offenbar nicht bereit, das zu hören.

Er musterte die anderen Drachenherzen. Einige von ihnen starrten ihn offen an, und keiner dieser Blicke war freundlich.

Arlian seufzte. Er hatte getan, was zu tun war; obwohl der Versuch ein völliger Fehlschlag gewesen war, hatte er ihm einigen Stoff zum Nachdenken gegeben und ihn erkennen lassen, dass er seine Vorbereitungen beschleunigen musste. Es hatte keinen Sinn, hier herumzusitzen und das Ziel feindseliger Blicke abzugeben; er stand auf und wandte sich zur Tür.

11
Vorbereitungen und Warnungen

Nach seinem Treffen mit Toribor schob Arlian die meisten seiner anderen Sorgen beiseite und beschäftigte seine beiden Haushalte mit der Herstellung von Obsidianwaffen, während er den Großteil seiner Zeit damit verbrachte, Lord Enziets Bücher und Papiere nach irgendwelchen Karten oder Hinweise auf die Lage anderer Höhlen der schlafenden Drachen zu durchforschen.

Es lag auf der Hand, zunächst jene Höhle aufzusuchen, die er kannte, aber er verzichtete darauf – zu diesem Zeitpunkt konnte er sie nicht vor Mitte des Sommers erreichen, und es konnte durchaus möglich sein, dass die Drachen dann bereits herausgekommen waren und marodierten, während er ihre leere Höhle durchsuchte.

Er hatte vorgehabt, nach Tiefgraben zu reisen, um Amethyste zu kaufen und andere Dinge zu regeln; seine Agenten hatten drei weitere Anteile an der Mine des alten Mannes erworben, so dass er mit ihr tun konnte, was er wollte. Er hatte außerdem überlegt, von dort aus weiterzuziehen, aber wenn Manfort in diesem Sommer angegriffen werden sollte, konnte er es sich nicht leisten. Eine Karawane nach Arithei konnte später im Jahr aufbrechen, die Ödnis im Herbst durchqueren, den Winter in den warmen Ländern des Südens verbringen und im Frühling zurückkehren. Wenn der Sommer ohne Zwischenfälle verstrich, konnte er eine derartige Karawane in die Ödnis begleiten und sich in der Kühle des Herbstes von ihr trennen.

Aber wenn die Drachen kamen, um Manfort in diesem Sommer zu belagern, wollte er hier sein, um sich ihnen entgegenzustellen. Im Moment schien Obsidian wichtiger als Amethyst zu sein.

Er erklärte seinen Bediensteten nicht, warum er Obsidianwaffen haben wollte. Allein die Erwähnung der Drachen genügte, um viele Leute zu ängstigen oder zu verunsichern, und der Gedanke, dass sie Waffen speziell für den Kampf gegen die Drachen herstellten, hätte wahrscheinlich einige der leicht zu beeindruckenden Diener in Hysterie versetzt. Glücklicherweise war sein Ruf als Exzentriker gefestigt und erlaubte es ihm, scheinbar sinnlose Befehle geben zu können, ohne unerwünschte Nachfragen zu provozieren.

Nur Black machte eine Ausnahme.

»Ich muss nicht alle deine Geheimnisse kennen«, sagte Black bei einem persönlichen Gespräch in Arlians Studierzimmer im Alten Palast, »aber dieses erfordert meiner Meinung nach eine Erklärung. Ich weiß, woher dieser Stein stammt, aber ich weiß noch immer nicht, warum Enziet so darauf versessen war oder warum du aus ihm Waffen anfertigen willst. Es riecht nach Zauberei, und das macht mir Sorgen – du bist kein Zauberer, aber Enziet und Drisheen waren beide in dieser Kunst bewandert. Vielleicht haben ihre Zauber sie überlebt, und wenn dem so ist, gefällt es mir nicht.«

»Es ist keine Zauberei«, erwiderte Arlian. »Wenigstens nicht die Sorte, die du meinst. Es ist eine Entdeckung, die

Enziet gemacht hat – Obsidian ist der einzige Stoff, der die Haut eines Drachen durchdringen kann.«

Black dachte darüber nach und betrachtete den Obsidiandolch, den er mitgebracht hatte. Dann sah er wieder Arlian an. »Hast du das überprüft, oder vertraust du auf Enziets Wort?«

»Ich habe es überprüft«, sagte Arlian.

»Es hat mit dieser Narbe an deiner Wange und den Geschehnissen in der Höhle zu tun, nicht wahr?«

»So ist es.«

»Und du wirst mir keine Einzelheiten erzählen, oder?«

»Noch nicht.«

»Demnach sollen diese Waffen gegen Drachen eingesetzt werden.«

»Ja.«

»Du hast wirklich vor, die Drachen zu jagen und zu töten, die dein Heimatdorf zerstört haben.«

»Ja.«

Black nickte nachdenklich. »Aber dafür brauchst du nicht Dutzende von Speeren. Du bist nur ein Mann; du kannst nicht alle Waffen mitschleppen, die du anfertigen lässt.«

»Ich bin mir dessen bewusst.«

Black klopfte mit dem schwarzen Glasdolch gegen die Fingernägel seiner linken Hand, während er schweigend Arlians Gesicht studierte.

»Wie schlimm ist es?«, fragte er schließlich.

»Ich weiß es nicht«, gestand Arlian. »Möglicherweise ist es nichts. Aber ich will die Waffen bereithaben, falls es zum Schlimmsten kommt.«

»Und was ist mit den Männern, die die Waffen benutzen sollen?«

Arlian seufzte. »Ich kann keine Privatarmee aufstellen und ausbilden«, sagte er. »Ich werde ohnehin schon mit genug Misstrauen beobachtet. Wenn die Waffen gebraucht werden, wird es Männer geben, die sie haben wollen – und wahrscheinlich auch Frauen, was das betrifft.«

»So schlimm?«

»Ich hoffe nicht.«

»Hast du genug Obsidian?«

»Ich denke schon.«

»Ich könnte noch mehr besorgen.«

»Das wäre vielleicht klug.«

»Lord Withers Mann Horn hat mit den Bediensteten gesprochen und sie nach dem Versteck der Drachen ausgefragt. Ich glaube, einige von ihnen sind eingeladen worden, Wither persönlich zu treffen und die Angelegenheit mit ihm zu besprechen.«

»Ich weiß, wo der Eingang zu einer Höhle liegt, in der nicht mehr als ein Dutzend der großen Untiere hausen; falls Lord Wither noch andere aufspürt, würde ich mich freuen.«

»Ich bezweifle, dass es ihm gelingt, andere zu finden, aber was ist, wenn er erfährt, wo diese eine liegt?«

»Dann wird er wahrscheinlich versuchen, sich etwas von dem Gift zu holen, entweder persönlich oder indem er andere die Reise machen lässt. Aber wer von meinen Bediensteten könnte ihn führen? Du und ich waren die Einzigen, die einen Fuß in diese Höhle gesetzt haben. Ich bezweifle, dass Reif oder Shibiel oder Thirif ihm nützliche

Hinweise geben können; ich bin mir nicht einmal sicher, ob ich sie ohne große Mühe wieder finden kann.«

»Lara und Brooke haben uns begleitet.«

»Und da sie amputiert sind, können sie nicht gehen und haben deshalb nie den Wagen verlassen; was könnten sie ihm erzählen?«

»Vielleicht unterschätzt du Brookes Fähigkeiten.«

Es kam Arlian merkwürdig vor, dass Black speziell Brooke erwähnte. Arlian hielt Brooke für eine kluge und ungewöhnlich fröhliche Frau, die leise vor sich hin summte oder Selbstgespräche führte, wenn sie mit irgendeiner Aufgabe beschäftigt war; sie hatte ihm in Korkbaum geholfen, nachdem er sie aus Toribors Gewalt befreit hatte. Auf dem langen Rückweg von der Ödnis nach Manfort hatte Brooke Arlians Wunden behandelt und sich als gute Gefährtin erwiesen.

Aber Arlian glaubte nicht, dass sie sich in der Ödnis besser zurechtfand als jeder andere, und wieso sollte Black sie besser kennen als er?

Vielleicht hatten die beiden nach der Ankunft im Alten Palast miteinander gesprochen, wenn Arlian nicht dabei war.

Vielleicht, dämmerte Arlian plötzlich, hatten sie mehr getan als nur geredet.

»Und wenn ich mich irre, wenn Brooke Wither irgendwie zu dieser Höhle führen könnte – warum sollte sie es tun?«

»Für Gold, Arlian.«

»Ich gebe ihr alles, was sie braucht.«

»Aber vielleicht zieht sie es vor, selbst über ihr Schicksal zu bestimmen, statt abhängig von dir zu sein. Du hast sie aus der Sklaverei befreit, aber sie will vielleicht mehr Freiheit haben, als du ihr geben kannst.«

»Das mag sein«, räumte Arlian ein. »Und sie hat jedes Recht, sich ihren Lebensunterhalt zu verdienen, wenn sich die Gelegenheit bietet. Wärest du bitte so freundlich und informierst sie, dass ich es vorziehen würde, wenn sie diese bestimmte Information nicht verkauft? Ich würde es zu schätzen wissen – aber andererseits werde ich sie nicht daran hindern. Wenn Lord Wither diese Höhle findet, handelt er auf eigene Gefahr. Es ist ungefähr eine zweimonatige Reise, und zu diesem Zeitpunkt wird es viel wärmer sein, vor allem im Süden; ich würde es nicht wagen, bei warmem Wetter in eine Drachenhöhle einzudringen. Es ist gewiss kein Zufall, dass Enziet uns im Winter dorthin führte. Du könntest dies Lord Wither gegenüber erwähnen.«

»Das werde ich auch tun«, sagte Black. »Er ist ein geduldiger Mann, und es ist gut denkbar, dass er sich entschließt, bis zum Herbst zu warten.«

»Und zu diesem Zeitpunkt hat sich die Angelegenheit vielleicht von selbst erledigt.«

Black zögerte und fragte dann: »Und angenommen, Ari, Lord Wither sucht nach einer Drachenhöhle, entweder jene, die du kennst, oder eine andere, und findet, was er begehrt. Was wirst du dann tun?«

»Das hängt davon ab, was er damit machen will«, entgegnete Arlian.

»Und würdest du ihn mit einigen der Waffen ausrüsten, die Ferrezin und die anderen herstellen?«

Arlian lehnte sich an den Schreibtisch.

»Nun, das ist eine interessante Frage«, sagte er. »Ich

denke, wenn er mich bittet, werde ich ihm ein paar verkaufen, ja. Ich habe nichts gegen Lord Wither, auch wenn ich es vorziehen würde, dass er nicht bekommt, was er sucht.«

»Du ziehst ihn jedenfalls den Drachen vor.«

»Ja.«

»Und du stellst Obsidianwaffen her, weil du erwartest, dass sie gebraucht werden?«

»Es mag sein, dass sie gebraucht werden; zu sagen, dass ich es erwarte, wäre übertrieben. Und ich würde es vorziehen, dass du es den anderen gegenüber nicht erwähnst.«

Black schnaubte. »Sie würden mich wahrscheinlich für genauso verrückt halten wie dich.«

Und mit diesen Worten endete das Gespräch.

Tage vergingen, jeder etwas länger und ein klein wenig wärmer als der vorherige, und Arlian hortete inzwischen ein beträchtliches Arsenal an Obsidianwaffen – Speere mit schwarzen Spitzen, schwarze Glasdolche und ein paar Hybridschwerter mit Obsidiansplittern, die in die Stahlklingen eingearbeitet waren. Diese Letzten waren plump und zerbrechlich, aber Arlian glaubte, dass sie sich trotzdem vielleicht als nützlich erweisen würden.

Er konzentrierte sich auf Speere und ließ einige große Exemplare anfertigen – Drachen waren schließlich riesig, und obwohl Obsidian wahrscheinlich ihre Haut durchdringen konnte, hatte er das Herz durchbohren müssen, um jenen zu töten, mit dem er unter der Ödnis gekämpft hatte. Einige dieser Speere hatten eine Größe, die einen Riesen oder zumindest zwei oder drei Männer erforderte, um sie zu werfen – aber die Möglichkeit, dass sie gebraucht werden würden, konnte nicht ignoriert werden.

Arlian wünschte, es wäre genauso einfach, die Riesen zu finden, die sie werfen konnten, wie die Speere anzufertigen.

Während seine Bediensteten die Waffen herstellten, fand Arlian eine Menge über Lord Enziets Vergangenheit und Besitztümer heraus, aber nur wenig davon war von Nutzen. Die verschlüsselten Notizbücher blieben größtenteils ein Rätsel.

Und er begann mit dem ernsthaften Studium der Zauberei, bei dem ihn gelegentlich Lady Reif unterstützte, nachdem sie von einer Rundreise zu ihren Landgütern zurückgekehrt war. Obwohl sie jahrhundertealt war, waren ihre Kenntnisse der magischen Künste noch immer begrenzt; Arlian wusste, dass es Jahrzehnte dauern würde, bevor er auch nur die Grundzüge der Zauberei beherrschte.

Bei einer Sitzung, als er einen einfachen Zauber verpfuscht hatte, bemerkte er: »Manchmal frage ich mich, meine Lady, warum Ihr Euch die Mühe macht, mir zu helfen.«

Sie sah ihn seltsam an.

»Manchmal frage ich mich das auch«, sagte sie. »Schließlich seid Ihr zwanzigmal jünger als ich, und angesichts Eurer Gewohnheiten und fixen Ideen kommt es mir sehr unwahrscheinlich vor, dass Ihr Euer erstes Jahrhundert überleben werdet. Wenn ich mich zu sehr mit Euch einlasse, werde ich vielleicht nicht ein weiteres Jahrhundert überleben. In meinen vernünftigeren Momenten meide ich Euch, Arlian. Ich bin heute hier, weil meine unerklärliche Faszination für Euch meine Vernunft besiegt hat.« Dann richtete sie ihre Aufmerksamkeit wieder auf die Kristalle, mit denen sie gearbeitet hatten. »Sollen wir es noch einmal versuchen?«

Arlian wunderte sich hinterher, ob die Bemerkung, dass sie ihn mied, ein Scherz gewesen war. Er fand keinen höflichen Weg, sie danach zu fragen, und er konnte nicht mit Sicherheit sagen, ob die reduzierte Zahl ihrer Kontakte Zufall oder Absicht war, die Folge von Ablenkungen oder bewusster Entscheidung.

Er war so mit seinen Waffen und Plänen und der Zauberei beschäftigt, dass er nicht die Zeit fand, der Halle der Drachen-Gesellschaft einen weiteren Besuch abzustatten; er hatte kein Interesse an einer erneuten Konfrontation mit Toribor oder gar dem streitlustigen Lord Zaner. Mit seinen Feinden in der Gesellschaft konnte er später abrechnen; die Drachen waren im Moment wichtiger. Er ließ sich über Lord Withers Aufenthalt und Aktivitäten informieren; da Wither bis jetzt weder die Stadt verlassen noch irgendwelche Bedienstete nach Süden geschickt hatte, machte sich Arlian keine allzu großen Sorgen. Er achtete auf jeden Bericht über etwaige Drachenaktivitäten, kümmerte sich ansonsten aber nicht um den üblichen Tratsch und Klatsch in Manfort.

Er besuchte weiter Hasty und Vanniari, speiste zusammen mit seinen verschiedenen Hausgästen und nahm sich jeden Abend etwas Zeit, um mit ihnen zu plaudern. Er beschäftigte sich intensiv mit Brooke und stellte fest, dass sie und Black sich tatsächlich näher gekommen waren.

Lara hatte ein Interesse fürs Kochen entwickelt und sich mit Stammel angefreundet, die sich gern ihren Wünschen fügte. Die Folge war, dass Lara jetzt inoffiziell die Aufsicht über das Küchengesinde hatte.

Kitty las sich weiter durch die Palastbibliothek und machte sich über Enziets Bücherregale her, als sie die anderen Bände im Alten Palast durchhatte. Lily und Musk hatten noch kein dauerhaftes Interesse für irgendeine Tätigkeit entwickelt, schienen aber mit ihrem Leben zufrieden zu sein.

Es wurde wärmer, die Bäume blühten und ergrünten, Frühlingsblumen blühten und verwelkten, aber Arlian schenkte dem Fortgang der Jahreszeiten wenig Beachtung; er fürchtete sich zu sehr vor dem, was passieren würde, wenn Drachenwetter einsetzte.

Keine Drachensichtungen wurden gemeldet, keine Dörfer zerstört. Aber, sagte sich Arlian, es war noch nicht so heiß, wie es bald werden würde. Toribors düstere Vorhersagen konnten noch immer wahr werden.

Eine Zeit lang hörte er nichts mehr von Lord Hardior. Doch schließlich, als der Frühling dem Sommer wich, stattete der Chefberater des Herzogs Lord Obsidian einen Besuch ab.

Offiziell war es bloß der normale Besuch eines Freundes – aber Arlian war klug genug, ihn nicht als solchen zu behandeln. Als er die Nachricht erhielt, dass Hardior hoffte, ihn am nächsten Tag zu Hause anzutreffen, ließ er alles andere fallen und traf die Vorbereitungen für einen angemessenen Empfang des herzoglichen Ratgebers.

Vor einem Jahr hätte er sich die Mühe nicht gemacht – aber vor einem Jahr hatte er den Herzog und seinen Hofstaat für unwichtig für seine Pläne gehalten. Er hatte sich darauf konzentriert, Lord Dragon und andere menschliche Feinde aufzuspüren und zu töten.

Doch jetzt bereitete er sich darauf vor, die Drachen zu bekämpfen und anschließend die gesamte Drachen-Gesellschaft zu vernichten, und das war, wie er jetzt erkannte, nicht etwas, das man vernünftigerweise hoffen konnte allein zu vollbringen – oder selbst mit der Hilfe seiner Gefährten Black und Reif und der Aritheier.

Zumindest wollte er nicht in die Zwickmühle geraten, gegen die Wachen des Herzogs kämpfen zu müssen, während er gleichzeitig gegen die Drachen anging.

Und so trug er dem Küchengesinde auf, eine Vielzahl von Delikatessen zu servieren, und Lara versicherte ihm von ihrem Hochstuhl aus, von dem sie alle kulinarischen Angelegenheiten überwachte, dass sie persönlich für ein opulentes Mahl sorgen würde. Er beauftragte Thirif mit ein paar kleinen Illusionen, um eine angemessene Atmosphäre zu erzeugen, und Black kümmerte sich aus eigenem Antrieb darum, dass die ausgewählten Räume makellos sauber waren und die sechs Palastlakaien ihre beste Livree trugen.

Und dann warteten sie auf die Ankunft von Lord Hardior.

12
Lord Hardiors Neuigkeiten

Seit Mittag waren gut zwei Stunden verstrichen, als Lord Hardiors Kutsche am Tor vorfuhr, was bedeutete, dass Hardior nicht die Absicht hatte, zum Essen zu bleiben – es war sehr unwahrscheinlich, dass Arlian den Besuch bis zum Abendbrot hinausziehen konnte, und die Mittagszeit war natürlich vorbei.

Das konnte eine Menge Dinge bedeuten – dass Hardior zu beschäftigt war, um sich mehr Zeit zu nehmen, dass der Herzog ihn zum Essen in der Zitadelle erwartete, dass er, der Chefberater des Herzogs, nicht vorhatte, mit Arlian zu essen und so dessen gesellschaftliche Stellung zu stärken, oder dass er lediglich nicht Arlians Gastfreundschaft strapazieren wollte. Black vermutete, dass Hardior bloß Angst hatte, vergiftet zu werden, und Arlian stimmte ihm amüsiert zu, aber in Wirklichkeit wusste er es besser; Lord Hardior hatte das Herz des Drachen, und jene, die das Herz des Drachen hatten, waren immun gegen praktisch alle Gifte.

Arlian trug seinen besten schwarzen Samtmantel, der am Kragen und den Manschetten mit weißer Spitze verziert war, als er Lord Hardior am Haupteingang empfing und ihn persönlich in den Palast führte. Ein dienstbarer Lakai stand bereit, aber Hardior trug weder Mantel noch Schwert, sondern nur eine hellbraune, modisch kurze Leinenjacke über einer beigen Seidenweste und einem cremefarbenen Hemd.

Die Wärme dieser Farben stand im schroffen Kontrast zum schlichten Schwarzweiß von Arlians Aufmachung und Obsidians Haushaltslivree.

Hardior duftete leicht nach Puder und Parfüm; Arlian hatte sich nie angewöhnt, Kosmetika zu benutzen, und vermutete, dass er nach Schweiß roch. Trotz der Ausbildung, die er im Haus der sechs Lords genossen hatte, hatte er sich noch immer nicht ganz an die Rolle eines reichen Edelmanns aus Manfort gewöhnt.

Die beiden tauschten höfliche Grüße aus und erkundigten sich nach der Gesundheit des anderen; Arlian stellte seinen Haushofmeister vor und bat seinen Gast, sich wie zu Hause zu fühlen.

Als die Formalitäten abgeschlossen waren, führte Arlian Hardior in den kleinen Salon, wo ein Schwarm illusionärer Schmetterlinge im Sonnenlicht tanzte, um dann zu verschwinden, und wo Laras Untergebene verschiedene Pasteten und kandierte Früchte bereitgestellt hatten. Hardior verzehrte ein paar davon und trank dazu ein Glas Wein.

Doch endlich ließ sich Hardior in einen Eichen- und Ledersessel sinken, und Arlian schloss die Tür, so dass die beiden Männer allein im Zimmer waren und sich ungestört unterhalten konnten.

»Ich freue mich natürlich über Eure Gesellschaft, mein Lord«, sagte er, als er der Tür den Rücken zuwandte, »aber ich vermute, dass nicht schlichte Freundschaft hinter Eurem Besuch steckt, sondern ein handfester Grund.«

»Natürlich ist es so«, bestätigte Hardior. »Und ich komme gern sofort zum Thema. Ein paar Worte sollten genügen. Wisst Ihr, ich hatte gehofft, Euch woanders zu begegnen und zwanglos mit Euch ins Gespräch zu kommen, aber Ihr habt Euch in der letzten Zeit ziemlich zurückgezogen und mir keine Gelegenheit gegeben.«

»Hätte ich gewusst, dass Ihr nach mir sucht, mein Lord, hätte ich mich ins gesellschaftliche Getümmel gestürzt. Hättet Ihr mich nicht zu einem der Empfänge des Herzogs einladen können, statt Eure begrenzte Zeit für einen persönlichen Besuch bei mir zu verschwenden?«

»Das Problem dabei ist, Obsidian, dass ich nicht sicher sein konnte, ob Ihr akzeptieren würdet, und weiterhin, dass ich nicht wusste, mit wem Ihr bereit seid, einen Raum zu teilen. Wäre es unhöflich gewesen, Euch zu einem Fest einzuladen, an dem zum Beispiel auch Lord Toribor teilnimmt?«

»Möglicherweise, mein Lord, aber ich denke, ich hätte mich benehmen können, um meinen Gastgeber nicht in Verlegenheit zu bringen. Wie auch immer die Umstände sein mögen, Eure Gesellschaft ist mir ein Vergnügen, und ich bitte Euch inständig, mir frei heraus zu sagen, was Euch auf der Seele liegt.«

»Ich bin nicht gekommen, um Euch etwas zu sagen, mein Lord, sondern um eine Frage zu stellen – und ihre Natur ist derart, dass sie sich nur in einem privaten Rahmen wie diesem besprechen lässt.«

»Ah.« Arlian nickte. »Das habe ich mir schon gedacht. Ihr bezieht Euch auf die Obsidianklingen und -speerspitzen?«

»So ist es. Ich hörte, Ihr habt Dutzende, vielleicht Hunderte dieser bizarren Waffen anfertigen lassen und gelagert.«

»Das habe ich«, bestätigte Arlian. »Und ich beabsichtige,

sie den Soldaten des Herzogs anzubieten, sollten sie danach verlangen.«

Hardior legte den Kopf zur Seite. »Tatsächlich?«, sagte er. »Und welche Gelegenheit könnte denn Klingen aus vulkanischem Glas statt gutem Stahl erfordern?«

Arlian ließ sich auf einer Seidencouch nieder, bevor er antwortete. »Ihr wisst, dass ich Lord Enziets Erbe bin.«

»Das weiß ich in der Tat«, sagte Hardior. »Ich finde dies genauso bizarr wie die Anfertigung von Steinmessern, aber es steht außer Frage, dass Enziet Euch als solchen eingesetzt hat und jedes Recht dazu hatte. Er wusste sehr gut, dass Ihr ihn ermorden wolltet, so dass sein Tod, der ansonsten sein Testament unwirksam gemacht hätte, in dieser Hinsicht kein Hindernis darstellt.«

»Verzeiht mir, dass ich das sage, mein Lord, aber Ihr wisst nicht, wie Lord Enziet gestorben ist, und Ihr solltet mit Euren Annahmen in dieser Angelegenheit vorsichtig sein.«

»Die Umstände seines Todes sind mir in der Tat unbekannt, mein Lord, und ich beabsichtige nicht, etwas anderes zu behaupten. Bitte fahrt fort.«

»Lord Enziet war das älteste Mitglied einer bestimmten Gesellschaft, der wir beide angehören, wie Ihr wisst, und obwohl er sich nicht immer an die Vorschriften dieser Gesellschaft hielt, verfolgte er sein oberstes Ziel mit großem Erfolg – er wusste mehr über die Drachen als jeder andere in Manfort. Ich nehme an, dass Ihr Gerüchte gehört habt – von Lord Toribor vielleicht –, dass Lord Enziet einen Pakt geschlossen hatte, der die Drachen in ihre Höhlen verbannte.«

»Ich habe dies gehört und es als Unsinn abgetan. Wollt Ihr etwa behaupten, dass es die Wahrheit ist? Und selbst wenn dies der Fall ist, wie passt der Obsidian hinein?«

»Ich muss gestehen, dass ich nicht weiß, welche Folgen Enziets Tod haben wird, aber ein Angriff mehrerer Drachen ist nicht unwahrscheinlich. Und Enziets Nachforschungen, die ich geerbt habe, ergaben, dass Obsidian im Gegensatz zu Stahl vielleicht in der Lage ist, die Haut eines Drachen zu durchdringen. Ich wünsche zwar nicht, irgendjemand zu beunruhigen, aber ich hielt es für besser, diese Waffen zur Hand zu haben, falls die Drachen es wagen sollten, die Stadt anzugreifen.«

Er sprach so deutlich und ruhig, wie er konnte, und als er fertig war, sah er Hardior offen und direkt in die Augen.

Hardior wiederum stützte einen Ellbogen auf die Armlehne seines Sessels und sein Kinn auf diese Hand. Einen langen Moment betrachtete er Arlians Gesicht, bevor er antwortete.

»Ihr seid von den Drachen besessen, Lord Obsidian«, sagte er schließlich.

»Richtig. Ich streite das nicht ab.«

»Bei unserem letzten Gespräch habt Ihr gefragt, was ich tun würde, wenn Ihr einen tötet; ich nehme an, dass Ihr dafür diese Steinwaffen benutzen wollt.«

»Genau.«

»Ihr könnt diese Theorie, dass Obsidian die Haut eines Drachen durchdringt, nicht überprüft haben.«

»Damit habt Ihr Recht«, antwortete Arlian. »Aber Enziets Nachforschungen waren überaus gründlich. Er kam zu der Schlussfolgerung, dass Drachen eine magische Manifestation des Feuers und der Dunkelheit sind, während Obsidian die rein stoffliche Manifestation von Feuer und Dunkelheit ist, und deshalb besteht zwischen diesen beiden eine sonderbare Wechselwirkung.«

»Und Ihr könnt nicht wissen, dass die Drachen kommen werden. Sie sind jetzt schon seit siebenhundert Jahren fort; sicherlich kann der Tod eines Mannes nicht eine derartige Bedeutung für sie haben?«

»Ich kann es nicht wissen«, bestätigte Arlian. »Ich bevorzuge es allerdings, vorbereitet zu sein.«

»Also darum geht es?«

»Was könnte es sonst sein?«

»Oh, viele Dinge. Manche glauben, dass Obsidian über Zauberkräfte verfügt und Ihr Enziets Zauberkünste geerbt oder unbekannte Magie aus Arithei zurückgebracht habt und nun plant, eine Armee mit magischen Waffen auszurüsten.«

»Zu welchem Zweck?«

»Natürlich um Eure verrückten Rachepläne durchzuführen.«

»Ich will mich an den Drachen rächen. Dagegen kann doch niemand etwas einzuwenden haben?«

»Ihr habt auch geschworen, Nagel und Toribor zu töten, oder nicht?«

Widerwillig räumte Arlian ein: »Das habe ich.« Er hatte keine Eile, diesen Schwur in die Tat umzusetzen, aber er konnte nicht leugnen, dass er ihn geleistet hatte – er plante, im Lauf der Zeit alle Drachenherzen zu töten.

»Und jetzt ist Nagel erkrankt, während Ihr Euch mit etwas beschäftigt, das schwarze Magie sein kann – sicherlich ist es nicht unvernünftig, einen Zusammenhang zu vermuten ...«

Er brach ab, als er Arlians Reaktion auf seine Worte sah. Der jüngere Mann zeigte in rascher Folge zuerst Verwirrung, dann Überraschung und schließlich extreme Erregung, und jetzt sprang er auf und unterbrach Hardior.

»Nagel ist krank?«, fragte Arlian und zögerte, als wüsste er nicht, ob er Lord Hardior packen oder aus dem Raum stürzen sollte.

»Ja, das ist er«, bestätigte Hardior. »Seit drei Tagen. Ihr habt noch nicht davon gehört?«

»Nein!«, rief Arlian. Er starrte Hardior an. »Sagt mir, um welche Krankheit es sich handelt.«

Er hatte die schreckliche Ahnung, dass er die Art der Krankheit viel besser kannte als Hardior. Drachenherzen wurden niemals krank; keine bekannte Krankheit konnte ihnen schaden, kein Gift sie töten.

Aber das Drachengift selbst ...

Lord Stiam, auch als Nagel bekannt, war wahrscheinlich das älteste lebende Mitglied der Drachen-Gesellschaft, fast so alt, wie Enziet gewesen war – nur Lord Wither konnte sich mit ihm messen, jetzt, da Enziet tot war. Nagel lebte seit fast tausend Jahren – die genaue Zahl war unbekannt.

Und Arlian war überzeugt, dass seine Zeit jetzt abgelaufen war. Seit ungefähr tausend Jahren hatte kein Drachenherz das natürliche Ende seines Lebens erreicht – vor langer Zeit, bevor die Drachen-Gesellschaft gegründet worden war, hatte eine andere Geheimgesellschaft, der Orden des Drachen, jedes Drachenherz nach seiner Entdeckung getötet, und nur Enziet und eine Hand voll anderer hatten überlebt. Enziet hatte den Orden des Drachen verraten und vernichtet, um sein eigenes Leben zu retten, so dass die Drachen jahrhundertelang in der Lage gewesen waren, Sterbliche mit ihrem Gift zu verseuchen, um so ihre Jungen zu zeugen, und diese Infizierten wurden nicht mehr getötet.

Enziet war der älteste von jenen gewesen, die Arlian kannte, und Stiam war entweder der zweit- oder drittälteste.

Enziet hatte mit Hilfe von Zauberei sein eigenes Ende ein wenig hinausgezögert – aber Stiam ahnte nichts von dem Schicksal, das ihn erwartete, und hatte nichts getan, um es zu verzögern.

»Er beklagte sich über Brustschmerzen, als würde sein Herz anschwellen«, sagte Hardior zögernd. »Und über Fieber in seinem Blut und Schwäche in den Gliedern. Und er fragte mich bei einer Gelegenheit, ob ich eine Stimme hörte, obwohl alles still war.«

Das passte alles zu gut. Arlian wandte sich ab, eilte zur Tür und rief über die Schulter: »Ihr haltet mich für verrückt – nun, kommt jetzt mit mir, und wir werden sehen, ob ich verrückt bin oder nicht! Ich hoffe nur, dass wir nicht zu spät kommen.«

Dann riss er die Tür auf und rief: »Black! Hol sofort Speere für mich und dich! Wir gehen zu Nagels Anwesen!«

Hinter ihm, fast vergessen und völlig verdutzt, stand Lord Hardior auf und folgte ihm.

13
Zu Besuch bei Nagel

Sie alle fuhren mit Lord Hardiors Kutsche – sie wartete noch immer am Tor, und Lord Hardior, von Arlians offensichtlicher Eile angesteckt, bot sie an. Black hielt drei der Speere mit Obsidianspitze umklammert, die Arlians Bedienstete angefertigt hatten, und saß neben dem Kutscher auf dem Bock, während Arlian und Hardior in der Kutsche Platz genommen hatten.

Arlian konnte sich kaum noch beherrschen, so überwältigt war er von widersprüchlichen Gefühlen. Erregung und Furcht, unentwirrbar miteinander vermischt. Er wollte Hardior Unsinn zurufen, wollte ihm sagen, welche Schrecken ihn erwarteten und dass er den Beweis dafür sehen würde, dass Arlian nicht verrückt war, aber er zwang sich, still zu sein.

Aus Nagel würde ein Drache entspringen – würde Arlian bei seiner Ankunft einen Menschen oder ein Ungeheuer vorfinden?

Er hatte geplant, die Drachenherzen zu töten, um das zu verhindern, aber offenbar hatte er bei diesem einen so lange gewartet, bis es zu spät war.

Wenn der Drache bereits entstanden war, dann bot sich ihm eine Chance, einen weiteren Drachen zu töten und so seine Rache fortzusetzen, einen Drachen, der aus dem Herzen eines der sechs Lords entsprang – aber er hatte Nagel schätzen gelernt, der entweder das aufrichtigste

Drachenherz war, das Arlian je getroffen hatte, oder das verschlagenste.

Er hatte die Obsidianspeere, aber was war, wenn der Drache schon vor ein oder zwei Stunden geboren worden war? Würde das vulkanische Glas trotzdem seine Haut durchdringen, oder wurde der Panzer mit der Zeit dicker? Der Enziet-Drache hatte nur ein paar Momente gelebt, bevor Arlian ihn erstochen hatte; würde der Stiam-Drache stärker sein?

Und das setzte voraus, dass der Drache bereits geboren war. Wenn Nagel bei ihrer Ankunft noch am Leben und menschlich war, was konnte Arlian dann tun? Er hatte geschworen, Nagel innerhalb der Mauern von Manfort nichts zu Leide zu tun, und dieser Schwur galt noch immer – allerdings nahm er nicht an, dass jemand ihn auch auf den Drachen beziehen würde, in den sich Nagel verwandelte.

Er konnte an Nagels Bett warten – aber was war, wenn das Warten Tage dauern würde? Er hatte keine Ahnung, wie lange die natürlichen Wehen eines Drachenherzens dauerten; Enziet hatte sich die Brust aufgeschnitten, um die Kreatur in seinem Innern zu befreien, und Arlian konnte sich nicht vorstellen, dass Nagel etwas Derartiges tun würde.

Wer würde dort sein? Wer würde sehen, wie der Drache entsprang?

Was würde aus Arlians geheimem Wissen werden? Jahrhundertelang hatte nur Enziet gewusst, wie sich die Drachen vermehrten; davor hatte der Orden der Drachen diese Information streng gehütet. Es war nie allgemein bekannt geworden. Doch jetzt würde jeder, der in Lord Stiams

Schlafgemach war, die Verwandlung sehen und die Wahrheit erkennen – Diener, Gäste, Ärzte und vielleicht noch andere. Das Geheimnis würde, wie der neugeborene Drache, ans Licht kommen.

Ein Drache innerhalb der Mauern von Manfort – so etwas hatte es seit siebenhundert Jahren nicht mehr gegeben.

Und würde dies, fragte sich Arlian, seine Aufgabe nicht erleichtern? Alle würden wissen, wie die Drachen entstanden und wie man sie töten konnte; alle würden sofort bereit sein, ihn bei seinem Feldzug zu unterstützen und die Ungeheuer auszurotten.

Alle bis auf die Mitglieder der Drachen-Gesellschaft, die erkennen würden, dass auch sie sterben mussten.

Die Kutsche hielt vor Nagels Tor, und Arlian hatte die Tür aufgestoßen, bevor Black herunterspringen und sie für ihn öffnen konnte.

Ein Wächter stand am Tor, die Hand am Knauf seines Schwertes – eine billige Klinge, nicht das Rapier eines Edelmannes, aber dennoch eine wirksame Waffe.

»Wir müssen sofort Lord Stiam sprechen«, sagte Arlian. »Es ist von äußerster Dringlichkeit!«

»Lord Stiam geht es nicht gut, mein Lord«, erwiderte der Wächter.

»Das wissen wir«, fauchte Arlian. »Öffne das Tor und tritt beiseite!«

Der Wächter wollte etwas sagen, als er spürte, wie ihm Black einen Speer an die Kehle drückte, einen Speer mit einer gezackten Glasspitze. Der Haushofmeister hatte sich dem Wächter unbemerkt von der Seite genähert.

»Öffne das Tor, und du wirst leben«, sagte Black.

»Öffne das Tor«, bekräftigte Lord Hardior, der erst jetzt zu Arlian trat und Blacks Speer zur Seite schob. »Ich übernehme die volle Verantwortung.«

»Mein Lord«, sagte der Wächter, als er ihn erkannte. »Ich habe Euch nicht gesehen.«

»Öffne das Tor.«

Der Wächter gehorchte eilig dem Befehl, und die drei Männer, Arlian, Hardior und Black, stürmten über den Torhof und ins Haus.

Ein Lakai erwartete sie im Innern und streckte die Hände aus, um die Speere an sich zu nehmen, aber Hardior sagte zu ihm: »Nein.«

Der Lakai zögerte, entschloss sich dann aber, den beiden mächtigen Lords und ihrem bewaffneten Gefährten nicht zu widersprechen. Er trat zurück und ließ sie passieren.

Hardior führte sie durch den Hauptkorridor und eine Treppe hinauf, und unterwegs gab Black jedem einen Speer. Einen Moment später platzten die drei mit stoßbereiten Waffen in Lord Stiams Schlafgemach.

Das Poltern der Stiefel und Klappern der Speere zerriss die Stille des Krankenzimmers, und die Anwesenden fuhren herum und starrten die Eindringlinge an. Selbst Nagel, der mit geschlossenen Augen und schweißverklebten, schütteren weißen Haaren im Bett lag, hob den Kopf und blinzelte die Neuankömmlinge an.

Arlian blieb beim Anblick des äußerlich völlig menschlich wirkenden Mannes in dem Bett abrupt stehen; er starrte Nagel mit erhobenem Speer durchdringend an.

Hardior verharrte ebenfalls, sah die anderen an und senkte seine Waffe.

Black, der fast unbemerkt hinter den beiden anderen stand, trat an die Wand neben der Tür und hielt seinen Speer mit der Spitze nach oben.

»Lord Hardior«, sagte Lord Wither, der neben dem Bett stand, »und Lord Obsidian. Dürfte ich nach dem Grund für diesen recht lauten und abrupten Auftritt fragen?«

Arlians Aufmerksamkeit war noch immer auf Nagel gerichtet. Der alte Mann lag ausgestreckt im Bett, Kopf und Schultern auf einem Dutzend Kissen ruhend, der zerbrechliche Körper nur in ein dünnes weißes Baumwollnachthemd gehüllt, so schweißdurchtränkt, dass es fast durchsichtig war. Arlian konnte erkennen, dass Nagels Brust geschwollen war und fast das Doppelte ihrer normalen Größe hatte – und er konnte erkennen, dass sich das Fleisch dieser vergrößerten Brust leicht auf schrecklich unnatürliche Weise kräuselte. Die Haut war fiebrig rot, während seine bloßen Hände und Füße verschrumpelt und knochenweiß waren. Haare und Bart hingen in feuchten Strähnen, und als er Arlian ansah, atmete er schwer.

»Wir befinden uns innerhalb der Stadtmauern«, keuchte Nagel, »sofern dies noch eine Rolle spielt.«

Arlian trat einen Schritt näher, und mehrere Hände griffen nach ihm. Zum ersten Mal dämmerte ihm, dass er und Nagel nicht allein im Zimmer waren, und er sah sich hastig um.

»Er sagte, wir müssten sofort kommen«, sagte Lord Hardior über Arlians Schulter. »Ich habe seinem Wort vertraut, und wir nahmen uns keine Zeit für Erklärungen.«

»Vielleicht werdet Ihr das jetzt tun«, erwiderte Wither erzürnt.

Wither trug sein bestes grünes Seidengewand und stand rechts neben Nagels Bett; links stand Flöte, die berühmte Zauberin, in rotweißer Ärztetracht. Arlian erkannte ihr zernarbtes Gesicht sofort wieder, obwohl über ein Jahr verstrichen war, seit er sie zum letzten Mal in der Halle der Drachen-Gesellschaft gesehen hatte. Eine Frau, die Arlian fremd war, stand an Withers Schulter, safrangelb und grün gekleidet, mit einem hübschen Gesicht, das aber weitaus weniger markant wirkte als das der anderen. An der rechten Wand lehnte Lord Toribor, in einem kastanienbraunen Mantel, der viel eleganter war als die Kleidung, die er sonst trug, die Arme vor der Brust verschränkt, das eine Auge auf Arlians Gesicht gerichtet.

Lady Reif hatte es sich hinter Flöte in einem rosa Seidensessel bequem gemacht und das linke Bein angezogen, so dass ihre Holzprothese unter ihrem mitternachtsblauen Rock verborgen war und nicht den Boden berührte; in ihrer Hand hielt sie den menschlichen Beinknochen, den sie als Souvenir stets mit sich führte, und klopfte mit ihm leise auf die gepolsterte Armlehne des Sessels. Sie rührte sich nicht, sagte nichts, mischte sich nicht ein, sondern beobachtete nur.

Drei Diener in der rosa- und beigefarbenen Livree des Hauses hielten sich im Hintergrund und warteten offenbar darauf, dass die höherrangigen Anwesenden die Initiative ergriffen und diese seltsame Störung beendeten.

Alle starrten Arlian und seinen erhobenen Speer an.

»Obsidian?«, sagte Hardior. »Ich sehe hier nichts, was ein bewaffnetes Eingreifen erfordert. Würdet Ihr Euch bitte erklären?«

Arlian ignorierte ihn; er senkte den Speer, schob Flöte beiseite und trat an Nagels Bett.

Einen Moment zögerte er, sich bewusst, dass die anderen im Raum mithören konnten, dass er im Begriff war, Geheimnisse zu enthüllen, die jahrhundertelang gehütet worden waren – aber dann entschied er, dass die Dinge schon zu weit gediehen waren und die Wahrheit ohnehin in Kürze ans Licht kommen würde.

»Wisst Ihr, was mit Euch geschieht?«, fragte er.

Nagels Augen weiteten sich, als er zu Arlian aufblickte. »Wisst *Ihr* es?«, erwiderte er mit matter, aber dennoch schroffer Stimme.

»Mehr oder weniger«, gestand Arlian. »Ich habe gesehen, wie dasselbe mit Lord Enziet geschah.« Er sah Lord Wither und hinter ihm Lord Toribor an. »Ich weiß, Ihr glaubt, ich hätte ihn getötet, aber es ist viel komplizierter.« Dann richtete er seinen Blick wieder auf Nagel. »Enziet beschleunigte den Prozess – er schnitt sich selbst die Brust auf, bevor sein Zustand so weit fortgeschritten war wie Eurer. Wenn Ihr es vorzieht, dem auf diese Weise ein Ende zu machen, kann einer Eurer Diener eine Klinge holen.«

»Mein Lord!«, protestierte Flöte.

Arlian fuhr herum. »Habt Ihr eine Ahnung, was mit ihm geschieht? Hat Eure Zauberei es Euch verraten?«

»Nein«, gab Flöte zu. »Meine besten Zauber zeigen, dass er überhaupt nicht krank ist, und ich kann nichts für ihn tun. Nagel rief mich, weil seine Ärzte ihm nicht helfen konnten, aber mir erging es nicht besser.«

Arlian zögerte.

Vielleicht war es doch noch möglich, das Geheimnis zu

bewahren. Wenn er all diese Leute überzeugen konnte, den Raum zu verlassen ...

»Wäre es möglich, dass ich eine Minute allein mit Nagel sprechen kann?«, fragte Arlian.

»Nein«, wehrte Toribor ab, bevor jemand antworten konnte. Er richtete sich auf und löste sich von der Wand. »Ich denke, Ihr habt ihn irgendwie vergiftet, um Euren verrückten Racheplan durchzuführen, und seid jetzt hier, um ihm den Rest zu geben.«

»Ich musste ihn nicht vergiften«, erwiderte Arlian. »Er ist schon vor tausend Jahren vergiftet worden.«

Mehrere der Anwesenden reagierten darauf, riefen Proteste und Fragen, und Arlian wurde klar, dass er keine Chance mehr hatte, seine Geheimnisse zu bewahren. Niemand würde ihn mit Nagel allein lassen – und er konnte nicht von Nagels Bett weichen, bis die Verwandlung abgeschlossen war. Der Drache, zu dem Nagel werden würde, musste so schnell wie möglich getötet werden.

Er dachte daran, zumindest darum zu bitten, dass die Diener hinausgeschickt wurden, so dass es nur die Drachenherzen hören würden – aber zweifellos würde sich die Neuigkeit auf jeden Fall verbreiten, und warum sollte er versuchen, den Kreis der Mitwisser auf die Drachenherzen zu beschränken? Am Ende würden es alle erfahren.

Er wandte sich wieder an Flöte.

»In gewisser Hinsicht sagen Eure Zauber die Wahrheit«, erklärte er. »Lord Stiam ist nicht krank; er liegt in den Wehen.«

»Ihr seid wahnsinnig!«, rief Hardior mit ungläubigem Blick.

Nagels Augen weiteten sich; er sagte nichts, sah aber Arlian durchdringend an.

Arlian ignorierte die anderen, beugte sich über das Bett und suchte Nagels Blick. »Wusstet Ihr es?«, fragte er.

»Ich dachte, es wäre der Fieberwahn«, sagte Nagel mit schwacher Stimme. »Ich kann es fühlen, wisst Ihr? Ich kann fast seine Gedanken hören. Manchmal bin ich mir nicht sicher, welche Gefühle mir gehören und welche diesem Wesen in mir.«

»Dann wisst Ihr also, was es ist«, stellte Arlian fest.

Nagel brachte mühsam ein leichtes Nicken zu Stande. »Es wollte, dass ich die Stadt verlasse«, sagte er. »Ich hätte es fast getan. Es wollte irgendwohin, wo es dunkel und heiß und sicher ist – aber ich wollte leben und fürchtete, ihr würdet mir folgen und mich finden und töten, wenn ich Manfort verlasse. Und ich dachte, es wären bloß Fieberträume.«

»Es ist die Wirklichkeit«, erklärte Arlian. »Es wächst schon seit Jahrhunderten in Eurem Blut, und jetzt erwacht es und wird herauskommen.«

»Enziet wusste es«, sagte Nagel.

Arlian nickte. »Er wusste es die ganze Zeit. Er hat es siebenhundert Jahre lang geheim gehalten.«

»Ich habe gegen es angekämpft. Ihr sagtet, Enziet schnitt sich selbst die Brust auf?«

»Wir kämpften miteinander«, sagte Arlian. »Er war dabei zu verlieren. Er wusste, dass ihm so oder so nicht mehr viel Zeit blieb.«

»Wovon redet Ihr?«, fragte Lord Wither nachdrücklich und beugte sich über das Bett zu Arlian.

Nagel winkte ab. »Die Speere«, sagte er zu Arlian. »Sind sie für mich oder für es?«

»Für es«, antwortete Arlian. »Das war Enziets große Entdeckung – Obsidian. Ich erfuhr es jenseits der Ödnis von ihm.«

Nagel lächelte schief. »Dann werdet Ihr mich gemeinsam mit Enziet rächen, nicht wahr?«

»In gewisser Weise«, stimmte Arlian zu, während er mechanisch das Lächeln erwiderte. Dann verschwand das Lächeln. »Habt Ihr Schmerzen?«

»Nicht direkt«, entgegnete Nagel. »Der Rest von mir fühlt sich schwach und kalt an, während es immer heißer und stärker und ungeduldiger wird, aber ich habe keine richtigen Schmerzen. Die Haut an meiner Brust fühlt sich dünn und gespannt an, was unangenehm ist, doch das ist auch schon alles.«

»Demnach haben die toten Götter etwas Erbarmen.«

»Besser gesagt die Drachen«, flüsterte Nagel.

»Oder die Macht, die sie erschuf.«

»Wisst Ihr, wie lange ...?«

Arlian schüttelte den Kopf. »Nein«, sagte er. »Sekunden, Stunden, Tage, ich weiß es nicht genau. Euer Zustand ist bereits weiter fortschritten als Enziets, als er Selbstmord beging.«

»Lord Hardior«, sagte Wither laut, »würdet Ihr bitte diesen Verrückten nach draußen schaffen? Er quält Lord Stiam mit seinen perversen Fantasien.«

»Haltet den Mund, Wither«, keuchte Nagel laut. »Er soll bleiben.«

Arlian sah Hardior an, der im Hintergrund stand, sichtlich verwirrt und nicht begierig war, sich einzumischen, und dann Wither.

Wither funkelte ihn voller Hass an.

Hinter Wither hatte sich Lord Toribor von der Wand gelöst und beobachtete alles, hörte alles – doch Arlian stellte erstaunt fest, dass sein Gesicht weder Zorn noch Hass verriet, sondern nur eine Art erschütterter Faszination.

Die Frau an Withers Seite blickte lediglich verwirrt drein. Ihr Gesicht wirkte trotz ihrer Schönheit seltsam uninteressant, ihre Augen waren matt, und nach einem Moment dämmerte Arlian, dass sie kein Drachenherz war. Wegen ihrer Anwesenheit im Krankenzimmer und ihres teuren Gewandes hatte er zunächst angenommen, dass sie ein unbekanntes Mitglied der Drachen-Gesellschaft war, aber jetzt wurde ihm klar, dass es sich bei ihr bloß um eine gewöhnliche Sterbliche handelte.

Lady Opal, vermutete er, Withers Mätresse. Sie war hier sichtlich fehl am Platz, und sie wusste es.

Arlian spürte eine Hand an seinem Arm und drehte sich um, als Flöte sagte: »Meine Lords, lasst uns Lord Stiam nicht mit unserem Streit behelligen. Obsidian, legt Eure Waffe beiseite. Wither, unser Gastgeber wünscht, dass Obsidian bleibt; widersprecht ihm nicht in seinen vielleicht letzten Stunden. Und mein Lord Stiam, bitte strengt Euch nicht an. Ruht Euch aus.«

»Vielen Dank, meine Lady«, sagte Arlian mit einer knappen Verbeugung.

»Mein Lord«, sagte sie, um dann zu zögern und hinzuzufügen: »Euch ist gewiss bewusst, dass Eure Worte ziemlich verrückt klingen.«

»Manchmal denke ich, die ganze Welt ist verrückt, meine Lady, und dann wieder, dass nur ich es bin; nichtsdestotrotz spreche ich die Wahrheit.«

»Und Ihr meint, dass etwas in Lord Stiams Brust heranwächst?«

»Das glaube ich, ja. Ich bin hergekommen, weil ich dachte, es wäre bereits herausgekommen – unser ungestümes Eindringen war eine Folge dieser Annahme.«

Flöte zögerte wieder, sah sich im Zimmer um und fragte dann: »Und mit was ist er Eurer Meinung nach schwanger?«

Verdutzt drehte sich Arlian um und starrte die versammelten Gesichter an. Er hatte für offensichtlich gehalten, was geboren werden würde, aber offenbar mussten diese Leute es laut ausgesprochen hören, bevor sie wagten, es zu glauben.

»Ein Drache«, antwortete er. »Er wird zuerst blutrot sein, denn er entsteht aus Nagels Herz und Blut. Er wird größer sein, als es vernünftigerweise möglich ist, größer als ein normaler Mensch, zu groß, um bequem in diese Kammer zu passen, aber trotzdem nur ein Neugeborenes nach den Maßstäben der Drachen.«

Arlian hörte jemanden keuchen, vielleicht einer der Bediensteten; Füße scharrten, und die anderen Anwesenden im Raum sahen sich unbehaglich an.

»Und Ihr habt einen Speer mitgebracht, um ihn zu bekämpfen?«, rief Wither höhnisch. »Selbst ein Verrückter sollte es besser wissen! Kein Mensch hat jemals einen Drachen getötet; was könnten Eure Speere schon ausrichten?«

»Ihn töten«, sagte Arlian. »Während Drachen magische Geschöpfe aus Feuer und Dunkelheit sind, ist Obsidian natürliches Feuer und Dunkelheit, und diese Speere können einen Drachen töten.«

»Euer absurder Glaube an diese Theorie ist ...«, begann Wither.

»Es ist mehr als eine Theorie«, fiel Arlian ihm ins Wort. »Ihr sagt, kein Mensch hat jemals einen Drachen getötet, aber das entspricht nicht mehr der Wahrheit; ich habe einen getötet, einen neugeborenen in einer Höhle unter der Ödnis, mit einem Obsidiandolch.«

»Obsidian«, seufzte Hardior, »Eure Behauptungen werden immer fantastischer. Seid Ihr sicher, dass Ihr wisst, was Ihr sagt?«

»Das weiß ich durchaus.«

»Ich glaube ihm«, flüsterte Nagel. »Ich spüre ihn in mir.«

»Das ist Irrsinn«, sagte Wither.

»Ich stimme dem zu«, meinte Hardior, und Flöte nickte.

»Die Welt ist irrsinnig«, brach Black das anschließende Schweigen. »Ich wünschte, Ihr hättet es mir früher gesagt, Ari.«

»Ich mag verrückt sein«, sagte Arlian. »Ich kann dies schwerlich selbst beurteilen, und ich gebe freimütig zu, dass ich gelegentlich Zweifel in dieser Hinsicht habe. Dürfte ich vorschlagen, dass wir einfach abwarten und die Zeit entscheiden lassen? Entweder wird Lord Stiam eines natürlichen Todes sterben, oder die Krankheit wird vergehen, oder meine ›Theorie‹, wie Lord Wither sie nennt, wird bestätigt werden. Ich bin bereit zu warten und zu sehen, was geschieht. Ich nehme an, dass wir noch vor dem Morgengrauen die Antwort bekommen werden.«

»Früher«, zischte Nagel. »Oh, viel früher.«

Einen Moment war es still im Zimmer; dann zuckte Lord Hardior die Schultern und sagte: »Wir warten.«

14
Totenwache

Insgeheim hatte Arlian Nagels Einschätzung zugestimmt; er hatte erwartet, dass der neue Drache binnen Minuten herauskommen würde. Entweder hatte er den Entwicklungsstand des Drachen oder Nagels Entschlossenheit falsch eingeschätzt, sich so lange wie möglich an sein Leben und seine Menschlichkeit zu klammern.

Hätte er gewusst, wie viel Zeit noch blieb, hätte Arlian wahrscheinlich versucht, die Diener und vielleicht auch Lady Opal fortzuschicken, um die Geheimnisse der Drachen-Gesellschaft nach besten Kräften zu wahren. Doch so machte er sich nicht die Mühe.

Die Sonne ging unter, und Kerzen wurden angezündet, und Nagel lag noch immer in seinem Bett und schnappte nach Luft, während seine Brust anschwoll und zuckte. Kurz nach Anbruch der Nacht beauftragte Lord Hardior endlich die Diener, den Teilnehmern der Totenwache etwas zu essen zu bringen, als Ersatz für das verpasste Abendmahl.

Rauch und Schweiß machten die Luft stickig, und der Geruch des Drachengifts wurde immer stärker.

Bis auf die Diener verließ niemand auch nur einen Moment den Raum, und es kamen keine neuen Besucher; keiner der Anwesenden wollte den letzten Akt des Dramas verpassen.

Dreimal hatte Arlian gefragt, Withers laute Einwände ignorierend, ob Nagel wollte, dass ihm einer der Diener ein

Messer brachte; jedes Mal hatte der alte Mann eine Grimasse geschnitten und abgelehnt. Jede Weigerung war schwächer, weniger sicher als die vorherige gewesen, und schließlich, als sie das von Hardior bestellte Mahl verzehrt hatten und die Diener die Kerzen erneuerten, hatte Arlian geglaubt, dass das Warten gewiss bald ein Ende haben würde.

Dennoch war es schon nach Mitternacht, und die meisten der Anwesenden dösten in ihren Sesseln, als Flöte aufschrie.

Arlian, der immer wieder aus einem leichten Schlummer geschreckt war, sprang sofort auf und griff nach dem Speer, den er fallen gelassen hatte.

Der Anblick, der sich ihm durch den Kerzenrauch bot, hätte ein Albtraum sein können, und einen Augenblick lang dachte er, dass er träumte. Es hätte ein Albtraum sein müssen, aber alles war nur zu real.

Flöte stand am Bett und hatte die Hände vor den Mund geschlagen, während sie in nun stummem Entsetzen ihren Patienten anstarrte. Nagel lag steif da, mit zurückgeworfenem Kopf und offenem Mund, als würde er schreien, doch kein Laut drang über seine Lippen; wenn er noch nicht tot war, würde er es in Sekunden sein.

Blut strömte aus seiner Brust, aber anstatt natürlich zu fließen, richtete es sich auf, wand sich und dehnte sich aus, und die Spitze der erhobenen Säule formte sich zu einer Klaue, die Säule bildete ein gekrümmtes Bein heraus. Die klaffende Wunde in Nagels Brust verbreiterte sich, als sich das Blutgeschöpf aufbäumte, und das Fleisch um die Öffnung riss auf, als die Kreatur herausquoll.

»Es ... es hat ihn von innen her aufgeschlitzt«, keuchte Flöte, als Arlian mit dem Speer zielte. Er war sich bewusst, dass Black an seiner Seite stand und seinen Speer ebenfalls erhoben hatte.

Und dann, vom Knirschen von Knochen begleitet, brach der Drache aus Nagels Leichnam hervor, schwankte auf vier unsicheren Beinen auf dem Bett. Sein Schwanz peitschte über Nagels leere Augen, und seine Schwingen entfalteten sich, als er den Kopf hob. Eine Vorderklaue rutschte vom Bett und bekam rasch wieder Halt.

Das Geheimnis der Vermehrung der Drachen war enthüllt.

»Jetzt!«, rief Arlian und stieß mit seinem Speer nach der Flanke der Kreatur. »Ziel auf das Herz!«

Einen Sekundenbruchteil später erfolgte Blacks Stoß; beide Speerspitzen bohrten sich mühelos in die weichen, blutroten Schuppen.

Der Drache kreischte, ein höllischer Schrei, der die Wände zum Erzittern zu bringen schien; er schlug wild um sich und versuchte den Waffen mit den schwarzen Spitzen zu entrinnen, die ihn durchbohrt hatten, aber Arlian und Black stießen weiter zu.

Zwei der Klauenfüße der Kreatur rutschten vom Bett, der eine frei, der andere in der Bettdecke verheddert. Seine Schwingen trafen den Baldachin des Bettes, zerschmetterten den Holzrahmen und rissen die Bettvorhänge herunter.

Er spuckte Gift, das rauchende Löcher in die Bettdecke und den Teppich fraß, aber weder seine Angreifer traf noch sich entzündete. Seine goldenen Augen waren offen und starrten Arlian und Black voller Hass an – und da war noch etwas anderes in seinem Blick.

Arlian sah Nagel in diesen Augen und wandte den Blick ab. Er war froh, dass er die Speerschäfte so lang gemacht hatte, so dass er diesem unmenschlichen Gesicht nicht näher kommen musste.

»Lord Hardior!«, rief Black. »Geht hinter den Drachen!«

»Das Herz«, sagte Arlian. »Wir müssen sein Herz treffen!« Er zog seine Waffe heraus und stieß wieder zu, trat vor und bohrte sie hinter dem näheren Vorderbein in den Rumpf.

Diesmal traf die Obsidianspitze ihr Ziel; mit einem weiteren Schrei brach der Drache zusammen und verwandelte sich sofort wieder in das schwarze Blut, aus dem er entsprungen war.

Blut spritzte über das Bett und Nagels Leichnam, bildete eine Pfütze, floss zu Boden und tropfte von dem Baldachin, den die Flügel zerrissen hatten; Arlians Hände waren rot, wo er den Speerschaft umklammerte.

An der Spitze des Speeres war Nagels Herz aufgespießt.

»Bei den toten Göttern!«, murmelte jemand.

»Bei allen Göttern!«, sagte ein anderer.

»Ich glaube es nicht«, flüsterte Wither.

»Ihr habt es mit Euren eigenen Augen gesehen, mein Lord«, erinnerte Black.

»Ich habe etwas gesehen«, widersprach Wither. »Ich bin mir nicht sicher, was.«

»Zauberillusionen«, sagte Lady Opal und erhob sich aus ihrem Sessel. »Das war es, mehr nicht.« Sie griff zögernd nach der noch immer rauchenden Bettdecke, wo sich das Gift verteilt hatte, und zog dann ihre Hand zurück.

»Für eine Illusion scheint eine Menge Blut zurückgeblieben zu sein«, bemerkte Flöte. Die Vorderseite ihres Gewands war voller Blut, wo sich einer der Flügel des Drachen auf ihren Busen gelegt hatte, und sie sah betrübt an sich hinunter. Dann rief sie einem der Diener zu: »Hol etwas, um sauber zu machen!«

Der Diener, den sie ansprach, starrte sie nur wie betäubt an, aber einer der anderen eilte aus dem Raum. Sie rief ihm nach: »Und sei vorsichtig, denn es ist giftig!«

»Lord Stiams Brust ist aufgerissen«, sagte Opal. »Das lässt sich nicht leugnen! Aber die Kreatur, die wir sahen, war bloß eine magische Täuschung, kein echter Drache.«

»Ich rieche Drachengift«, warf Wither ein. »Ich habe es seit siebenhundert Jahren nicht mehr gerochen, aber das ist Gift.« In der Tat war der Gestank überall und vermischte sich mit dem Geruch von Blut, Schweiß, Rauch und Eingeweiden.

»Natürlich riechst du es«, sagte Opal. »Es ist in Lord Stiams Blut. Aber es war kein Drache!«

»Und woher wollt Ihr das wissen?«, fragte Reif, die noch immer saß.

»Weil allein die Vorstellung, dass es ein Drache war, blanker Unsinn ist!«, sagte Opal und fuhr verärgert herum. »Er war rot, und heißt es nicht, dass die Drachen grün oder schwarz sind?«

»Enziet sagte, dass sie mit dem Alter dunkler werden«, erklärte Arlian milde. Jetzt, da das befürchtete Ereignis vorbei war, konnte er sich entspannen und gelassen sprechen. »Erst rot, dann gold, dann grün, dann schwarz. Die ausgewachsenen Exemplare, die ich gesehen habe, waren schwarz, wie Ihr sagt.«

»Und zerplatzen Drachen wie Seifenblasen, wenn sie von einem Speer getroffen werden?«, fragte Opal. Sie wirbelte mit geballten Fäusten zu ihm herum. »Wie überaus seltsam, dass in all den Jahren, die unsere Vorfahren gegen die Drachen gekämpft haben, es keinem von ihnen je gelang, einen zu töten!«

»Sie haben ihnen nie einen Obsidianspeer ins Herz gebohrt«, sagte Arlian, noch immer ruhig. »Und möglicherweise lösen sich nur die Neugeborenen so vollständig auf; dieses Exemplar hatte schließlich gerade erst Gestalt angenommen.«

»Ich denke, es war eher eine magische Illusion, die zerplatzt ist, als ein echter Drache«, gab Opal zurück.

»Glaubt, was Ihr wollt«, erklärte Arlian. »Ich kam hierher, um die Geburt eines Drachen zu verhindern, nicht um Euch von irgendetwas zu überzeugen. Wenn Ihr leugnen könnt, was Ihr mit eigenen Augen gesehen habt, werden meine Worte Euch kaum überzeugen.« Er betrachtete den Speer in seiner Hand und die schaurige Trophäe, die an ihm steckte.

»Wohin damit?«, fragte er, ohne jemand direkt anzusprechen.

»Nagels Herz gehört in seine Brust«, sagte Toribor und trat vor.

Arlian hielt den Speer fest, während Toribor vorsichtig das verstümmelte Herz von der Spitze löste und es ehrfürchtig in das klaffende Loch legte, das Lord Stiams Brust gewesen war. Als Toribor fertig war, drehte er sich um und sagte: »Ihr habt also fünf der sechs Lords getötet, Obsidian – nur ich lebe noch.«

»Ich habe nur drei getötet«, berichtigte Arlian. »Drei Lords und die beiden Drachen, die die beiden anderen getötet haben. Ich habe geschworen, Nagel innerhalb der Mauern von Manfort nichts anzutun, und diesen Schwur gehalten – aber Ihr habt Recht, wenn Ihr sagt, dass nur noch Ihr lebt.«

»Diese Kreatur war Blut von Nagels Blut und Herz von seinem Herzen; seid Ihr wirklich sicher, dass es nicht Nagel selbst war?«

»Mein Lord Toribor, Ihr redet Unsinn«, sagte Arlian erbost und mit der Geduld am Ende. Er wollte nicht an das denken, was er im Gesicht des Drachen gesehen hatte. »Lord Nagel liegt tot in seinem Bett, von diesem Wesen gemeuchelt. Ist denn der Bandwurm, der einen Menschen tötet, Erbe seiner Seele und von einem Schwur wie dem meinen geschützt?«

»Dies war kein bloßer Bandwurm. Ich habe seine Augen gesehen, Obsidian ...«

»Es war ein Drache, Toribor«, unterbrach Wither zornig. »Wollt Ihr im Ernst behaupten, dass ein Drache mehr ist als ein Ungeheuer, das beseitigt werden muss?«

Opal und Toribor drehten sich um, verblüfft von diesem Ausbruch.

Wither funkelte beide an.

»Ich habe hundert Jahre lang gegen die Drachen gekämpft«, sagte er. »Ich stand auf den Wällen dieser Stadt und sah, wie Steine und Pfeile von ihren Schuppen abprallten wie Regentropfen von Stein, und ich sah, wie meine

Freunde und Kameraden in Stücke gerissen oder von ihrem feurigen Gift zu Knochen und Asche verbrannt wurden. Ich habe geschworen, sie zu bekämpfen, so wie jedes Mitglied der Drachen-Gesellschaft. Ich habe geschworen, sie zu studieren und Mittel und Wege zu finden, sie zu vernichten. Und jetzt, da ich erfahren habe, dass möglicherweise ein Drache in meinem Körper ist und lauert und den Moment erwartet, in dem er mein Herz stehlen und mich von innen her zerreißen kann ... Da man mir offenbart hat, dass dieser Parasit seit fast tausend Jahren in meinem Blut wächst, unentdeckt, da versucht Ihr mir einzureden, dass es Unrecht ist, ihn zu töten, weil dies gleichbedeutend damit ist, mich zu töten? Dass das Ungeheuer Nagel nicht getötet hat, sondern dass Nagel zu ihm wurde?« Er machte plötzlich einen Schritt nach vorn, streckte seinen gesunden linken Arm aus und packte Toribor im Genick. Es war erstaunlich zu sehen, dass ein derart alter und gebrechlicher Mann eine derartige Kraft entfalten konnte. Er drückte den überraschten Toribor über das Bett und nach unten, so dass seine Nase nur Zentimeter von Nagels zerfetztem Fleisch und gebrochenen Rippen entfernt war.

»Mein Freund Stiam ist tot«, grollte Wither. »Er ist nicht verwandelt worden, er ist fort. Er war keine Raupe, die zu einem Schmetterling wurde; er war ein Mensch, und dieser Mensch ist tot. Etwas anderes zu behaupten, Toribor, ist obszön, und ich werde es nicht tolerieren!«

»Verzeiht, mein Lord«, murmelte Toribor.

Wither ließ ihn los, und Toribor richtete sich wieder auf.

Eine Sekunde lang waren alle im Raum still. Dann knurrte Wither. »Ihr wusstet es«, sagte er zu Arlian.

»Ja«, gab Arlian zu.

»Ihr wusstet es. Deshalb wolltet Ihr mir das Gift nicht besorgen.«

»Ja.«

»Die Narbe an Eurer Wange ... stammt sie von Enziets Gift?«

Arlian war so überrascht von dieser Formulierung, die völlig im Gegensatz zu dem stand, was Wither erst vor wenigen Sekunden gesagt hatte, dass er nicht sofort antworten konnte, aber nach einem Moment nickte er.

»Arlian«, sagte Reif von ihrem Sessel in der Ecke, »warum habt Ihr es uns nicht erzählt?«

Arlian biss die Zähne zusammen.

Er schloss einen Moment die Augen und fragte dann: »Hättet Ihr es mir denn geglaubt, wenn Ihr es nicht selbst gesehen hättet?«

»Ich bin mir nicht sicher, ob ich es jetzt glaube«, sagte Lord Hardior mit bebender Stimme.

»Ich habe Euch vor einiger Zeit gefragt, was Ihr tun würdet, wenn ich einen Drachen töte, mein Lord«, wandte sich Arlian an Hardior. »Ihr sagtet, wir sollten diese Dinge auf sich beruhen lassen, bis sie das Reich der wilden Fantasien verlassen. Ist diese Zeit gekommen, oder haltet Ihr mich noch immer für verrückt?«

»Setzt mich nicht unter Druck, Obsidian«, sagte Hardior, während er Nagels Leichnam anstarrte. »Es fällt mir sehr schwer, dies zu akzeptieren.«

»Es ist zu viel«, knurrte Wither, ohne jemand direkt anzusprechen. »Ich werde mich nicht in einen Drachen verwandeln.«

»Natürlich nicht«, sagte Opal und legte einen Arm um ihn. »Es war ein Trick, eine Illusion!«

»Und ich wollte dich ebenfalls verdammen«, sagte Wither zu ihr.

»Es ist eine Lüge, Geliebter, und wir werden mich verwandeln, mit dem Gift eines echten Drachen, damit ich ewig mit dir leben kann!«

Wither sah sie mit einem Ausdruck an, der an Entsetzen erinnerte, aber er sagte nichts mehr.

Arlian verfolgte diesen Wortwechsel und entschied, dass dies nicht seine Angelegenheit war. Wenn ihre eigenen Augen Opal nicht überzeugen konnten, dann konnten es seine Worte erst recht nicht – und es schien klar zu sein, dass Wither akzeptierte, was er gesehen hatte.

Er war sehr alt; vielleicht konnte er, wie Nagel, den Drachen spüren, der in ihm heranwuchs.

In diesem Moment flog die Tür der Kammer weit auf, und Nagels Haushofmeister kam herein, gefolgt von einem halben Dutzend anderen Dienern.

»Meine Lords«, sagte er. »Ich hörte, dass mein Lord Stiam uns verlassen hat.«

»Das hat er in der Tat«, bestätigte Flöte. »Und auf überaus spektakuläre Weise.« Sie hob die Arme und zeigte ihm ihr blutgetränktes Gewand.

Der Anblick erschütterte den Haushofmeister, aber er fing sich schnell wieder. »Dürfte ich Euch alle dann bitten, diesen Raum zu verlassen, damit wir die Leiche säubern und vorbereiten können?«, fragte er. »Es ist spät, und gewiss möchtet Ihr Euch frisch machen – wir haben genug Zimmer für Euch alle, und Ihr seid willkommen, so lange zu bleiben, wie Ihr wollt; diese Männer hier stehen zu Eurer Verfügung.« Er deutete auf die anderen Diener.

»Ich denke, er hat Recht«, meinte Opal. »Wir müssen fort von diesem Grauen!«

»Und uns reinigen«, fügte Flöte hinzu. »Jene von Euch, die Blut an den Händen haben, sollen vorsichtig sein, dass nichts davon Eure Lippen benetzt.«

»Wir wissen, dass es giftig ist, meine Lady«, sagte Arlian. »Ihr müsst uns nicht daran erinnern.«

»Nein?« Flöte wies auf Black, der nachdenklich seine Hände anstarrte, und Arlian verstummte.

»Danke für Eure Warnung, meine Lady«, sagte der Haushofmeister.

»Du«, grollte Lord Hardior, »warum bist du nicht am Totenbett deines Herrn gewesen?«

Der Haushofmeister sah ihn überrascht an. »Nun, er hat mich fortgeschickt«, sagte er. »Ich habe die ganze Zeit bei ihm gesessen und ihn während seiner Krankheit gepflegt, aber gestern schickte er mich fort, um andere Angelegenheiten zu erledigen. Ich wäre geblieben, hätte er es erlaubt ...«

»Sei froh, dass du nicht geblieben bist«, meinte Arlian. »Es ist besser, ihn so in Erinnerung zu behalten, wie er war.«

»Ich wünschte, wir könnten das auch«, sagte Wither.

»Bitte, meine Lords, meine Ladys«, mahnte der Haushofmeister, »könntet Ihr jetzt den Raum verlassen?«

»Es gibt noch viel mehr, das besprochen werden muss, Obsidian«, sagte Lord Hardior, »aber vielleicht kann es bis morgen warten, damit wir Zeit haben, uns auszuruhen und zu verarbeiten, was wir gesehen haben.«

»Wie Ihr wünscht, mein Lord«, erwiderte Arlian. Er betrachtete seine eigenen blutigen Hände und den Speer, den er noch immer hielt, und dann Nagels Leichnam. Er schauderte.

Toribor, der neben dem Bett stand, beugte sich nach unten und schloss sanft Lord Stiams Augen.

15
Blut und Wasser

Der Diener trat beiseite, als Arlian ins Zimmer kam, und eilte dann zum Nachttisch, wo Krug und Schüssel warteten. Ohne Aufforderung füllte er die Schüssel halb mit sauberem Wasser. Eine Öllampe brannte bereits trüb an einer Halterung über dem Bett.

»Danke«, sagte Arlian.

»Zieht Ihr es vor, Euren Mann hier zu behalten, oder sollen wir ihm unten eine Kammer herrichten?«, fragte der Diener, als er Handtücher aus einer nahen Kommode holte.

Arlian sah Black an. »Wie er will«, sagte er. »Er kann nach Hause gehen, wenn er möchte; ich komme schon allein zurecht.«

»Ich denke, eine Kammer im Erdgeschoss käme mir gelegen«, erwiderte Black.

Arlian begriff, dass Black mithören wollte, was die Haushaltsbediensteten über die Ereignisse der Nacht sagten, um die Geschichten vielleicht ein wenig zu beeinflussen. Es war wahrscheinlich zu spät, irgendwelche Geheimnisse zu bewahren, aber es konnte nicht schaden, mehr über die Ansichten der Lakaien zu erfahren. »Wie du meinst«, sagte er, als er ein Handtuch entgegennahm. Er griff nach der Schüssel.

Der Diener blieb stehen, und Arlian sah ihn an.

»Du musst nicht bleiben«, erklärte er. »Es ist spät, und ich bin sicher, du hast noch andere Dinge zu erledigen, bevor du dein Bett siehst. Kümmere dich um meinen Haushofmeister, und dann hast du frei; mach dir keine Gedanken um mich.«

Der Diener verbeugte sich. »Vielen Dank, mein Lord.« Er wandte sich ab, verließ mit Black den Raum und schloss leise hinter sich die Tür.

Arlian sah ihnen nach und wandte sich dann der Schüssel zu, um Nagels Blut von seinen Händen zu waschen. Er legte das Handtuch zur Seite und steckte dann beide Hände in das kühle, saubere Wasser.

Das Wasser trübte sich und wirbelte, dunkles Rot breitete sich von seinen Händen aus; er wischte sich das Blut von den Handrücken und säuberte dann nacheinander seine Finger, wobei er jeden zwischen den Daumen und Zeigefinger der anderen Hand klemmte und mit dem Daumen das Blut abrieb.

Nach einem Moment war das Wasser zu trüb, um zu erkennen, ob er etwas erreichte, und er zog die Hände heraus.

Er hatte zweifellos das meiste Blut entfernt – jedenfalls von seinen Händen; die Manschetten seines Hemdes waren ruiniert. Er musterte mit zusammengekniffenen Augen seine Knöchel und Handgelenke, überzeugt, dass er im Licht der Morgensonne weiteres Blut finden würde, obwohl er im gelben Schein der Lampe nichts erkennen konnte. Er griff nach dem Handtuch und sah dann in die Schüssel.

Er erstarrte. Das Handtuch hing von seinen Fingern.

Das Wasser in der Schüssel war unnatürlich still geworden, glatt wie ein Spiegel, obwohl das Blut noch immer heftig unter der durchsichtigen Oberfläche wallte. Dies war zweifellos Magie – ob es sich dabei um Zauberei aus den

Ländern der Menschen oder etwas Exotischeres handelte, konnte er allerdings nicht sagen. Arlian starrte.

Das Blut löste sich nicht auf; stattdessen sammelte es sich in der Mitte der Schüssel, wo sich ein erkennbares Bild herausschälte – ein Drachengesicht.

Einen Moment glaubte Arlian, dass der Drache, dessen Geburt er vor einer halben Stunde gesehen und den er erschlagen hatte, irgendwie überlebt hatte, in einer fremdartigen und körperlosen Form, aber dann dämmerte ihm, dass das Drachengesicht in der Schüssel ausgewachsen war, nicht die weiche Visage eines frisch geschlüpften Jungtiers, und die Augen waren nicht Nagels.

Nein, dies war ein erwachsener schwarzer Drache, wie er ihn noch nie gesehen hatte – Drachen, hatte Arlian vor langer Zeit bemerkt, hatten seltsam ausgeprägte, unverwechselbare Gesichter. Er konnte sich noch immer an jedes Detail des Gesichts des Drachen erinnern, der vor elf Jahren sein Heimatdorf auf dem Rauchenden Berg zerstört hatte; er hatte noch immer das Gesicht des Drachen vor Augen, der aus Enziets Brust entsprungen war, und dasselbe galt auch für die Bestie, die Nagel geboren hatte. Künstler und Bildhauer scheiterten fast immer bei dem Versuch, diese einzigartige Qualität der Drachenerscheinung einzufangen, aber das Bild in der Schüssel vermochte es, und es war definitiv nicht eins dieser anderen drei.

Arlian erinnerte sich an die Worte, die er vor einem Jahr gehört hatte, von der armen Sweet, kurz nachdem er sie aus Enziets Haus befreit hatte, vor ihrer tödlichen Erkrankung.

»Ich glaubte ihm nicht«, hatte sie gesagt, »und so nahm

er die Wasserschüssel, in der er sich das Blut abgewaschen hatte, und zeigte mir, dass er mit den Drachen sprach.«

Die Wasserschüssel, in der er sich das Blut abgewaschen hatte.

Das Bild verfestigte sich, und das Wallen ließ nach; es gab keine erkennbare Bewegung mehr, aber das Bild hatte eine sonderbare Kraft, dieselbe undefinierbare Eigenschaft, die den sichtbaren Unterschied zwischen einem schlafenden Mann und einem Leichnam ausmachte. Dieser Drache lebte.

»Wir sind nicht zufrieden mit dir.«

Keine Worte waren gesprochen worden, das Drachenmaul hatte sich nicht bewegt, aber Arlian verstand trotzdem, was der Drache ihm mitteilen wollte.

Dies war einer der ältesten und mächtigsten Drachen, und er sprach zu ihm, wie er zu Enziet gesprochen hatte.

Und war Arlian nicht Enziets Erbe?

»Ich bin nicht daran interessiert, dir zu gefallen«, sagte Arlian leise. Die Möglichkeit, dass ein Diener lauschte, konnte nicht ausgeschlossen werden, und so dämpfte er seine Stimme. Irgendwie bezweifelte er, dass der Drache irgendwelche Schwierigkeiten haben würde, ihn zu verstehen.

»Das solltest du.«

»Warum? Ich bin euer geschworener Feind. Deine Art hat meine Familie, mein ganzes Dorf abgeschlachtet. Ich will dich tot, nicht zufrieden sehen.«

»Der andere verstand und erzählte es dir. Wir hatten einen Vertrag, und du bist sein Nachfolger. Du bist verpflichtet, dein Wissen über uns geheim zu halten.«

»Ich habe mich zu nichts verpflichtet.«

»Kennst du die Konsequenzen, die ein Bruch dieses Vertrags haben wird?«

Arlian fröstelte plötzlich, obwohl er die Fenster der Kammer fest verschlossen hatte und die Nacht draußen warm war.

Er wusste, welche Konsequenzen der Drache meinte. Enziets Pakt hatte den Krieg zwischen den Menschen und den Drachen beendet und die Drachen in ihre Höhlen tief unter der Erde getrieben; ohne ihn würden sie, wie Toribor ihn gewarnt hatte, keine Zurückhaltung mehr üben. Sie konnten jederzeit herauskommen und alles und jeden nach Gutdünken vernichten. Die Länder der Menschen konnten erneut in Krieg und Chaos versinken. Ganz Manfort würde vielleicht dasselbe feurige Ende erleiden wie das Dorf Obsidian.

Arlian hatte dies befürchtet; seine Befürchtungen waren verblasst, als kurz nach Enziets Tod nichts geschehen war, und waren zurückgekehrt, als Toribor ihn daran erinnert hatte, dass es in dieser Zeit kalt gewesen war. Arlian hatte dennoch gehofft, dass Toribor sich irrte, dass sich die Drachen nicht nach draußen wagen würden.

Jetzt drohte ihm einer der Drachen selbst mit genau dem. Plötzlicher Zorn kochte in ihm hoch.

»Kennst du die Konsequenzen, die ein Bruch des Waffenstillstands haben wird?«, fragte er scharf. »Ich habe zwei von euch getötet! Denkst du, ihr könntet herrschen wie früher, nachdem wir jetzt wissen, wie wir euch töten können?«

»Du kennst den schwarzen Stein, ja, aber du wirst feststellen, dass unsere Älteren nicht so leicht zu töten sind wie unsere Jungen. Ein offener Krieg würde beiden Seiten viele Opfer kosten, und es steht nicht fest, wem am Ende der Sieg gehören wird – aber welche Wahl lässt du uns? Du hast geschworen, uns alle zu töten, und wir werden nicht still in unseren Höhlen liegen und deinen Angriff erwarten. Eine Vereinbarung muss getroffen, dein Racheschwur zurückgezogen werden, oder alle werden leiden.«

Arlian schwieg verwirrt und nachdenklich.

Der Drache sagte die Wahrheit – zumindest glaubte Arlian dies. Er konnte schwerlich erwarten, dass sich die Drachen einfach töten lassen würden; natürlich würden sie kämpfen.

Er hatte niemals mit dem Gedanken gespielt, sich an Enziets Abmachung zu halten – er hatte nicht gewusst, wie er Verbindung mit den Drachen aufnehmen konnte, um eine entsprechende Vereinbarung zu treffen. Er hatte angenommen, dass er die Drachen töten musste.

Er hatte geplant, von Höhle zu Höhle zu ziehen, jeweils drei oder vier oder zehn von ihnen zu erschlagen, bis alle tot waren oder er bei dem Versuch ums Leben kam – aber das hatte vorausgesetzt, dass sie bloß Tiere waren, die nicht miteinander kommunizieren, sich nicht gegenseitig vor seinem Kommen warnen konnten, und so tief schliefen, dass sie keinen Widerstand leisteten.

Dies entsprach offenbar nicht den Tatsachen, und er hätte es erkennen müssen, als er erfahren hatte, dass sich Enziet gut genug mit den Drachen verständigen konnte, um seinen Pakt zu schließen. Denn wenn Enziet mit den Drachen kommunizieren konnte, dann konnten sie zweifellos auch untereinander kommunizieren! Und Enziets

Pakt hätte schwerlich funktionieren können, wenn die Drachen unfähig zur Zusammenarbeit waren.

Arlians Ausrottungsfeldzug gegen die Drachen würde unausweichlich in einen offenen Krieg münden, wenn er überlebte und ihn einige Zeit fortsetzte. Sie in ihren Höhlen zu überraschen würde noch schwieriger werden, wenn sie sich gegenseitig warnten und besser vor ihm versteckten – falls sie sich überhaupt versteckten. Sie stellten vielleicht Wachen auf, wie es Menschen taten, so dass er niemals eine ganze Gruppe von ihnen schlafend antreffen würde.

Oder sie kamen einfach alle heraus, um sich offen zum Kampf zu stellen, und wie konnte er sie dann bekämpfen? Wie konnte es überhaupt jemand? Ja, Obsidian konnte sie verletzen, aber nur ein Stoß ins Herz konnte sie töten, und die Drachen waren riesig, sie konnten fliegen, sie hatten Klauen und Zähne und feuriges Gift. Obsidianspeere würden gegen ausgewachsene Drachen ebenso wenig ausrichten können wie die Zähne einer Ratte gegen eine Katze.

Aber es würden sicherlich nur ein paar Drachen sein – Dutzende, ja, vielleicht Hunderte, aber bestimmt nicht Tausende. Die Zahl der Menschen ging in die Millionen, und würde das am Ende nicht den Sieg bedeuten? Genug Ratten konnten eine Katze bezwingen, und zweifellos konnte selbst ein Drache von einer ganzen Armee mit Obsidianwaffen getötet werden. Die Drachen würden bald ausgelöscht, für immer verschwunden, ausgerottet sein, während die Menschheit weiterlebte und sich erholte.

Mehr noch, abgesehen von ihrer relativ geringen Zahl wagten es die Drachen nicht, die Menschheit auszulöschen – denn wie sollten sie sich vermehren, wenn sie es taten? Die Vernichtung der Menschheit war gleichbedeutend mit ihrer eigenen Vernichtung.

Und da die Geheimnisse nun ans Licht gekommen waren, konnte man sie kaum noch unterdrücken. Wenn es zum Krieg kam, würden alle lernen, wie man Drachen töten und ihre ungeborenen Jungen vernichten konnte. Früher oder später war der Sieg für die Menschheit unausweichlich.

Arlian öffnete den Mund, um etwas zu sagen, und schloss ihn dann wieder.

Ja, die Menschheit würde überleben – aber was war mit all jenen Männern und Frauen und Kindern, die nicht überleben würden? Welches Recht hatte er, Zehntausende zu einem grausamen Tod durch die Drachen zu verurteilen, wie ihn auch seine eigene Familie ereilt hatte?

Er brauchte Zeit zum Nachdenken, zum Planen, zum Abwägen seiner Optionen – aber der Drache wollte jetzt eine Vereinbarung treffen.

»Was kann ich tun?«, fragte er. »Das Geheimnis ist enthüllt – selbst wenn ich nichts unternehme, wird sich die Nachricht verbreiten, dass Obsidian euch töten kann.«

»Du kannst sagen, dass es eine Illusion war, bloße Zauberei, von dir gewirkt.«

»Und wie soll das Nagels Tod erklären?«

»Noch mehr Zauberei.«

»Du sagst, ich soll gestehen, ihn getötet zu haben.«

»Du hast geschworen, ihn zu töten.«

»Aber ich habe ihn nicht getötet!«

»Du hast erschlagen, was aus ihm wurde.«

»Aber ...«, begann Arlian, um dann abzubrechen.

Den Drachen kümmerten Lügen oder Schwüre nicht; ihn interessierte nicht, ob Nagel und der Drache, der aus ihm entsprungen war, dasselbe Wesen waren oder nicht; er wollte eine Vereinbarung, eine Erneuerung des Waffenstillstands.

»Du verlangst von mir zu lügen«, sagte er.

»Ja.«

»Und im Gegenzug – was? Werdet ihr in euren Höhlen bleiben? Werdet ihr mich am Leben lassen?«

»Du hast zwei von unseren Jungen und zwei noch ungeborene Drachen getötet; dich am Leben zu lassen ist großzügig. Lüge für uns und töte nicht noch mehr, und wir werden in unseren Höhlen bleiben und weitermachen wie bisher. Lehnst du dies ab, werden wir keine andere Wahl haben, als zu versuchen, alle Bewohner der so genannten Länder der Menschen zu vernichten, bevor du sie gegen uns wenden und mit dem schwarzen Stein bewaffnen kannst.«

»Sie alle vernichten?« Die Vorstellung erschütterte Arlian. Konnten selbst die Drachen hoffen, alle auszulöschen?

Vielleicht konnten sie es. Vielleicht wäre ein Handel die vernünftigste Lösung – aber Arlians Zorn kochte hoch, und er sagte, wobei er erst im letzten Moment daran dachte, nicht zu brüllen: »Ihr habt meine Familie, mein ganzes Dorf getötet, und jetzt bedroht ihr meine gesamte Rasse! Die Tötung von zwei eurer elenden Nachkommen reicht bei weitem nicht aus, das wettzumachen ...«

Die Worte des Drachen unterbrachen ihn. »Lüge für uns und töte keine weiteren Drachen mehr, geborene oder ungeborene, oder stelle dich den Konsequenzen.«

Und der Drache brauchte keine weiteren Worte, um ihm klar zu machen, wie die Konsequenzen aussehen würden.

Arlian schwieg und starrte das unmenschliche Gesicht an, das in der Schüssel schwamm.

Diese goldenen Augen, Augen, die seltsam menschlich waren, Augen, die vermutlich einst, vor Tausenden von Jahren, einem Mann oder einer Frau gehört hatten, starrten zurück.

Arlian schluckte seinen Zorn hinunter und versuchte mit dem Ungeheuer zu verhandeln.

»Geboren oder ungeboren?«, fragte er. »Willst du damit sagen, du erlaubst mir nicht einmal, Lord Toribor zu töten? Oder zu meinem Schutz zu töten, wenn ein anderes Drachenherz mich angreift?«

Zum ersten Mal zögerte der Drache.

»Diesen einen, aber sonst keinen«, antwortete er schließlich. »Und zum Schutz deines eigenen Lebens.«

»Das ist fair«, sagte Arlian, seltsam zufrieden mit sich. Er hatte einem Drachen ein Zugeständnis abgerungen, wenn auch nur ein kleines; er hatte nicht gewusst, dass dies möglich war.

Natürlich hatte er nicht länger ein besonderes Interesse daran, Toribor zu töten. Er und alle anderen Drachenherzen erschienen unbedeutend im Vergleich zu den Drachen, die bereits geboren waren.

Er würde irgendeinen Weg finden müssen, sie zu vernichten, ohne dass es zu einem offenen Krieg kam – obwohl er sich im Moment, so erschöpft, wie er war, nicht vorstellen konnte, wie sich dies erreichen ließ.

Und ihm dämmerte, dass er im Moment nicht in der

Verfassung war, sich weiter damit zu beschäftigen. Sicher, er war beim Kampf gegen Nagels Drachen nicht verletzt worden wie beim Kampf gegen Enziet, er hatte seinen Gegner nicht durch die halbe Ödnis verfolgen müssen, aber dennoch, er war erschöpft und konnte nicht mehr klar denken. Er hatte keine größere körperliche Anstrengung hinter sich, doch der geistige und emotionale Stress der langen Totenwache an Nagels Bett, gefolgt von dieser plötzlichen Erscheinung in seiner Waschschüssel, waren auf ihre Weise schlimmer gewesen.

»Dann gilt die Vereinbarung.«

»Genug«, sagte Arlian und schlug mit der Hand ins Wasser. Das Bild des Drachen löste sich auf, und seine Gedanken waren plötzlich klarer. Die Kommunikationsmethode der Drachen, erkannte er, war unmerklich zu einer schweren Last auf seinem Bewusstsein geworden, eine Last, die jetzt von ihm genommen wurde.

Er hoffte, dass er die Verbindung nicht zu voreilig unterbrochen hatte; er betrachtete die Schüssel für einen Moment, um zu sehen, ob der Drache versuchen würde, den Zauber wiederherzustellen.

Nichts geschah. Das Wasser kräuselte sich einen Moment, beruhigte sich dann, während das Blut sich verteilte und langsam zu Boden sank.

Offenbar war das Ungeheuer zufrieden gewesen, zumindest im Moment – aber Arlian sagte sich, dass er im Grunde keine Zusagen gegeben hatte. Er hatte gesagt, dass die Bedingungen fair waren; er hatte nicht gesagt, dass er sie annahm.

Aber er hatte mit den Drachen verhandelt, genau wie

Enziet; er war wahrlich Enziets Erbe. Er hütete Enziets Besitz, Enziets Geheimnisse und jetzt Enziets Verträge.

Einen Moment starrte er ins Wasser.

Er teilte nicht Enziets Überzeugungen, sagte er sich. Er würde niemals ein unschuldiges Dorf opfern ...

Aber hatte er nicht vor einem Moment die Möglichkeit eines neuen Krieges zwischen den Menschen und den Drachen und die Opferung von Tausenden in Erwägung gezogen, um die Drachen für immer zu vernichten?

Und hatte er nicht seit Monaten geplant, jedes Drachenherz in der Stadt zu töten, um die Drachen auszumerzen, die sie in sich trugen?

Wo war der moralische Unterschied zwischen seinem Rachefeldzug gegen die Drachen und Enziets subtilen, jahrhundertelangen Bemühungen, sie zu kontrollieren? Was von beiden war richtig und gut? Enziets Erpressung hatte die Drachen in ihren Höhlen gehalten; Arlians Handlungen drohten sie wieder neu zu entfesseln.

Wenn er einen neuen Menschen-Drachen-Krieg auslöste, wie konnte er dann behaupten, ein besserer Mensch als der verstorbene, unbeweinte Lord Dragon zu sein?

Wenn er Erfolg hatte, würden die Drachen für immer verschwinden, während Enziet ihnen erlaubt hatte zu leben, ihnen erlaubt hatte, alle paar Jahre herauszukommen und ein Dorf zu zerstören – sein Ziel war wichtiger. Enziet hatte gewollt, dass sein eigenes langes Leben ungestört von den Drachen verlief, mehr nicht, während Arlian die Welt für immer von ihnen zu befreien versuchte. Dies war gewiss ein besseres Ziel.

Aber der Preis dafür ...

Er schluckte und sah seine Hände an und glaubte, im Lampenlicht einen dünnen roten Film aus Blut zu sehen, der noch immer an ihnen klebte.

»Nein«, sagte er laut. »Ich werde alles durchdenken. Ich werde einen Weg finden.« Während er neben dem Bett stand, griff er nach dem Handtuch und trocknete seine Hände gründlich ab, rieb sie, bis die Haut rot war.

Schließlich, als er nach unten blickte und sah, dass die Haut jetzt rot wie das Blut unter ihr war, wie sie zuvor rot wie das Blut an ihr gewesen war, warf er das Handtuch beiseite und sank aufs Bett.

Trotz seiner Müdigkeit dauerte es Stunden, bis er einschlief.

16
Ein Begräbnis

Blacks Stimme durchdrang die bröckelnde Mauer des Schlafs. »Die Beerdigung findet heute Nachmittag statt«, sagte die Stimme. »Vielleicht möchtest du nach Hause gehen, um dich umzuziehen; zwar ist dieser schwarze Mantel passend genug, aber manche dürften es für unziemlich halten, die Trauerfeier zu besuchen, während das Blut des Verstorbenen noch immer dein Hemd befleckt.«

Arlian gestand sich widerwillig ein, dass er wach war; er schlug die Augen auf und sah den Baldachin über dem Bett.

Dies war nicht sein Bett. Obwohl er es in der vergangenen Nacht kaum eines Blicks gewürdigt und es nur im Licht einer trüben Lampe gesehen hatte, erkannte er diesen Baldachin. Er war noch immer in Lord Nagels Haus.

Er drehte den Kopf und sah die Waschschüssel auf dem Nachttisch und Black, der daneben stand.

»Ist Wasser in der Schüssel?«, fragte er. Wenn Black auf Grüße und Höflichkeiten verzichten konnte, dann konnte er es auch.

Black warf einen Blick hinein. »Ja, aber offenbar hast du gestern Nacht deine Hände darin gewaschen.«

»Ist irgendetwas Seltsames daran?«

Black legte neugierig den Kopf zur Seite. »Abgesehen von dem Blutfilm, nein. Sollte es?«

Arlian winkte ab. Er würde über dieses Drachenbild, das

er gesehen und mit dem er gesprochen hatte, nachdenken müssen, aber nicht unbedingt in diesem Moment. Er runzelte die Stirn und lehnte dann den Kopf an den Bettpfosten, um Black besser sehen zu können. »Ist es nicht etwas zu früh für das Begräbnis?«, fragte er. »Nagel ist noch nicht einmal einen Tag tot.«

»Du hast nicht gesehen, in welchem Zustand die Leiche ist«, erwiderte Black. »Unten wird viel darüber gesprochen – sie verwest schneller als normal. Der Haushofmeister hat am Morgen einen Einbalsamierer kommen lassen, der einen Blick auf die Leiche warf und sich dann weigerte, sie anzurühren – angeblich hat er gesagt, dass er angesichts der zerrissenen Brust nicht einmal dann viel hätte tun können, wenn sie frisch gewesen wäre, und er schätzte, dass der Mann schon seit zwei Wochen tot ist. Als man ihm erklärte, dass Lord Nagel noch gestern Nacht am Leben und bei Bewusstsein war, schimpfte er den Haushofmeister einen Lügner und stürmte wütend aus dem Haus. Die Bediensteten sind in heller Aufregung und streiten sich, ob dieses Phänomen auf Lord Stiams hohes Alter oder seinen regelmäßigen Gebrauch der Zauberei oder auf irgendeinen Drachenfluch zurückzuführen ist.«

»Wahrscheinlich trifft alles zu«, sagte Arlian und setzte sich widerwillig auf. »Wie spät ist es?«

»Ungefähr Mittag. Ich habe mir die Freiheit genommen und deine Kutsche herbestellt, da Lord Hardior schon vor einiger Zeit das Haus verlassen hat. Ich glaube, du wolltest mit ihm reden, aber er schien nicht geneigt zu warten oder dich wecken zu lassen.«

»Oh? Nun, danke für deine Mühe.« Er wollte tatsächlich

mit Hardior sprechen – aber im Moment war ihm nicht ganz klar, was er ihm sagen wollte. Gestern Nacht, als Hardior vorgeschlagen hatte, miteinander zu reden, hatte Arlian geglaubt, er würde Hardior die ganze Geschichte erzählen, ihm alle Geheimnisse Enziets anvertrauen und versuchen, sich seiner Hilfe – und der des Herzogs! – bei seinem Ausrottungsfeldzug gegen die Drachen zu versichern.

Aber dies war vor dieser magischen Unterhaltung gewesen. Die Drachen wollten nicht, dass ihre Geheimnisse bekannt wurden.

Arlian war nicht daran interessiert, die Drachen zufrieden zu stellen, aber er war an seinem eigenen Überleben und daran interessiert, alles in seiner Macht Stehende zu tun, um Unschuldige zu beschützen. Er wusste allerdings noch nicht genau, wie er dies erreichen konnte.

Er streckte sich und sah an sich hinunter.

Er trug noch immer das weiße Hemd und die schwarze Hose, die er gestern Nacht angehabt hatte, und, wie Black gesagt hatte, hässliche dunkelbraune Flecken getrockneten Blutes beschmutzten den rechten Ärmel fast bis zum Ellbogen. Die linke Manschette wies ebenfalls einige Flecken auf. Er war geistesgegenwärtig genug gewesen, den Mantel und die Stiefel auszuziehen, bevor er sich schlafen gelegt hatte, aber er hatte sie einfach auf den Boden geworfen. Als er nach unten blickte, bemerkte er, dass die Spitze eines Stiefels ebenfalls befleckt war.

Er konnte in dieser Aufmachung natürlich nicht an Nagels Beerdigung teilnehmen, und es war ihm sehr wichtig, dem alten Mann seinen Respekt zu erweisen.

»Kümmere dich um die Kutsche«, befahl er, während er nach dem Nachttopf griff. »Ich komme in zehn Minuten nach.«

In Wirklichkeit schaffte er es in acht.

Im Alten Palast angekommen, verzichtete er auf eine gründliche Toilette, sondern zog sich so schnell wie möglich um und eilte dann zurück zur Kutsche.

Etwas mehr als eine Stunde später stand er mit ein paar Dutzend anderen um ein hastig ausgehobenes Grab im verwilderten Garten an der Rückseite von Nagels Anwesen, dicht an der Ostmauer der Stadt. Schweigend verfolgte er, wie Lord Stiams sterbliche Überreste der Erde übergeben wurden.

Das Leichentuch verbarg den schrecklichen Zustand des Leichnams, aber nicht den Gestank der unnatürlichen Verwesung. Mehrere der Trauernden hielten sich Taschentücher vor die Nasen und wandten ihre Gesichter ab.

Arlian hatte seine Hände hinter dem Rücken verschränkt und hielt seinen Hut, während seine Augen auf das Grab gerichtet waren; so unangenehm der Geruch auch war, er hatte das Gefühl, dass Lord Stiam es verdiente, mit der angemessenen Würde zur letzten Ruhe gebettet zu werden.

Als die ersten Spaten voll Erde auf das Leichentuch fielen, wandte sich Arlian ab. Er holte tief Luft und musterte dann die anderen.

Alle, die an Nagels Totenbett gewacht und gesehen hatten, wie der Drache in ihm geboren und erschlagen worden war, hatten sich hier eingefunden. Außerdem waren noch mehrere andere Mitglieder der Drachen-Gesellschaft, sämtliche Bediensteten des Hauses und ein paar weitere Personen zugegen, die Arlian nicht kannte. Bis auf die vier Lakaien, die als Totengräber wirkten, trugen alle anwesenden Diener Nagels rose- und beigefarbene Livree; Arlian betrachtete ihre Gesichter und glaubte, dass sie ehrlich um ihren verstorbenen Herrn trauerten.

Er fragte sich, wie viele von ihnen Sklaven waren und ob Nagel sie in seinem Testament bedacht hatte – vorausgesetzt, dass er ein Testament aufgesetzt hatte; die Mitglieder der Drachen-Gesellschaft erwarteten generell, ewig zu leben, und verzichteten deshalb auf derart morbide Vorkehrungen.

Black, der an Arlians Seite stand, bemerkte die Richtung seines Blicks. »Er hat seinen Haushofmeister als Erben eingesetzt, als er sich krank fühlte«, erklärte er. »Den anderen hat er ebenfalls etwas vermacht. Er scheint ein fürsorglicher Dienstherr gewesen zu sein. Ich würde sagen, ihre Trauer ist ehrlich und nicht bloße Sorge um ihre Zukunft.«

»Er hatte seine Vorzüge«, bestätigte Arlian. »Lily erzählte mir, dass er niemals herrisch oder absichtlich grausam war, und Musk bewunderte seine Stärke.«

»Und er hatte das Herz des Drachen«, fügte Black hinzu. »Ich denke, du unterschätzt dessen Wirkung auf Sterbliche wie mich.«

Arlian warf Black einen kurzen Blick zu. »Du hast Recht«, meinte er.

Er wollte zu gern wissen, was Black mit dieser Bemerkung andeuten wollte. Vielleicht wollte er damit sagen, dass Arlian dem Gift in seinem Blut mehr zu verdanken hatte, als Arlian ahnte, doch dies war schwerlich die Zeit oder der Ort, um diese Sache weiterzuverfolgen. Stattdessen musterte er die anderen Trauergäste.

Lord Wither stand dicht am Grab bei den Männern, die Erde hineinschaufelten, und Lady Opal war dicht hinter ihm und sah ihm ungeduldig über die Schulter. Wither trug noch immer sein grünes Seidenwams, aber Opal hatte ihr Gewand gegen ein blaugoldenes ausgetauscht – Arlian fragte sich, ob das andere Blutflecken aufwies.

Horn stand an Withers anderer Seite, einen Schritt hinter ihm. Als Arlians Blick auf den dreien ruhte, sah Wither zufällig auf, und ihre Augen trafen sich.

Die beiden Männer starrten sich ein paar lange Sekunden an; dann flüsterte Opal etwas in Withers Ohr, und der alte Mann wandte sich ab und sprach mit ihr.

Arlian beobachtete ihn und bemerkte, dass sich Wither noch langsamer als gewöhnlich bewegte, und seine Augen wirkten dunkler als früher.

»Sie waren seit über siebenhundert Jahren Freunde«, murmelte Arlian Black zu. »Dies hat den alten Wither hart getroffen.«

»Nach dem, was er gestern Nacht sagte, ist es wohl mehr der Blick in seine eigene Zukunft als der Verlust seines Freundes, der ihn bedrückt«, erwiderte Black.

»Damit könntest du Recht haben«, stimmte Arlian zu. »Er und Nagel waren die ältesten lebenden Mitglieder der Drachen-Gesellschaft, und sie behaupteten, nicht mit Sicherheit zu wissen, wer von ihnen der ältere war. Wenn Nagels Zeit gekommen ist, kann Withers nicht mehr weit sein.« Er musterte Wither prüfend, während der alte Mann leise mit Opal redete; obwohl er nicht so energisch wie sonst auftrat, wirkte der alte Mann noch immer kräftig und leidenschaftlich, ohne ein Zeichen von Schwäche, Fieber und geschwollener Brust, die Nagel auf sein Totenbett gezwungen hatten.

»Und natürlich«, fuhr Arlian leise fort, damit nur Black ihn hören konnte, »ist das Wissen, dass ein Drache in seiner Brust wächst, schwerlich ein Trost.« Die Drachen wollten vielleicht nicht, dass ihre Geheimnisse bekannt wurden, und möglicherweise kannten sie Wege, ihn selbst jetzt zu belauschen, aber er konnte Black über das, was sie gestern Nacht gesehen hatten, nicht belügen. »Ich habe monatelang mit diesem Albtraum gelebt, und obwohl mein Ende noch Jahrhunderte entfernt liegt, ist es ein Albtraum. Für Wither ist es viel dringlicher.«

»Jeder muss sterben«, sagte Black. »Einige von euch haben das für eine Weile vergessen, und er ist nur daran erinnert worden. Was den Drachen angeht – spielt es wirklich eine Rolle, wie ihr sterbt, wenn die Zeit kommt?«

»Es spielt eine Rolle«, versicherte Arlian, ohne Wither aus den Augen zu lassen.

»Der Drache wird zweifellos sofort getötet werden.«

»Ich weiß nicht, ob das eine Rolle spielt. Ihn bedrückt weniger, was der Drache tun könnte, und mehr, was und wo er ist.«

Black schwieg einen Moment, beobachtete die Totengräber und bemerkte dann: »Ich ziehe es vor, mich mit Ergebnissen zu befassen. Eine Leiche ist eine Leiche, und wenn das Blut kurz die Gestalt eines Drachen angenommen hat – was soll's? Aber man hat mir oft gesagt, dass es mir an Kultiviertheit und Einfühlungsvermögen mangelt.«

Arlian schnaubte. »Mir hat man nur gesagt, dass ich verrückt bin; von mangelndem Einfühlungsvermögen war nie die Rede. Was die Kultiviertheit angeht, so haben Sweet und Rose sie mir beigebracht, in jenem Winter in Westwacht.«

Wither wandte sich von Opal ab und entfernte sich vom Grab; Opal folgte ihm und sprach weiter leise auf ihn ein. Arlian beobachtete sie und bemerkte dann, dass Wither das Grab und die Totengräber umrundete und in seine Richtung kam. Er wartete.

Tatsächlich passierte Wither den schrumpfenden Erdhaufen und marschierte dann direkt auf Arlian zu, während Lady Opal ein paar Schritte hinter ihm folgte und Horn das Schlusslicht bildete.

»Mein Lord«, sagte Arlian und neigte den Kopf, als Wither nah genug war, um bequem sprechen zu können.

»Obsidian«, sagte Wither. »Ich muss Euch um einen Gefallen bitten, und diesmal glaube ich nicht, dass Ihr ihn mir abschlagen werdet.«

»Oh?«, fragte Arlian höflich. »Ich freue mich stets, Euch zu dienen, mein Lord, sofern dem nicht andere Verpflichtungen im Wege stehen.«

»Diesmal nicht – und vielen Dank für Eure Weigerung, die Lady Marasa vor dem abscheulichen Ende bewahrte, das ich sonst unwissentlich heraufbeschworen hätte. Ich wünschte nur, ich hätte vor langer Zeit dasselbe für mich tun können!«

Arlian nahm dies mit einer knappen Verbeugung zur Kenntnis.

»Aber Ihr hättet mir trotzdem den Grund verraten sollen.«

Arlian zögerte.

Die Drachen wollten, dass er log, dass er behauptete, Opal hätte in der vergangenen Nacht Recht gehabt und Wither nur eine Illusion gesehen. Tat er es nicht und die Drachen erfuhren davon, erklärte er ihnen damit den Krieg. Er zwang sie dann, ihre Höhle zu verlassen und jeden zu töten, der ihre Geheimnisse kannte.

Belauschten sie ihn jetzt? Arlian wusste nicht, was die Drachen wussten oder wie sie es erfuhren; sie hatten zweifellos gewusst, was Nagel widerfahren war, aber konnten sie alles hören, was ein Drachenherz sagte, alles, was ein Drachenherz hörte?

Selbst wenn sie es konnten, konnten sie nicht jeden Moment des Tages lauschen. Zweifellos hatte Enziet nicht sein ganzes Leben unter der Überwachung der Drachen verbracht, oder sie hätten ihm niemals seine Studien der Obsidianeigenschaften oder die Einnahme der Drogen erlaubt, die seinen Tod um ein paar Jahre verzögert hatten.

Vielleicht hörten sie jetzt zu – vielleicht aber auch nicht.

Wither stand vor Arlian, drückte den verkrüppelten Arm an seine Seite und wartete auf eine Antwort.

»Mein Lord, offen gesagt habe ich nicht erwartet, dass Ihr mir glauben würdet«, erklärte Arlian.

Opal hatte ihn rechtzeitig eingeholt, um dies zu hören, und sagte: »Ich glaube es noch immer nicht! Es sind Lügen und Betrug; jeder weiß, dass Ihr aritheische Magier in Eurem Gefolge habt!«

Ohne den Kopf zu drehen, sagte Wither: »Ignoriert sie; sie ist aufgebracht. Ihr mögt Recht mit der Annahme haben, dass ich Eure unbelegten Worte nicht geglaubt hätte, aber wir werden es nie erfahren, nicht wahr? Was geschehen ist, ist geschehen, Obsidian, und ich würde es zu schätzen wissen, wenn Ihr mich heute Abend in meinem Haus besucht. Und bringt ein paar dieser Steinmesser und -speere mit – ich möchte einige erwerben.«

Arlian schürzte die Lippen und sah Opal an, die offenbar wütend, gleichzeitig aber klug genug war, um jetzt nicht mit Wither zu streiten. Horn hinter ihr war völlig ruhig, unerschüttert von dem Gehörten.

Es war noch nicht zu spät, um zu lügen und Wither zu sagen, dass alles nur ein Trick war. Tat er es nicht, würden es die Drachen – sofern sie nicht in diesem Moment lauschten – spätestens dann erfahren, wenn sie Obsidianwaffen in Withers Besitz entdeckten.

Wither hatte nicht die geringsten Zweifel an dem, was er mit eigenen Augen gesehen hatte; vielleicht war er seinem eigenen Tod nahe genug, um das Ungeheuer in sich zu spüren. Arlian würde es möglicherweise trotzdem gelingen, ihn zu überzeugen ...

Aber es wäre schändlich, diesen Mann zu belügen. Wither verdiente etwas Besseres.

Außerdem konnte Wither ein wichtiger Verbündeter gegen die Drachen sein. Er war jetzt das älteste Mitglied der Drachen-Gesellschaft, eine Position, die einige Autorität mit sich brachte. Mit seiner Unterstützung konnte Arlian die meisten Drachenherzen in den Kampf gegen die Drachen führen, wenn die Zeit kam.

Und sie würde kommen – Arlian wusste dies. Er konnte sich nicht ewig zurückhalten. Er hatte nicht Enziets Geduld, teilte nicht Enziets kaltblütige Akzeptanz der Lage –

und Enziet war im Gegensatz zu ihm nicht vom Wunsch nach Rache beseelt gewesen.

Er musste früher oder später gegen die Drachen kämpfen – und wenn er dies tat, brauchte er alle Hilfe, die er bekommen konnte.

Wenn er Wither und die anderen jetzt belog, warum sollten sie ihm dann später glauben?

Aber er war noch nicht bereit für einen offenen Kampf gegen die Drachen.

Doch würde er später bereit sein, wenn er versuchte, die Geheimnisse der Drachen zu bewahren? Wenn er die Neuigkeiten jetzt verbreitete, würden sich nicht nur ein Lord und sein Haushalt auf den Krieg vorbereiten, sondern vielleicht die ganze Stadt.

Und eine weitere Möglichkeit kam ihm in den Sinn. Was war, wenn er selbst starb? Was war, wenn ein Drache kam und ihn und vielleicht noch die anderen tötete, die in Nagels Schlafgemach gewesen waren? Die Drachen hatten Enziet nicht getötet, doch Enziet hatte Zeit gehabt, sich auf eine derartige Möglichkeit vorzubereiten – es konnte durchaus sein, dass er irgendwo Dokumente versteckt hatte, die alles enthüllten.

Oder vielleicht hatte er das den Drachen nur weisgemacht – konnten sie die Wahrheit von einer Lüge unterscheiden?

Und Enziet hatte das Geheimnis niemals durchsickern lassen wie Nagel und Arlian. Die Drachen entschieden vielleicht, dass die Verbreitung der Information gestoppt werden musste.

Vielleicht mussten sie nicht einmal selbst eingreifen.

Was war, wenn sie menschliche Helfer einsetzten, so wie vor langer Zeit, und Meuchelmörder anheuerten? Auf diese Weise konnten sie Arlians Tod Drisheen oder Enziet oder Toribor in die Schuhe schieben, so dass sich niemand fragen würde, warum ein Drache gerade ihn ausgesucht hatte.

Die derzeitige Situation, wo das Geheimnis halb enthüllt, halb bewahrt war, war für beide Seiten zweifellos untragbar.

All das schoss Arlian durch den Kopf, aber am Ende gab einfach sein Respekt vor Lord Wither den Ausschlag. Wither hatte Horn geschickt, um ihm vor dem Tor zu helfen, und er hatte sich ihm gegenüber stets ehrenhaft, wenn auch nicht immer höflich verhalten. Es war Wither gewesen, der ihm zum ersten Mal von der Drachen-Gesellschaft erzählt und ihn ermutigt hatte, ihr beizutreten. Arlian schuldete Wither etwas und wollte ihn nicht belügen; er wollte Wither als Verbündeten in dem bevorstehenden Krieg gewinnen.

Er würde Wither nicht belügen, und er würde Wither mit Waffen ausrüsten, mit denen er die Drachen bekämpfen konnte, und wenn dies einen neuen Menschen-Drachen-Krieg heraufbeschwörte – nun gut. Zumindest würde dann Schluss mit dem Versteckspielen sein.

»Ich nehme an, Ihr wollt Euch auf alle Eventualitäten vorbereiten?«, fragte Arlian. »Euch gegen unangenehme Möglichkeiten wappnen?«

»So ist es. Werdet Ihr also heute Abend kommen?«

»Es wird mir eine Ehre sein, und ich werde die Waffen mitbringen – aber um sie Euch zu schenken, nicht zu verkaufen.« Er verbeugte sich wieder, tiefer diesmal, und fügte hinzu: »Ich möchte Euch damit für Eure Hilfe danken und etwaige Unannehmlichkeiten wieder gutmachen, die ich euch bereitet habe.« Er wies in Horns Richtung.

Wither schnaubte. »Ich werde dem nicht widersprechen. Bringt sie also einfach mit.« Er wandte sich ab und rief über die Schulter: »Wir sehen uns nach dem Abendmahl – Euer Koch ist sicherlich besser als meiner, aber ich kann Euch einen sehr guten Weinbrand versprechen.«

»Wie Ihr wünscht«, sagte Arlian, »doch das Vergnügen Eurer Gesellschaft würde gewiss jeden eingebildeten Mangel an Gastfreundschaft seitens Eurer Bediensteten ausgleichen.« Er richtete sich auf und sah Wither nach, als der davonging, mit Horn auf den Fersen.

Lady Opal folgte dem Paar nicht sofort; stattdessen wartete sie, bis sie außer Hörweite waren, sah Arlian in die Augen und sagte: »Ihr sollt verdammt sein, Obsidian!« Ihr Ton war erstaunlich bitter.

Ein paar der anderen Trauergäste hörten es und drehten sich neugierig zu ihr um.

Arlian sah sie in milder Überraschung an. »Ich bin mit Sicherheit verdammt, Lady, aber ich frage mich, warum Ihr dies hier und jetzt sagt.«

»Ihr habt das getan!« Sie deutete anklagend mit dem Finger auf ihn. »Ihr habt ihn so aufgeregt, dass niemand weiß, was er tun wird, und jetzt gibt es keine Möglichkeit mehr, dass er mir diesen geheimnisvollen Zaubertrank gibt! Ich hätte gestern Nacht, als ich die Gelegenheit hatte, das Gift von den Betttüchern wischen sollen.«

»Ihr hättet Euch bei dem Versuch nur die Hand verletzt, meine Lady.«

»Das wäre es vielleicht wert gewesen!«

Arlian schuldete Lady Marasa überhaupt nichts, aber er hatte sich für die Wahrheit entschieden. »Meine Lady«, sagte er, »Ihr habt gesehen, was dieses Elixier, das Ihr begehrt, mit Lord Stiam gemacht hat.«

»Ihr behauptet, dass es ihn getötet hat!«

Sie war im Gegensatz zu Wither offenbar bereit, nicht zu glauben, was sie mit eigenen Augen gesehen hatte, und dies erstaunte Arlian. »Könnt Ihr das wirklich bezweifeln?«, fragte er.

Opal widersprach dem nicht direkt, sondern sagte, nun etwas ruhiger: »Ob ich es nun glaube oder nicht – jedenfalls hat ihn dieses Elixier siebenhundert Jahre leben lassen. Oder achthundert? Neunhundert? Ich bin dreißig Jahre alt, und im besten Fall kann ich erwarten, noch doppelt so lange zu leben, bevor ich als sabbernde, verschrumpelte Schwachsinnige sterbe. Euer Elixier würde diese Spanne verzehnfachen! Ja, Ihr sagt, dass es am Ende zu einem schrecklichen Tod führt, aber welche Garantie habe ich, dass ich ohne es nicht Jahrhunderte zuvor einen gleichermaßen schrecklichen Tod sterbe?«

»Keine, meine Lady«, erwiderte Arlian. »Keiner von uns kennt die Art seines Todes, bevor die Zeit kommt. Aber ich bin nicht bereit, dabei zu helfen, einen weiteren Drachen zu entfesseln, der die Länder der Menschen bedroht, ob nun jetzt oder in tausend Jahren.«

»Ihr sagt, dass es ein echter Drache war! Ich sage, dass es eine aritheische Illusion war, nicht wirklicher als die Singvögel auf dem Ball, den Ihr gegeben habt!«

»Glaubt mir, ich wünschte, dies wäre wahr.« Er wusste,

dass der Drache wollte, dass er ihr Recht gab, aber es kümmerte ihn nicht mehr. Das Geheimnis war heraus, und er würde dem Drachen nicht helfen, es erneut zu unterdrücken. »Ich gebe Euch mein Wort, dass dies nicht der Fall ist.«

»Euer Wort«, sagte sie und spuckte ihn an.

Mehrere murmelnde Stimmen verstummten plötzlich, als die anderen Trauergäste dies sahen und sich umdrehten, um den Streit zu verfolgen.

»Meine Lady, wie Lord Wither sagte, seid Ihr aufgebracht«, mischte sich Black ein und legte ihr eine Hand auf die Schulter. »Bitte …«

Er beendete den Satz nicht, denn sie schob seine Hand von ihrer Schulter und fuhr herum. »Fass mich nicht an«, sagte sie mit kalter Stimme. »Ein durchtriebener Schwindler ist schlimm genug, aber der Lakai eines durchtriebenen Schwindlers …!«

Black und Arlian sahen sich an. Dann blickte Arlian an seinem Hemd hinunter, das feucht von ihrer Spucke war.

»Wie es scheint, muss ich heimkehren, um erneut mein Hemd zu wechseln«, sagte er. »Einen guten Tag noch, Lady Marasa.« Er verbeugte sich, schwenkte seinen Hut und wandte sich dann ab. »Komm, Black«, befahl er.

Die beiden Männer gingen davon. Sie waren weder die Ersten noch die Letzten, die die Grabstätte verließen.

Als sie sich der Kutsche näherten, bemerkte Black: »Sie hasst dich wirklich.«

»Ich habe ihr jede Chance genommen, so lange zu leben, dass es ihr wie eine Ewigkeit erscheint«, entgegnete Arlian nachdenklich. »Natürlich hasst sie mich. Ich hätte es wissen müssen.«

»Du hast mir auch nicht dieses geheimnisvolle Gebräu gegeben.«

»Würdest du es haben wollen, nachdem du erfahren hast, was du jetzt weißt?«, fragte Arlian und blickte zu Boden, während er weiterging.

Black antwortete nicht sofort, und als das Schweigen anhielt, sah Arlian seinen Haushofmeister neugierig an. Er hatte sofortige Ablehnung erwartet, aber stattdessen zog Black die Möglichkeit ernsthaft in Erwägung.

Aber schließlich hatte Black nicht gesehen, wie sein Haus niedergebrannt, seine Familie abgeschlachtet wurde. Black hatte den Drachen nicht Rache geschworen. Er teilte nicht Arlians tief empfundenen Hass auf die Kreaturen.

»Ich bin mir nicht sicher«, sagte Black schließlich, als sie die Kutsche erreichten. »Wie ich schon sagte, spielt es keine Rolle, wie ich sterbe. Aber wann ich sterbe, ist von größtem persönlichem Interesse.

»Natürlich«, sagte Arlian, »aber würdest du dir diese tausend Jahre Lebenszeit mit der Erschaffung eines weiteren mörderischen Ungeheuers erkaufen?«

»Vielleicht«, sagte Black, »wenn sich die Gelegenheit bietet. Lord Wither bereitet sich auf sein Schicksal vor, indem er deine Obsidianklingen annimmt; warum könnte ich nicht dasselbe tun?« Er schüttelte den Kopf. »Es ist keine leichte Frage, die du mir gestellt hast.«

Arlian hatte geglaubt, dass Wither die Klingen haben wollte, um gegen die Drachen zu kämpfen, falls sie angriffen, doch plötzlich dämmerte ihm, wie töricht dieser

Gedanke war. Wither hatte keinen Grund anzunehmen, dass die Drachen Manfort angreifen würden. Er wollte die Waffen haben, um den Drachen, der in seiner Brust wuchs, zu töten, wenn er herauskam. Black hatte dies sofort erkannt.

Black war kein Narr, und ihm entging wenig.

»Das Gift verlängert nicht nur das Leben«, erinnerte Arlian.

»Oh, natürlich, wie konnte ich das vergessen?«, sagte Black sarkastisch. »Es verleiht Gesundheit und Glanz und Kraft und ermöglicht es einem, andere seinem Willen zu unterwerfen – was für eine abscheuliche Aussicht!«

»Es macht das Herz kalt und hart und raubt einem jede Hoffnung auf eine Familie«, erwiderte Arlian.

»Enziet war ein kaltherziger Bastard, das gebe ich zu – aber vielleicht war er das schon, bevor er dieses Elixier zu sich nahm. Wither hat sich seine Leidenschaften zweifellos bewahrt.«

»Wither ist eine Ausnahme – denk an Drisheen.«

»Denk an Reif.«

Arlian stieg in die Kutsche und sah dann auf Black hinunter. »Vielleicht solltest du dich mit Lady Reif unterhalten. Frag sie nach ihrer Urenkelin Rose.«

»Vielleicht werde ich das tun«, meinte Black. »Wahrscheinlich sogar.«

Damit endete das Gespräch, und einen Moment später fuhren sie zurück zum Alten Palast.

17
Zu Hause bei Wither

Arlian hatte das Innere von Lord Withers Anwesen noch nie gesehen, obwohl er mehrmals daran vorbeigekommen war. Es war ein prachtvolles Gebäude in dem grandiosen Stil der Zeit vor rund fünfhundert Jahren, als die Menschen-Drachen-Kriege lange vorbei waren und Manfort endlich die freudlose und funktionale Kriegszeitarchitektur aufgegeben hatte, die noch immer den Großteil der Stadt prägte – hohe Säulen stützten einen kunstvoll geschnitzten Architrav, und heroische Statuen von doppelter Lebensgröße schmückten ein Dutzend Nischen. Die Wände und Säulen bestanden noch immer aus dem allgegenwärtigen grauen Stein, aber die Statuen und Verzierungen waren rot und weiß und schwarz.

Black hatte Arlian als Kutscher gedient; ein Stallknecht hatte sie am Tor empfangen und ihre Equipage in seine Obhut genommen, aber keine anderen Bediensteten waren zu sehen. Leicht verwirrt klopfte Black an die massive Doppeltür aus mit Grünspan bedeckter Bronze.

Ein Lakai öffnete auf Blacks Klopfen hin, ließ Arlian und Black herein und nahm ihre Hüte und Mäntel. Arlian sah sich neugierig im Innern des weitläufigen Gebäudes um.

Sofort fiel ihm eine architektonische Eigenheit auf. In jedem anderen großen Haus, das er gesehen hatte, ob es nun vor oder nach diesem erbaut worden war, führte die

Vordertür in ein kleines Foyer, wo die Gäste ihre Mäntel und Waffen abgeben konnten und das dazu diente, die Kälte des Winters oder die Hitze des Sommers aus dem Innern fern zu halten; hier schlossen sich direkt eine Reihe luxuriöser, hochdeckiger Räume an – luxuriös, aber im Dunkeln liegend. Arlian überraschte die offensichtliche Vernachlässigung und Verwahrlosung in diesen prächtigen Räumen – selbst im trüben Licht der Öllampe, die der Lakai trug, konnte er von Mehltau überzogene Tapeten, fleckige Teppiche und Spinnweben an den feinen Handarbeiten auf allen Seiten erkennen. Die Vergoldung blätterte von den Schnitzereien, und der Modergeruch war unverkennbar. Während er dem grün gekleideten Lakaien folgte, der sie hereingelassen hatte, raunte er Black zu: »Ich hätte gedacht, dass Opal das Haus in Ordnung hält, auch wenn sich Wither nicht mehr darum kümmert.«

Black zuckte die Schultern und antwortete nicht, als er seinem Herrn durch einen Marmorkorridor und die große Treppe hinauf folgte. Er trug ein Bündel Obsidianwaffen für Lord Wither und achtete nicht auf das Dekor, sondern konzentrierte sich darauf, dass sich die Speerschäfte nicht in den Balustraden verfingen. Das einzige Licht in dem riesigen Raum stammte von der Lampe des Lakaien, und die tanzenden Schatten erweckten den Eindruck, als würden ihn plötzlich aus der Dunkelheit Statuen anspringen und versuchen, ihn umzuwerfen oder ihm die Speere aus den Händen zu schlagen.

Am Ende der Treppe führte der Lakai sie einen Korridor hinunter und durch eine Tür, und plötzlich veränderte sich ihre Umgebung vollständig: von dunklen, vernachlässigten formellen Räumen zu einem hell erleuchteten kleinen Salon, makellos sauber, mit poliertem Holz und Messing und nicht mit Marmor und Alabaster eingerichtet. Ein prachtvoller Kamin nahm den Großteil einer Wand ein, und in ihm brannte ein kleines Feuer, obwohl es draußen angenehm warm war.

Zweifellos waren dies die Räume, in denen Wither wohnte, und er hatte die Räume, die der Repräsentation dienten, aufgegeben und sie in gewisser Weise in das riesige Äquivalent des Foyers verwandelt, das in seinem Haus fehlte.

Arlian bemerkte, dass ein halbes Dutzend gepolsterte, grün und rot bezogene Sessel aus Edelholz im Salon standen, und der Lakai wies auf zwei von ihnen und bedeutete Arlian und Black Platz zu nehmen.

Doch bevor Arlian der Aufforderung nachkommen konnte, sprang an der Rückwand des Raumes eine Tür auf, und Wither kam herein, dicht gefolgt von einer Dienstmagd. Sie zupfte an seinen Haaren, die gekämmt und zu Locken frisiert waren, eine Mode, die Arlian bei vielen eitlen alten Männern, aber noch nie bei Lord Wither gesehen hatte. Sie strich eine widerspenstige Haarlocke an seinem Hinterkopf zurecht.

Wither ignorierte ihre Bemühungen vollständig und sagte: »Ihr seid hier! Gut! Und Ihr habt die Waffen mitgebracht?«

»Ja, mein Lord«, bestätigte Arlian mit einer Geste zu Black.

»Gut.« Er sah sich um und deutete dann auf die Tür, durch die er gerade gekommen war. »Bringt sie dort hinein.«

Arlian und Black wechselten einen Blick und folgten dann Withers Finger.

»Du bleibst hier«, sagte Wither zu dem Lakaien, der sich zur Tür zurückzog. Dann drehte er sich zu der Magd um, die gerade zurückgetreten war, um ihr Werk zu begutachten. »Du auch. Ich werde euch bald brauchen.« Dann wandte er sich ab und folgte seinen Gästen in den anderen Raum.

Es handelte sich dabei um Withers Studierzimmer, und Arlian stellte überrascht fest, dass bereits ein anderer Gast anwesend war – ein gut gekleideter Mann, den er noch nie zuvor gesehen hatte, saß auf einer Seite des Schreibtischs, einen Stoß Papiere in den Händen.

Horn war ebenfalls da und stand im Hintergrund des Raumes, aber das war keine große Überraschung – der Mann schien sich für Wither unentbehrlich gemacht zu haben. Er nickte bei Arlians Eintreten höflich.

Der Raum war elegant eingerichtet, mit zahlreichen Bücherregalen und mehreren exquisiten Gemälden an den Wänden; der Schreibtisch war groß und prächtig, mit Perlmutt besetzt, und der Stuhl dahinter bequem und mit abgewetztem Leder bezogen. Eine offene Vitrine an einer Seite enthielt eine Karaffe mit bernsteinfarbener Flüssigkeit und ein halbes Dutzend edler kleiner Gläser.

Arlian gönnte dem allerdings nur einen flüchtigen Blick, denn seine Aufmerksamkeit galt dem Fremden.

»Shuffler, dies ist Lord Obsidian«, sagte Wither über Arlians Schulter, als er sich zum Getränkeschrank wandte. Er wies mit dem Daumen auf Black. »Das ist sein Haushofmeister.«

Arlian verbeugte sich knapp. »Sir«, sagte er.

»Mein Lord«, sagte der andere und nickte. Er sah in seine Papiere, als wäre er verwirrt, und erhob sich nicht, um Arlian die Hand zu geben.

Arlian war ebenfalls verwirrt; er hatte ein privates Treffen mit Lord Wither erwartet, bei dem er offen über die Natur der Drachen sprechen und Pläne schmieden konnte, den Drachen, der aus Withers Herzblut entspringen würde, wenn die Zeit kam, schnell zu töten. Wollte er dafür nicht die Obsidianklingen haben?

Wie der Tod von Withers Drachen das Verhältnis der Drachen zu Arlian beeinflussen würde, war unbekannt, und Arlian zog es vor, nicht näher darüber nachzudenken – er wollte nicht, dass die alten Kriege von neuem begannen. Genau diese Drohung war in der vergangenen Nacht ausgestoßen worden. Tötete er einen weiteren Drachen, ob nun geboren oder ungeboren, würden die Drachen darin einen Bruch der getroffenen Vereinbarungen sehen, und die Menschen-Drachen-Kriege würden erneut beginnen.

Arlian wollte dies nicht – aber er wollte auch nicht, dass noch mehr Drachen geboren wurden. Er konnte Wither nicht töten, ohne die Drachen zu erzürnen, aber wenn er Wither überzeugen konnte, die Tötung weiterer Drachen von anderen vornehmen zu lassen ...

Doch die Anwesenheit dieses Fremden, der zweifellos kein Drachenherz war, verkomplizierte die Situation. Vielleicht sahen Withers Pläne anders aus, als Arlian gedacht hatte.

»Shuffler ist mein Bevollmächtigter«, erklärte Wither, als

er Weinbrand einschenkte. »Er kümmert sich um meine Angelegenheiten.«

Arlian sah Wither an und unterdrückte einen Anflug von Unbehagen. »Gibt es einen Grund dafür, mein Lord? Fühlt Ihr Euch nicht wohl?«

»Mir geht es gut«, knurrte Wither, »aber nach dem, was mit Nagel passiert ist, kann ich kaum erwarten, dass es so bleibt, deshalb habe ich Shuffler herbestellt.«

»Ah«, machte Arlian.

Einen Moment erhaschte er Blacks Blick und glaubte eine Warnung in seinen Augen zu sehen, obwohl er sich nicht vorstellen konnte, welche Gefahr Black im Sinn haben mochte.

»Ich habe Euch Weinbrand versprochen«, sagte Wither und reichte Arlian ein Glas.

»Danke, mein Lord«, sagte Arlian und nahm das angebotene Getränk. Er war nicht gerade ein Liebhaber von Weinbrand, aber er war nicht so taktlos, Withers Gastfreundschaft abzulehnen. Er stand noch immer in der Schuld des Mannes – vielleicht tiefer als je zuvor, denn Wither hatte seine Worte nicht bezweifelt, als Opal versucht hatte, den Drachen als Illusion abzutun.

Natürlich wollten die Drachen, dass alle es für eine bloße Illusion hielten. Arlian wusste, dass seine Weigerung, Wither und Black zu belügen, bedeuten konnte, dass die Drachen ihre Drohung in die Tat umsetzten und in den Krieg zogen, aber er konnte es noch immer nicht über sich bringen, den beiden Männern gegenüber, denen er so viel schuldete, die Wahrheit zu verleugnen.

Wither schenkte Shuffler, Horn und Black ebenfalls

Weinbrand ein und griff schließlich selbst nach einem Glas.

»In Gedenken an Lord Stiam, als Nagel bekannt«, sagte Wither, während er sein Glas hob. »Mögen wir aus seinem Schicksal lernen.« Shuffler blickte verwirrter als zuvor drein, aber niemand sagte etwas, als die vier Männer tranken.

Arlian musste zugeben, dass es ein guter Weinbrand war; er mochte ihn noch immer nicht, aber er wärmte und schmeckte nicht besonders unangenehm. Er leerte sein Glas ohne Eile, aber auch ohne Zögern.

Als das letzte Glas, Shufflers, leer war, sammelte Wither sie ein und sagte: »Das sollte uns helfen, den Rest des Abends zu überstehen.« Er schloss die Flasche und die Gläser in der Vitrine ein, wandte sich dann ab und sagte, auf den Schreibtisch deutend: »Jetzt räum diese Papiere weg, und wir sehen uns an, was Obsidians Mann mitgebracht hat.«

Shuffler nahm hastig die Papiere vom Schreibtisch, und Black legte sein Bündel auf die Platte. Wither trat vor, schlug die Leinendecke auseinander und enthüllte vier Speere und ein halbes Dutzend Klingen verschiedener Länge und Form. Er betrachtete sie und nahm dann mit seiner gesunden linken Hand eins der Messer. Er musterte es einen Moment und sah dann Arlian an.

»Sind sie scharf?«

»Sehr scharf, mein Lord, aber spröde. Die Schneide von Obsidian ist feiner als Stahl, bricht aber leicht.«

»Sie sind also nicht für den wiederholten Gebrauch geeignet.«

»Nein.«

»Aber ein Stoß – das ist kein Problem?«

»So ist es, mein Lord. Wie Ihr gestern Nacht gesehen habt, durchdringt Obsidian mühelos auch Haut, die andere Klingen abweist.« Er wusste nicht, wer Shuffler wirklich war oder was er bereits wusste und auch nicht, wie viel Wither Horn erzählt hatte, und deshalb zog er es vor, die Drachen nicht ausdrücklich zu erwähnen. Vielleicht war es noch immer möglich, die weitere Verbreitung von Enziets Geheimnissen zu verhindern.

»Und da sie so scharf ist, dürfte der Schmerz gering sein, oder?«

Arlian öffnete den Mund und schloss ihn dann wieder. Einen Augenblick glaubte er, dass es Wither darum ging, den Drachen zu töten, der eines Tages aus seiner Brust entspringen würde, und dass er der Kreatur, die noch immer mit ihm verbunden sein würde, einen schmerzlosen Tod bereiten wollte.

Dann erkannte er die Wahrheit.

Er zögerte noch einen weiteren Augenblick, aber war dies schließlich nicht das, was er am Ende für sich selbst geplant hatte? Endlich sagte er: »Ich kann nur vermuten, mein Lord, aber ja, ich würde sagen, dass der Schmerz gering sein wird, wenn man den Stoß schnell und direkt ausführt.«

»Gut.« Er sah Black an. »Nimm bitte das Tuch. Lass die anderen Waffen hier. Dann kommt alle mit mir.« Er nahm das Messer und wandte sich zur Tür.

»Ari?«, fragte Black leise.

»Tu, was er sagt«, befahl Arlian, als er Wither folgte.

Im Salon verfolgte er, wie Wither die Magd und den Lakaien anwies, die Edelholzsessel an einer Seite in einem Bogen aufzustellen. Als das erledigt war, kam Black mit dem Leinentuch in der Hand herein, und Wither zeigte ihm, wo er es auf den Boden legen sollte, am Rand des Kamins, in sicherem Abstand von dem Teppich. Als er mit dem Arrangement zufrieden war, richtete sich Wither mit dem Messer in der Hand auf und sagte: »Nehmt bitte Platz.« Er trat auf das Leinentuch.

»Mein Lord«, sagte Black, der noch immer stand, »ich bitte Euch, es zu überdenken.«

»O nein, Haushofmeister, wie auch immer du heißt. Ich habe lange genug darüber nachgedacht. Ich habe an nichts anderes mehr gedacht, seit ich gestern Nacht meinen Freund gesehen habe.«

»Das ist nur ein einziger Tag, mein Lord. Vielleicht wird Euch das Licht eines weiteren Morgens andere Auswege zeigen ...«

»Es gibt keine Auswege!«, donnerte Wither und richtete den Steindolch auf Blacks Kehle. »Hältst du mich etwa für einen Narren? Ich sage, ich habe einen Tag darüber nachgedacht, aber in Wahrheit denke ich schon seit Jahrhunderten über einige Aspekte dieser Angelegenheit nach, noch bevor der Großvater deines Großvaters geboren wurde. Jetzt setz dich, Haushofmeister, und halte deine Zunge im Zaum!«

Black kniff die Lippen zusammen, sah Arlian an und ließ sich in einem der Edelholzsessel nieder.

Shuffler und Horn und Arlian und die Magd setzten sich ebenfalls; der Lakai stellte sich an die Wand.

»Du auch«, befahl Wither, während er mit dem Dolch auf den Lakaien zeigte. »Setz dich.«

Trotz dieses Verstoßes gegen die Etikette nahm der Lakai verwirrt Platz, und die sechs saßen an einer Seite des Raumes in einem Halbkreis, Wither gegenüber, der auf der anderen Seite des rechteckigen Leinentuchs stand, das vor dem Steinkamin auf dem Boden lag.

»Nun«, sagte Wither, »ich denke, einige von Euch wissen, was ich beabsichtige, und alle werden es sehen – deshalb seid Ihr hier. Ich will Zeugen. Ich will, dass jeder weiß, dass ich dies freiwillig und mit eigener Hand mache; ich will keine Fragen, keine hässlichen Gerüchte, keine anhaltenden Zweifel.«

»Mein Lord ...«, begannen Black und Horn gleichzeitig.

»Und keine Fragen«, sagte Wither schnell und brachte sie zum Schweigen. »Keine Fragen, keine Proteste. Dies ist meine freie Entscheidung.«

Die beiden Männer gehorchten unglücklich und sahen sich an.

Wither fuhr fort: »Ich denke, Ihr alle wisst, dass ich älter bin, als es einem Mann gewöhnlich vergönnt ist – Shuffler, du kennst mich wahrscheinlich am wenigsten, aber selbst du musst wissen, dass ich seit Jahrhunderten lebe. Das Gewicht all dieser Jahre ist eine Last auf meinem Herzen und meiner Seele, eine, die ich nicht aus Liebe zum Leben ertrage, sondern weil ich meinen Feinden nicht die Genugtuung meines Todes verschaffen will. Ich habe gesehen, wie meine Freunde starben, wieder und wieder und wieder, und ich habe gespürt, wie mein Herz mit den verstreichenden Jahren immer kälter wurde. Ich dachte, diese Kälte, diese

Distanz, die fremden Gedanken, die sich so sehr von den Ansichten meiner Jugend unterscheiden, wären das Ergebnis meiner Verluste im Lauf der Jahre, dass all diese Todesfälle, all dieses Leid, all diese Tränen, die ich nie öffentlich vergossen habe, sich wie Rost in mein Herz gefressen hätten. Meine Kameraden sagten mir, dass mein Blut vergiftet wäre und das Gift mit der Zeit stärker würde, dass der menschliche Teil von mir nach und nach sterben und von dem anderen ersetzt werden würde. Ich dachte, der Rost wäre lediglich das Wüten der Zeit und des Schmerzes. Ich dachte, wenn ich eine richtige Gefährtin, eine Seelenverwandte finde, um die langen Jahre mit mir zu teilen, könnte ich mich von diesem Rost befreien. Ich dachte, wenn ich die Ungeheuer vergessen könnte, die mich zu dem machten, was ich bin, würde ich mich wieder erinnern, wie es ist, völlig menschlich zu sein, und dass ein Weib, das so alterslos ist wie ich selbst, mir helfen könnte, sie zu vergessen.

Und ich dachte, ich hätte keine Wahl – dass ich weiterleben, mich an die Reste meiner Seele klammern müsste, weil alles andere eine Kapitulation vor den Ungeheuern wäre, die mich meiner Überzeugung nach vor all diesen Jahren töten wollten, und ich wollte nicht kapitulieren, wollte ihnen diese Befriedigung nicht gönnen.

Aber jetzt hat mir Obsidian gezeigt, dass meine Überzeugungen falsch sind. Er und Nagel haben mir gestern Nacht demonstriert, dass meine Kameraden die ganze Zeit Recht hatten und dass die Verkrüppelung meines Herzens nicht von dem äußeren Schmerz stammt, sondern von der inneren Verderbtheit. Ich weiß jetzt, dass ich bei dem Angriff, der meinen Arm ruiniert hat, keineswegs sterben sollte, dass ich absichtlich in den Pfuhl geworfen wurde und dass all diese Jahre, die ich gelebt habe, nicht meinem Wohl dienten, sondern dem Wohl des Wesens, das in mir wächst. Ich weiß, dass mir so oder so nur noch wenig Zeit bleibt – sofern Nagel überhaupt älter war als ich, dann nur um ein oder zwei Jahre. Für mich bedeutet ein Jahr nichts – als ich ein Kind war, schien ein Jahr ewig zu dauern, aber jetzt sind ganze Jahrzehnte kaum genug Zeit, um meine Aufmerksamkeit zu erregen. Ich kann nicht länger warten, ohne zu riskieren, dass ich jedes Zeitgefühl verliere und meine Verderbtheit ihren unaussprechlichen Höhepunkt erreicht, und deshalb sind wir, insbesondere Lord Obsidian, heute Abend hier, und ich halte die Waffe, die ich brauche, in der Hand.« Er hob das Messer. »Diese Klinge sollte genügen, aber falls etwas überlebt, dann dürften die Speere und Messer im Studierzimmer ausreichen, damit ihr fünf die Sache zu Ende bringt.«

»Mein Lord«, sagte Horn, »warum hat es Lady Opal nicht verdient, hier zu sein?«

Wither gab ein bitteres Lachen von sich.

»Ob sie es nun verdient oder nicht, kann ich nicht beurteilen, aber sie würde sich fraglos auf die eine oder andere Art einmischen. Ob sie nun versuchen würde, mich aufzuhalten oder mich zu bestärken, weiß ich nicht – ich habe sie zur Erbin meines gesamten Besitzes eingesetzt, so dass das Letztere nicht unwahrscheinlich ist. Was mir Sorgen macht, ist die Möglichkeit, dass sie versuchen wird, mein Blut zu trinken.«

Die Magd keuchte, und Shuffler stieß ein schockiertes »Mein Lord!« hervor.

»Daran hatte ich nicht gedacht«, murmelte Arlian.

»Würde es funktionieren?«, fragte Black leise.

Arlian warf ihm einen kurzen Blick zu und zuckte die Schultern. »Ich habe keine Ahnung. Vor ein paar Monaten hätte es sie einfach getötet, aber jetzt, wenn es von einer Obsidianklinge vergossen wird – ich weiß es nicht.«

»Ich bitte euch alle, dafür zu sorgen, dass sie keine Gelegenheit dazu bekommt«, sagte Wither – und dann, ohne weitere Vorwarnung, stieß er sich die schwarze Klinge in die Brust.

Einen Moment herrschte betäubte Stille im Raum; ein Rauchfaden stieg von der Brustseite von Withers Hemd auf, wo die Klinge eingedrungen war.

Die Magd schrie, durchbrach die Stille und füllte den Raum wieder mit Leben.

»Mein Lord«, rief Horn, als er von seinem Sessel aufsprang. Arlian und Black waren dicht hinter ihm. Als Wither zu Boden fiel, versuchte Horn ihn aufzufangen, konnte seinen Sturz aber nur mildern; er ging in die Knie. Der Körper seines Herrn lag mit dem Gesicht nach unten auf seinem Schoß.

Black und Arlian knieten neben ihnen nieder, und Black drehte den sterbenden Mann auf den Rücken, so dass er von Horns Knien rutschte. Das Messer in Withers Brust ragte grausig hervor, als seine Hand nach unten fiel.

Rund um die Steinklinge quoll Blut hervor, dick und rot, auf völlig unnatürliche Weise zischend und rauchend und wallend, aber es blieb bloßes Blut; keine andere Gestalt formte sich heraus. Arlian sah dieses wallende Blut und wusste, wenn die Klinge, die aus Withers Brust ragte, nicht aus Obsidian gewesen wäre, würde in diesem Moment ein Drache aus dieser Wunde entspringen.

Wither hatte Arlian natürlich deshalb gebeten, die Waffen mitzubringen; hätte eine Stahlklinge genügt, hätte er es wahrscheinlich schon viel früher getan.

Und natürlich hatte er deshalb gefragt, wie scharf die Klinge war und wie schmerzhaft ihr Gebrauch sein würde.

»Ihr habt Euch geirrt«, keuchte Wither, während Arlian dies dachte. »Es schmerzt. Bei den toten Göttern, es schmerzt.«

Arlian wunderte sich, dass der Mann trotz des Messers in seinem Herzen noch sprechen konnte. »Es tut mir Leid, mein Lord«, sagte er.

»Zumindest ist der Drache tot«, krächzte Wither. »Ich kann es spüren ...« Dann hustete er, und Blut rann aus seinem Mundwinkel, Blut, das rauchte, aber wie normales Blut floss. Seine Kinnlade fiel nach unten, und seine Augen wurden stumpf.

Arlian sah diesen Blutfaden an, und ihm kam der Gedanke, dass ein paar Tropfen davon in einer Schüssel voller Wasser es ihm ermöglichen würden, noch einmal mit den Drachen zu sprechen. Er betrachtete seine Hände und sah, dass die eine, mit der er Lord Wither umgedreht hatte, blutverschmiert war.

Aber was sollte er sagen?

Würden sie ihm den Tod dieses ungeborenen Drachen vorwerfen? Hatte Wither soeben einen neuen Menschen-Drachen-Krieg ausgelöst?

Oder hatte er eins der Probleme beseitigt, die einen derartigen Krieg auslösen konnten? Sein Tod bedeutete, dass es einen Augenzeugen von Nagels Ableben weniger gab.

»Es tut mir Leid«, wiederholte Arlian – aber Wither war tot und Arlian sprach zu Ohren, die niemals wieder etwas hören würden.

»Er hat Selbstmord begangen!«, sagte die Magd mit schriller Stimme, die nicht zu diesem ernsten Moment zu passen schien.

»Ja«, bestätigte Arlian.

»Ich hatte keine Ahnung«, murmelte Shuffler Hände ringend. »Er hat nie gesagt, dass er etwas Derartiges beabsichtigte!«

»Natürlich nicht«, warf Black ein. »Hätte er es getan, hättest du ihn vielleicht daran gehindert.«

»Du hast es versucht«, sagte Arlian, als er nach unten griff und Withers leere Augen schloss. »Du und Horn.«

»Ihr habt uns nicht dabei geholfen«, erinnerte Black.

Arlian wollte etwas sagen, schwieg dann aber. Er sah Black in die Augen und bestätigte: »Nein, das habe ich nicht. Ich war mir nicht sicher, ob ich ihn daran hindern wollte.«

»Er war nicht einer Eurer sechs Lords!«, sagte Black zornig.

»Nein – aber er hatte das Herz des Drachen.«

»So wie Ihr. Wollt Ihr Euch etwa auch eines Tages ein Glasmesser ins Herz stoßen?«

»Ja, das will ich«, flüsterte Arlian.

Black starrte ihn einen Moment schweigend an und sagte dann grimmig: »Ich werde Euch nicht dabei helfen, und ich hoffe, Ihr habt den Anstand, damit zu warten, bis ich tot bin.«

Arlians Mund verzog sich unwillkürlich zu einem trockenen Lächeln. »Ich werde es versuchen«, versprach er. »Es gibt noch viele andere Dinge, die ich vorher erledigen muss.«

»Ich bin mir auch nicht sicher, ob ich Euch bei diesen Dingen helfen werde«, erklärte Black. »Ich entwickle allmählich einen Groll gegen die ganze Angelegenheit.«

»Das kann ich dir nicht verdenken«, sagte Arlian. Er sah Withers Leichnam an. »Das kann ich dir absolut nicht verdenken.«

18
Lady Opal

Sie hatten die Leiche mit ausgestreckten Beinen und vor der Brust verschränkten Armen auf das Leinentuch gelegt; Horn hatte das Messer herausgezogen und es mit einem Lumpen aus seiner Tasche gesäubert. Arlian wollte gerade den Lakaien nach einem passenderen Ruheplatz fragen, als die Tür aufsprang und Lady Opal hereinstürmte, gefolgt von einem älteren Mann in Withers Livree.

»Wither!«, rief sie. »Was versteckst du vor mir? Warum hast du ...«

Dann sah sie die fünf Männer, die sich vor dem Kamin drängten – die Magd war geflohen, aber Shuffler und der Lakai hatten Black, Horn und Arlian bei der Herrichtung von Withers sterblichen Überresten geholfen. Opal blieb abrupt stehen, so dass der Diener fast gegen sie prallte, und fuhr zu ihnen herum.

»Was macht ihr ...«, begann sie.

Dann entdeckte sie die Leiche, brach ab und starrte. Der alte Diener keuchte und wich entsetzt zurück, aber Lady Opal starrte nur.

Arlian beobachtete sie wachsam, erwartete Tränen oder Hysterie, aber als sie schließlich das Schweigen brach, fragte sie nur: »Ist er tot?«

»Ich fürchte ja, meine Lady«, erwiderte Arlian.

»O nein«, murmelte der alte Mann.

»Seid Ihr sicher?«, hakte Opal nach.

»Bedauerlicherweise völlig sicher. Er ist an einem Stich ins Herz gestorben.«

»Habt Ihr es getan?«

»Durch seine eigene Hand, wie alle hier bestätigen können.«

Sie starrte den Leichnam einen Moment an, hob dann die Augen, um Arlian ins Gesicht zu sehen, und sagte: »Aber Ihr habt ihn dazu getrieben, Lord Obsidian. Und Ihr habt mir die Chance auf ein tausendjähriges Leben genommen. Glaubt nur nicht, dass ich Euch dies vergessen oder vergeben werde.«

Arlian breitete seine leeren Hände aus. »Meine Lady, Ihr wisst sicherlich, dass ein derartiges Leben am Ende die Geburt eines weiteren Drachen bedeuten würde, ein Schicksal, das kaum wünschenswert ist.«

»Nach tausend Jahren«, schrie Opal, schließlich die Beherrschung verlierend. »Nach tausend Jahren, und ich hätte so wie er handeln können, wenn dieses Ende naht. Hat er sich in einen Drachen verwandelt?« Sie deutete mit einem bebenden Finger auf die Leiche. »Waren all seine Jahrhunderte wertlos, weil sie mit der Geburt eines Drachen hätten enden können? Welchen Schaden hätte es angerichtet, wenn es dazu gekommen wäre, Obsidian? Die Drachen liegen in ihren Höhlen und behelligen uns nicht!«

»Die Drachen haben meine Familie getötet und mein Dorf zerstört, meine Lady«, sagte Arlian. »Darüber hinaus sind alle lebenden Drachen alt und müde; ein junger und kraftvoller würde sich nicht damit zufrieden geben, die Jahre in den Höhlen zu verschlafen.«

»Das wisst Ihr nicht!«

Arlian wollte antworten, verbiss sich dann aber seine Entgegnung. Opal war zweifellos nicht bereit, auf vernünftige Argumente zu hören.

Und sie wollte gewiss nichts von einem Drachengesicht in einer Wasserschüssel hören, das vor ernsten Konsequenzen warnte, wenn die Wünsche der Ungeheuer nicht befolgt wurden.

»Warum kümmert Euch das überhaupt?«, schleuderte ihm Opal entgegen. »Was könnte es schaden, wenn Ihr zulasst, dass eine weitere Frau zu Eurer Geheimgesellschaft stößt?«

Aus den Augenwinkeln bemerkte Arlian, wie Black Horn, den Lakaien, den Bevollmächtigten und den alten Mann ansah – der Letzte, den Arlian für Withers Haushofmeister hielt, war zur Tür zurückgewichen. Sie hörten Dinge mit, die theoretisch geheim gehalten werden sollten – aber was konnte jetzt noch geheim gehalten werden? Und waren die Geheimnisse überhaupt berechtigt?

Wenn es wirklich zu spät war, Enziets Pakt zu erneuern, was konnte es dann noch schaden, wenn die Wahrheit in ganz Manfort und den Ländern der Menschen bekannt wurde? Wenn es zum offenen Krieg kam, war es ohnehin das Beste, dieses Wissen so breit wie möglich zu streuen, damit die Drachen es nicht unterdrücken konnten.

Aber wenn sich der offene Krieg noch immer vermeiden ließ, dann war es vielleicht besser, die Geheimnisse zu bewahren – aber dies war fraglos nicht Opals Sorge.

»Die Drachen haben mein Heimatdorf zerstört, meine Lady«, sagte Arlian. »Ich will sie ausrotten, nicht ihre Zahl mehren.«

»Ihr wollt also losziehen und jedes Drachenherz auf der Welt töten?«

Arlian entgegnete ruhig: »Das ist meine Absicht, meine Lady, ja.«

Das traf Opal unvorbereitet; einen Moment sah sie ihn schweigend an und sagte dann mit vor Verachtung triefender Stimme: »Ihr seid verrückt.«

»Das hat man mir früher schon gesagt.«

Sie wandte sich von Arlian ab und fragte scharf: »Horn, ist er wirklich tot?«

Horn warf Arlian einen Blick zu und antwortete: »Durch seine eigene Hand, wie Lord Obsidian sagte. Ja, er ist tot.«

»Ich nehme an, er hat dich herzitiert, damit du Zeuge seines Todes wirst?« Sie wies mit dem Daumen auf den alten Mann. »Er ließ mich von diesem Narren fern halten, aber dich bestellte er her, um es mit anzusehen?«

»Ja, meine Lady. Ich war auf seine Bitte hin hier, ohne Erklärung – Ihr wisst, dass er mich stets in seiner Nähe haben wollte, um Botengänge oder sonstige Dinge zu erledigen. Er rief Shuffler zu sich, um sein Testament aufzusetzen und ein paar andere Angelegenheiten zu regeln – und um als Zeuge zu dienen. Er rief Lord Obsidian und seinen Mann her, damit sie ihm die Waffe brachten, und er verlangte von ihnen und Dovliril« – er deutete auf den Lakaien –, »als Zeugen anwesend zu sein. Sie ist jetzt gegangen, aber er bat außerdem Orlietta, sein Haar herzurichten, denn er wollte so gut wie möglich aussehen – um Lord Obsidian zu beeindrucken, wie er sagte, aber ich denke jetzt, dass es ihm vielmehr um seine Beerdigung ging. Sie war ebenfalls Zeugin.«

»Und ich nicht.«

»Nein, meine Lady. Ich sagte, Ihr solltet hier sein, und er lehnte ab.«

»Und du hieltest es nicht für angebracht, diese Ablehnung zu ignorieren?«

»Es blieb keine Zeit, meine Lady. Er hat völlig überraschend gehandelt. Ich wusste, er dachte, dass er bald sterben würde, meine Lady, aber bei allen toten Göttern, ich konnte nicht ahnen, dass er das vorhatte. Es tut mir schrecklich Leid.«

»Es war seine Entscheidung, Horn. Er hat bekommen, was er wollte. Ich werde nicht um ihn weinen.«

»Kalt«, murmelte Black in Arlians Ohr. »Sie würde sich bei deinen Freunden in der Straße des Schwarzen Turms richtig zu Hause fühlen.«

»Nun gut«, sagte Horn mit seltsam gepresster Stimme zu Opal. »Wie Ihr meint.«

»Ich muss die Bediensteten informieren«, sagte der alte Mann, und Arlian glaubte Tränen in den Augen des Lakaien zu sehen. »Entschuldigt mich, meine Herren, meine Lady.« Er wandte sich ab und ging hinaus.

Opal ignorierte sein Verschwinden; ihre Aufmerksamkeit richtete sich auf Shuffler.

»Du hast sein Testament aufgesetzt?«

»Ja, meine Lady.«

»Und ich nehme an, er hat alles Obsidian für seinen großen Kreuzzug gegen die Drachen vermacht?«, sagte sie.

»O nein, meine Lady«, wehrte Shuffler ab. »Er hat ein paar Kleinigkeiten seinen Bediensteten hinterlassen und all seinen Sklaven die Freiheit geschenkt, aber der Großteil seines Besitzes geht an Euch.«

Einen Moment starrte Opal den Bevollmächtigten schweigend an, der unbehaglich ihren Blick erwiderte. Black, Arlian und die anderen warteten.

»Du meinst, mir gehört sein Haus?«, fragte Opal schließlich.

Shuffler nickte nachdrücklich. »Ja, meine Lady.«

Opal dachte einen Moment darüber nach und richtete dann ihre Aufmerksamkeit auf Arlian. Er sah ihr in die Augen.

»Ihr seid unbefugt hier«, sagte sie. »Verschwindet aus meinem Haus!«

Er verbeugte sich. »Wie Ihr wünscht, meine Lady.«

»Soll ich die Speere holen?«, fragte Black und deutete auf die Tür des Studierzimmers. Während er dies tat, blickte der Lakai sichtlich verwirrt von einem zum anderen.

»Ja, bitte«, sagte Arlian. Er fragte den Lakaien: »Wärest du bitte so freundlich, uns nach draußen zu bringen?«

»Ich ...« Der Lakai sah Opal an, als sich Black zum Studierzimmer wandte.

»Tu es«, befahl sie. »Sorg dafür, dass er und sein Lakai so schnell wie möglich von meinem Anwesen verschwinden und nichts mitnehmen, was sie nicht mitgebracht haben!«

»Lord Wither hat Lord Obsidian gewisse Papiere hinterlassen ...«, begann Shuffler.

»Er kann sie später bekommen! Ich will, dass er jetzt von hier verschwindet!« Sie stampfte mit dem Fuß auf und deutete auf den Ausgang. »Und Ihr werdet bei der Beerdigung meines Lords nicht willkommen sein – versucht gar nicht erst, sie zu besuchen!«

Das Letzte schmerzte. Arlian verbeugte sich erneut und schritt zur Tür. »Ich entschuldige mich für alle Umstände, die ich Euch gemacht habe, meine Lady«, sagte er. »Aber ich habe nur meinem Gewissen gehorcht.«

Der Lakai stolperte, griff dann nach seiner Lampe und folgte Arlian.

»Ich kann mir ein Gewissen nicht leisten«, gab Opal zurück, als Black mit dem Bündel Waffen aus dem Studierzimmer kam. »Ich habe keine Zeit.«

»Ihr habt ein ganzes Leben, meine Lady«, sagte Arlian.

»Und Ihr habt ein Dutzend! Hinaus mit Euch!«

Nach diesen Worten verließ Arlian den Raum. Der Lakai hielt sich dicht hinter ihm, und einen Schritt hinter dem Lakaien folgte Black. Sie ließen Horn und Shuffler allein mit Lady Opal zurück. Schweigend gingen sie durch den Korridor und stiegen die große Treppe hinunter. Sie trafen weder den Haushofmeister noch einen anderen Bediensteten, als sie die riesigen, dunklen Räume durchquerten; Arlian hatte halb erwartet, dass die Nachricht vom Tod des Herrn längst das ganze Haus in Aufruhr versetzt hatte.

Als sie den Eingang erreichten, holte der Lakai Arlians Hut, zögerte dann und fragte: »Mein Lord, gibt es in Eurem Haushalt vielleicht freie Stellen?«

Es war der erste vollständige Satz, den Arlian von dem Mann hörte, und er traf Arlian unvorbereitet.

»Black?«, fragte er. »Gibt es welche?«

»Eigentlich nicht, mein Lord«, antwortete Black, »sofern Ihr nicht vorhabt, das Graue Haus zu übernehmen. Aber da jetzt das Baby da ist, könnten wir eine helfende Hand gebrauchen.«

Arlian überlegte. Er hatte geplant, ein Haus zu verkaufen und eine Reihe von Bediensteten zu entlassen, und nicht vorgehabt, neue einzustellen.

Dann sah er den Lakaien an, der auf eine Antwort wartete und noch immer Arlians Hut hielt. »Ich nehme an, du rechnest nicht damit, in Lady Marasas Haushalt zu bleiben?«

»Ich würde es lieber nicht tun, mein Lord, selbst wenn sie mich behalten möchte.«

Arlian nickte. »Black, selbst wenn wir ihn nicht gebrauchen können, so können wir für diesen Mann sicherlich eine Stelle finden, die ihm mehr zusagt?«

»Sicherlich«, bestätigte Black etwas säuerlich. »Dürfte ich jedoch vorschlagen, dass wir es nicht sofort tun? Lady Marasa ist ohnehin schon zornig auf uns; wenn wir ihr einen ihrer Diener ausspannen, der zugleich Zeuge von Lord Withers Tod ist, wird sie es vermutlich übel aufnehmen und darin einen Beweis für eine unheilige Verschwörung sehen.«

»Ein guter Einwand«, gab Arlian zu. »Ein sehr guter Einwand. Vielleicht solltest du deiner neuen Herrin mit einer Frist von zehn Tagen kündigen – ich bin sicher, du findest eine Möglichkeit, es so zu formulieren, dass sie nicht gekränkt ist, und zehn Tage dürften zu ertragen sein. Zu diesem Zeitpunkt wird mein Haushofmeister gewiss eine Stelle gefunden haben, die dir gefällt, wenn auch vielleicht nicht in meinem Haushalt – komm zum Alten Palast und frag nach Black.«

»Vielen Dank, mein Lord«, sagte der Lakai und verbeugte

sich, wobei er fast Arlians Hut an seinem Bauch zerdrückte. Im letzten Moment erinnerte er sich an den Hut und hielt ihn zur Seite, und als er sich wieder aufrichtete, reichte er ihn Arlian, der ihn aufsetzte.

»Dann werden wir jetzt gehen«, sagte er. »Und ich wünsche dir alles Gute – dir und allen anderen innerhalb dieser Mauern.«

Ein paar Minuten später, als sie in der Kutsche saßen, schien alles, was in den letzten vierundzwanzig Stunden geschehen war, auf einmal auf Arlian einzustürmen; zitternd lehnte er sich auf seinem Sitz zurück.

»O Götter und Mächte«, sagte er.

Nagel und Wither und ihre Drachenabkömmlinge waren tot, und Arlian wusste, dass er eigentlich froh sein sollte, dass die Zahl der potenziellen Drachen auf der Welt soeben um zwei verringert worden war, aber irgendwie konnte er im Moment nicht die Tatsache ignorieren, dass zwei alte Männer den Tod gefunden hatten, zwei alte Männer, die er, trotz seiner Racheschwüre, gemocht hatte.

Er sah seine Hände an, konnte aber im Halbdunkel der Kutsche kein Blut erkennen.

Er hatte sie nicht getötet, jedenfalls nicht ihre menschlichen Teile, aber ihr Blut hatte buchstäblich an seinen Händen geklebt. Und er hatte den Drachen erschlagen, der alles gewesen war, was von Nagel übrig geblieben war – er wusste nicht genau, wie viel von dem menschlichen Wirt in dem neuen Drachen überlebte. Es konnte sein, dass ein neuer Drache bloß ein Parasit war, der nichts mit der Seele oder dem Verstand seines Vorfahren gemein hatte, oder es konnte sein, dass ein neuer Drache eine frische Inkarnation des Verblichenen war – Arlian wusste es einfach nicht. Er hatte etwas von Enziet in den Augen jenes Drachen gesehen und etwas von Stiam in denen des anderen, aber was bedeutete dies?

Hatte er wirklich Nagel getötet?

Der Drache, der aus der blutigen Schüssel zu ihm gesprochen hatte, hatte Arlian fraglos für einen Tod verantwortlich gemacht, aber hatte es sich um Lord Stiam gehandelt?

Lady Opal glaubte zweifellos, dass Arlian für Withers Tod verantwortlich war. Und Lady Opal, die bis jetzt nur der Form halber eine Lady, aber ohne große Bedeutung oder Macht gewesen war, hatte soeben eins der größten Vermögen der Stadt geerbt und gab Arlian die Schuld an ihrer Sterblichkeit. Das würde vielleicht unglückliche Folgen haben.

Sie wollte noch immer ihr Leben verlängern, ein Drachenherz werden – das würde vielleicht auch unglückliche Folgen haben.

Und Black, den Arlian für absolut loyal und vertrauenswürdig gehalten hatte, schien ebenfalls zu denken, dass ein derartiges Schicksal erstrebenswert war. Dies war verwirrend und beunruhigend – aber jetzt, da er darüber nachdachte, konnte Arlian erkennen, warum Black dieser Meinung war. Er hatte, abgesehen von Nagels Tod, nicht direkt mit den Drachen zu tun und weit weniger Kontakt mit anderen Drachenherzen gehabt als Arlian. Ein tausendjähriges Leben, ein schneller Tod durch die eigene Hand wie bei Wither – war dies nicht besser als ein normales Leben?

Arlian hatte nicht so gedacht; sein eigenes Leben kam

ihm schwerlich erstrebenswert vor, und die anderen Mitglieder der Drachen-Gesellschaft hatten auf den ersten Blick sowohl innerlich als auch äußerlich geschädigt gewirkt. Black sah dies allerdings anders – und vielleicht hatte er Recht.

Niemand hatte Black je einen Verrückten genannt.

Bis zu Nagels tödlicher Erkrankung hatten Nagel und Wither ihr Leben für lebenswert gehalten; Nagel hatte bis zum Schluss gegen den Tod gekämpft, das Angebot eines schnellen Dahinscheidens abgelehnt, und nur Withers Hass auf die Drachen hatte ihn selbst in den Tod getrieben. Zwei lange Leben hatten geendet, zwei Seelen waren ausgelöscht worden, all ihre Erinnerungen für immer verloren.

Sie hatten zwei neugeborene Drachen beseitigt, aber zu einem Preis, den Arlian plötzlich schwer erträglich fand – und die Drachen-Gesellschaft hatte noch über drei Dutzend andere Mitglieder, die er theoretisch alle tot sehen wollte. Er sah ihre Gesichter in der Dunkelheit und stellte sich vor, dass sie alle blutüberströmt waren ...

Und was würden die Drachen tun, wenn er anfing, ihre ungeborenen Jungen zu töten? Offenbar konnten sie irgendwie spüren, was in Manfort geschah, zumindest wenn es mit ihnen zu tun hatte; er konnte nicht hoffen, einen Ausrottungsfeldzug vor ihnen geheim zu halten, und sie hatten gesagt, dass sie zurückschlagen würden.

Vielleicht trafen sie in diesem Moment ihre Vorbereitungen für einen Gegenschlag, weil er sich geweigert hatte, Black und Wither anzulügen, und weil er zugelassen hatte, dass Wither Selbstmord beging. Vielleicht verließen sie in dieser Sekunde ihre Höhlen.

Seit dem Tag, an dem Enziets Männer ihn aus dem Keller seines zerstörten Hauses gezogen hatten, hatte Arlian sein Leben der Rache an den Drachen gewidmet, die sein Dorf ausgelöscht hatten, und der Rache an den Leuten, die ihm und den Seinen unrecht getan hatten. Mehr als die Hälfte seiner Lebenszeit hatte er der Rache geopfert. Er hatte in all diesen Jahren niemals die Rechtmäßigkeit dieser Rache angezweifelt. Er war bereit gewesen, für sie zu sterben.

Der Tod, so schien es, war nur ein Bruchteil des Preises. Jetzt, zum ersten Mal, fragte er sich, ob dieser Preis vielleicht zu hoch war, als dass er ihn bezahlen konnte.

Und er fragte sich außerdem, ob es nicht vielleicht schon zu spät war, die Zahlung zu vermeiden.

Als er sich in dieser Nacht die Hände wusch, betrachtete er die Schüssel aufmerksam, neugierig, ob das Bild eines Drachen erscheinen würde, neugierig, ob er eine Chance bekommen würde, erneut mit seinen Feinden zu sprechen und auf die eine oder andere Art zu erfahren, ob sie in ihren Höhlen blieben oder nicht.

Kein Bild erschien, und schließlich trocknete er seine Hände ab und versuchte zu schlafen.

ZWEITES BUCH
ENTHÜLLUNGEN

19
Vorladung zur Drachen-Gesellschaft

Arlian schlief schlecht in der Nacht nach Withers Tod und auch in der Nacht vor Withers Beerdigung – an der er, auf Lady Opals Verlangen hin, nicht teilnahm.

Am nächsten Morgen, während er wie immer Hasty und Vanniari einen Besuch abstattete, stellte er fest, dass ihn das Geschrei des Babys störte.

»Was hat sie deiner Meinung nach?«, fragte er Hasty, als Vanniari die angebotene Brust ablehnte und weiter weinte.

»Oh, es könnte alles sein«, meinte Hasty, während sie den Säugling wiegte. »Manchmal weinen Babys einfach. Ich weiß noch, dass meine Mutter mir das sagte, als sich mein Bruder genauso aufführte.«

»Du hast einen Bruder?«, fragte Arlian überrascht.

»Ich hatte drei, zwei ältere und einen jüngeren, und außerdem eine ältere Schwester. Sie sind alle tot, genau wie meine Eltern.« Sie sah Arlian nicht an, während sie sprach; ihre Augen waren auf Vanniari gerichtet. »Komm schon, Vanni, komm schon«, murmelte sie, »so schlimm ist es doch nicht.«

Die Kleine war offenbar derselben Meinung, denn sie verstummte und begann an der Brust zu saugen.

»Was ist aus ihnen geworden?«, fragte Arlian.

»Die Pest«, antwortete Hasty und sah liebevoll ihre Tochter an. »Ich hatte Glück – ich überlebte und schlug mich bis zum nächsten Dorf durch, wo Sklavenjäger mich gefangen nahmen. Ich war neun.«

»Glück?« Arlians Blick wanderte zu den Stümpfen von Hastys Beinen.

»Nun, ich habe überlebt, nicht wahr?«, sagte Hasty und blickte zu Arlian auf. »Und du hast mich schließlich gerettet, obwohl du dabei Vannis Vater getötet hast, und hier bin ich.« Sie senkte wieder die Augen. »Ist sie nicht wunderschön?«

»Wie ihre Mutter«, sagte Arlian.

Hastys Lächeln wurde breiter.

»Manche würden vielleicht sagen, dass deine Familie mehr Glück hatte«, fügte Arlian hinzu. »Ihre Prüfung ist vorbei, ihr Leiden war kurz.«

»Aber sie sind tot«, sagte Hasty und blickte auf. »Ihre Freuden sind ebenfalls vorbei, und sind die nicht wichtiger?«

»Sind sie es?«, fragte Arlian.

»Nun, ich denke schon«, erklärte Hasty. »Was ist sonst wichtig im Leben? Wir haben unsere Freunde und Familien, so groß oder klein sie auch sein mögen, und wir haben Sonnenschein und Wein und Lieder, stattliche Männer und gutes Essen, und sie sind immer da, früher oder später, wenn der Schmerz endet. Ich habe eine Familie an die Pest verloren, aber jetzt habe ich eine andere und meine Erinnerungen an die erste, und ich bin glücklich.«

»Das freut mich«, sagte Arlian aufrichtig.

Sie sah zu ihm auf. »Bist du nicht glücklich, Triv?«, fragte sie. »Du hast all das Geld, das du dir wünschen konntest, und dieses prächtige große Haus und deinen Freund Black und Lily und Kitty und Musk und Lara und Brooke und mich – du weißt, du könntest jede von uns haben, wenn du willst, obwohl du zu schüchtern bist, um uns zu fragen. Und du hast all deine Geheimnisse, und du hast deine Feinde getötet, und die aritheischen Magier werden alles tun, was du von ihnen verlangst. Bist du nicht glücklich?«

Arlian betrachtete die Mutter und das Kind, beide zufrieden, die Bedürfnisse des Augenblicks gestillt, ohne viele Gedanken an andere Dinge zu verschwenden, und einen Moment wünschte er, sein eigenes Leben könnte für einen oder zwei Tage so einfach sein.

Und dann dachte er an Hastys Frage und antwortete ehrlich: »Ich weiß es wirklich nicht.«

»Wie kannst du es nicht wissen?«, wunderte sich Hasty. »Du warst ein Sklave, und jetzt bist du ein großer Lord – ist das nicht genug?«

»Nein«, erwiderte Arlian. »Ich habe mich nie für das Geld interessiert, nur ein Mittel zum Zweck darin gesehen, und es hat mir nie etwas bedeutet, dass sich die Leute vor mir verbeugen und mich ›Lord‹ nennen. Und das kleine Haus meiner Eltern auf dem Rauchenden Berg war mehr als genug; das Leben in diesem Palast macht mich nicht glücklicher.«

»Aber was willst du, Triv?« Sie lächelte ihn neugierig an und legte den Kopf zur Seite.

»Gerechtigkeit«, erklärte er. »Ich will, dass die Missetäter bestraft werden. Ich will, dass sie bekommen, was sie verdienen.«

»Nun, du bist ein Lord«, erinnerte sie. »Du kannst jeden

bestrafen, der ungehorsam ist, nicht wahr? Und du kannst jedem Geld geben, der es deiner Ansicht nach verdient.«

Arlian verzog das Gesicht. »Ich kann andere Lords nicht so einfach bestrafen, wie du denkst«, sagte er. »Und ich kann keinen Weg finden, die Drachen zu bestrafen, die meine Eltern getötet haben, ohne einen neuen Menschen-Drachen-Krieg auszulösen.«

»Oh, die Drachen«, sagte Hasty mit einem Schulterzucken, bei dem Vanniari fast von ihrer Brust abrutschte. »Du kannst sie nicht alle bestrafen, ebenso wenig wie du einen Sturm bestrafen kannst oder die Pest, die meine Eltern getötet hat. Sie sind nur ein Teil der Welt.«

»Nein.« Arlian schüttelte den Kopf. »Ich weiß, wie ich sie bestrafen kann. Ich weiß nicht, ob ich die erwachsenen Drachen töten kann, aber ich weiß, wie man ihre Jungen tötet.«

Hastys Blick glitt zurück zu ihrem Baby, dann hob sie ruckartig den Kopf und starrte Arlian an.

»Du weißt, wie man ihre Babys tötet?«, fragte sie. »Aber die Babys haben nichts getan!«

»So einfach ist das nicht«, seufzte Arlian und hob eine Hand. »Jeder neugeborene Drache hat einen Mann oder eine Frau getötet – und es ist ein Drache, Hasty.«

»Aber es ist bloß ein Baby!«

»Nicht wirklich, es ... es ist komplizierter.«

Sie runzelte die Stirn. »Wie kompliziert kann es schon sein? Du würdest nicht wirklich ein Baby töten, nicht wahr, Triv? Nicht einmal ein Drachenbaby?«

»Ich habe es getan«, gestand er. »Zweimal, um genau zu

sein. Aber das erste hat versucht mich zu töten, und das zweite hätte es getan, wenn es auch nur einen Moment länger gelebt hätte.«

»Oh, sei nicht töricht. Niemand hat je einen Drachen getötet.«

»Ich schon«, sagte Arlian leise. »Enziet hat mir gezeigt, wie man es macht.«

Hasty wollte etwas sagen, brach ab und schüttelte den Kopf. »Ich weiß nicht, was ich sagen soll«, murmelte sie. »Babys zu töten, um ihre Eltern zu bestrafen, ist einfach falsch.«

»Natürlich ist es das«, stimmte Arlian zu. »Aber es waren Drachen.«

»Und du sagtest, sie hätten versucht, dich zu töten, also nehme ich an, dass es nicht so schlimm ist«, erwiderte sie. »Aber es ist trotzdem nicht richtig, auf diese Weise die Drachen zu bestrafen, die deine Eltern getötet haben! Die Babys haben deine Eltern nicht umgebracht!«

»Aber sie wären aufgewachsen und hätten später unschuldige Menschen getötet, Hasty. Das ist die Art der Drachen.«

»Ich dachte, sie würden meistens in ihren tiefen Höhlen bleiben und nur herauskommen, wenn das Wetter günstig ist.«

Arlian zögerte. Die Vorstellung, dass die Drachen herauskommen würden, verfolgte ihn, aber das wollte er Hasty nicht erzählen. Es war vielleicht noch immer möglich, die Katastrophe abzuwenden.

Dennoch schien Hasty einen wichtigen Punkt übersehen zu haben. »Aber wenn das Wetter günstig ist, töten sie unschuldige Menschen und brennen ganze Dörfer nieder«, sagte Arlian.

»Und wenn du sie dafür bestrafen willst, nun, das ist in Ordnung«, erwiderte Hasty. »Aber die Babys haben das noch nicht getan.«

»Aber sie werden es tun, wenn sie lange genug leben.«

»Dann ist es keine Strafe«, sagte Hasty. »Es ist eine Vorsichtsmaßnahme.«

»Richtig«, räumte Arlian ein.

»Also rächst du im Grunde gar nichts«, meinte Hasty. »Du bestrafst nicht die Drachen, die deine Familie getötet haben, du versuchst nur, es den Drachen schwerer zu machen, andere Menschen zu töten.«

»Nun, das stimmt«, bestätigte Arlian.

»Also gut«, sagte Hasty. »Bist du deshalb nicht glücklich? Weil du noch nicht die Drachen gefunden hast, die deine Eltern getötet haben, und noch nicht dafür gesorgt hast, dass sie für ihre Verbrechen bezahlen?«

»Das könnte sein«, gestand Arlian verblüfft. Er hätte nie erwartet, dass Hasty zu einer derartigen Einsicht fähig war.

»Und du versuchst noch immer, sie aufzuspüren? Und wenn du sie findest und tötest, wirst du dann glücklich sein?«

»Wenn es nicht einen offenen Krieg zwischen den Menschen und den Drachen auslöst, denke ich schon, ja.«

»Warum sollte es einen Krieg auslösen? Sind diese bestimmten Drachen so wichtig?«

Arlian seufzte. »Hasty, bis vor kurzem hatte noch niemand je einen Drachen getötet. Niemand wusste, wie, bis Enziet es herausfand. Wir sind keine Gefahr für sie, so dass sie uns in Ruhe ließen, während sie unter der Erde schliefen. Aber wenn wir anfangen, Drachen zu töten, irgendwelche Drachen, dann werden sie zurückschlagen.«

»Und einen Krieg anfangen?« Sie schnitt eine Grimasse. »Ich hasse Politik. Ich habe damals in Westwacht manchmal mitgehört, wie die Lords darüber sprachen, und ich habe es immer gehasst. All diese Kämpfe.«

»So ist der Lauf der Welt.«

»Nun, es ...« Sie brach plötzlich ab, blickte ins Leere, dachte offenbar angestrengt nach und sagte dann: »Aber dann wirst du nie glücklich sein!«

»Wieso?«

»Nun, du kannst diese Drachen nicht töten, wenn es einen Krieg auslöst. Du kannst es nicht tun. Deshalb wirst du nie deine Rache haben und du wirst niemals glücklich sein.«

»Vielleicht ist es einen Krieg wert«, sagte Arlian. »Wir könnten die Drachen für immer ausrotten, so dass sie niemals wieder Unschuldige töten.«

Hasty schüttelte den Kopf. »O nein«, widersprach sie. »Wenn es einen Krieg gibt, wird Vanni vielleicht getötet werden. Es darf keinen Krieg geben.«

Vanniari hatte ihre Mahlzeit beendet und war eingeschlafen, während sie sich unterhalten hatten, aber Hastys heftiger Protest ließ Vanniaris Kopf nach hinten fallen und weckte sie. Sie weinte leise, und Hasty gab dem Kind rasch wieder die Brust.

»Es tut mir Leid«, sagte Arlian. »Ich wollte nicht ...«

»Ich möchte nicht weiter darüber reden«, unterbrach Hasty, während sie ihr Baby wiegte. »Es wird keinen Krieg geben. Die Drachen schlafen schon seit siebenhundert Jahren in ihren Höhlen, und sie werden dort bleiben, nicht wahr, Vanni?«

»Natürlich«, sagte Arlian.

Nur einen Moment später ging er, früher als beabsichtigt und viel früher als gewöhnlich.

Er wünschte, er wäre so sicher wie Hasty, dass es keinen Krieg geben würde. Er wünschte, er könnte sicher sein, dass der Krieg nicht bereits begonnen hatte.

Und er wünschte außerdem, er wäre so sicher, wie er behauptete, dass die Menschheit einen derartigen Krieg gewinnen würde.

Sie würde ihn nur gewinnen, wenn die Menschen gegen die Drachen kämpften – und Menschen wie Hasty würden es wahrscheinlich nicht tun. Sie würden sich verstecken oder den Drachen erlauben, sie zu versklaven, wie die Menschheit vor langer Zeit versklavt worden war.

Und die Menschen, die dies taten, würden wahrscheinlich glücklicher sein und länger leben als die Menschen, die kämpften – dennoch mussten die Drachen bekämpft werden.

Allerdings musste er zugeben, dass er sich schwer vorstellen konnte, wie jemand, selbst wenn er mit Obsidianspeeren bewaffnet war, einen angreifenden Drachen töten sollte. Sie im Schlaf zu überfallen war eine Sache, aber sich ihnen im offenen Kampf zu stellen ...

Er entschied, dass er nicht darüber nachdenken wollte. Er beschäftigte sich eine Weile mit Haushaltsangelegenheiten, überprüfte die Ausgaben und die Verwendung der Gelder, aber er wurde es bald überdrüssig. Es war fast eine

Erleichterung, als ein Lakai, der junge Mann namens Wolt, ihn informierte, dass er Besucher hatte.

»Führ sie herein«, sagte er. »Ich werde sie im kleinen Salon empfangen.«

»Sie baten darum, von Euch am Haupteingang empfangen zu werden, mein Lord«, erwiderte der Lakai.

Verwirrt fragte Arlian: »Oh? Wer sind sie?«

»Ich weiß es nicht, mein Lord; sie gaben keine Namen an.«

»Du hast sie nicht erkannt?«

Der Lakai zögerte. »Ich glaube, einer von ihnen könnte Lord Hardior sein.«

»Hardior?« Das war interessant. Der Ratgeber des Herzogs hatte an Nagels Bett gesagt, dass er sich mit Arlian ausführlich unterhalten wollte, aber bis jetzt hatten sie nicht miteinander gesprochen; vielleicht wollte er es jetzt tun.

Aber wenn er ein langes Gespräch führen wollte, warum kam er dann nicht herein und machte es sich bequem? Dass er ihn am Haupteingang empfangen sollte, bedeutete entweder, dass er nur kurz mit ihm reden oder ihn abholen wollte – möglicherweise hatte Hardior vor, Arlian zum Herzog zu bringen.

Und wer waren die anderen Besucher?

»Wie viele Gäste habe ich?«

»Drei Herren, mein Lord.«

Alles Männer – das bedeutete zumindest, dass Lady Opal nicht unter ihnen war.

»Ich komme sofort«, sagte Arlian.

Einen Moment später trat er aus dem Haupteingang und

in das helle Sonnenlicht des Frühsommers, und sofort erkannte er seine drei Besucher.

»Lord Pforte«, nickte er. »Lord Hardior, Lord Zaner. Ich hatte nicht erwartet, Euch heute zu sehen.«

Um genau zu sein, er hatte nicht einmal erwartet, Pforte außerhalb der Halle der Drachen-Gesellschaft zu sehen; Pforte schien immer dort zu sein, um jeden zu beobachten, der hineinging oder herauskam, und um dafür zu sorgen, dass nur Mitglieder Zutritt erhielten.

Pforte räusperte sich, als die beiden anderen ihn erwartungsvoll ansahen. »Arlian vom Rauchenden Berg, bekannt als Lord Obsidian, manchmal auch Lord Lanair oder Triv von Westwacht genannt, Ihr werdet vorgeladen, um unter dem Eid, den Ihr geschworen habt, Euer Verhalten gegenüber den anderen Mitgliedern zu erklären.«

Arlian stand für einen Moment schweigend da und verarbeitete das Gesagte.

Er nahm an, dass er nicht überrascht sein sollte; er wusste, dass die Drachen-Gesellschaft ein Mitglied zu einer Anhörung vorladen konnte, wenn der Verdacht bestand, dass dieses Mitglied einen Teil des Gesellschaftseids gebrochen hatte. Er selbst hatte versucht, Lord Enziet vorzuladen, und ihn der Verschwörung mit den Drachen bezichtigt, aber Enziet hatte zu dieser Zeit die Stadt bereits verlassen gehabt.

Er hatte allerdings nie erwartet, selbst eine Vorladung zu erhalten.

»Wer beschuldigt mich?«, fragte er schließlich. »Und in welcher Weise soll ich die Regeln der Gesellschaft gebrochen haben?«

»Lord Toribor hat Euch beschuldigt, Informationen über die Drachen zurückzuhalten und den Tod eines anderen Mitglieds innerhalb der Mauern Manforts geplant zu haben«, erwiderte Hardior. »Ich habe einer Anhörung in dieser Sache zugestimmt und werde den Vorsitz übernehmen.«

Nun, dachte Arlian, so viel zu seinem Versuch, seinen Streit mit Toribor beizulegen.

Und die Zurückhaltung von Informationen – er konnte dies nicht guten Gewissens leugnen. Diese Anhörung würde sich als interessant erweisen, um es vorsichtig auszudrücken.

Dank Enziets nie stattgefundener Anhörung hatte er eine ungefähre Vorstellung davon, wie sie ablaufen würde. Reif hatte damals den Vorsitz gehabt, und Arlian war der Ankläger gewesen und hatte in der Halle der Gesellschaft warten müssen. Pforte war in beiden Fällen der Herold der Gesellschaft gewesen – er diente in diesen Dingen, wie man Arlian erzählt hatte, der Gesellschaft schon seit mindestens hundert Jahren als Herold.

Allerdings gab es vieles, das er nicht wusste. »Verzeiht mir, meine Lords, aber dürfte ich fragen, wie lange diese Anhörung wahrscheinlich dauern wird und welche Vorbereitungen man mir erlaubt?«

»Sie wird so lange wie nötig dauern, um die Fakten des Falles zu prüfen und eine entsprechende Entscheidung zu treffen«, erklärte Hardior. »Ob nun Minuten, Stunden oder Tage, kann ich nicht sagen. Was die Vorbereitungen betrifft, so habt Ihr einen Moment Zeit, um alles Beweismaterial zu holen, das Ihr für erforderlich haltet, aber nicht mehr. Wir wollen nicht riskieren, dass Ihr flieht.«

»Mir fallen keine relevanten Beweise ein, meine Lords, aber bitte gestattet mir, meine Bediensteten darüber zu informieren, dass ich für eine ungewisse Zeitspanne fort sein werde.«

»›Ungewiss‹, sagt er«, schnaubte Lord Zaner. »Das ist auch eine Möglichkeit, es auszudrücken.«

Hardior zögerte. »Obsidian, ist Euch klar, dass der Bruch des Gesellschaftseids mit dem Tod bestraft werden kann?«

»Oh, natürlich«, sagte Arlian. »Das ist mir bekannt. Aber ich vertraue dem gesunden Menschenverstand der anderen Mitglieder und rechne nicht mit einem derartigen Urteil.«

Zaner und Hardior wechselten einen Blick. Arlian lächelte.

Toribor wollte ihn tot sehen, und wahrscheinlich galt dies auch für einige der anderen Drachenherzen, aber Arlian glaubte trotz der offensichtlichen Zweifel seiner Begleiter, dass er in der Lage sein würde, die Mehrheit davon zu überzeugen, auf etwas so Törichtes wie die Verhängung eines Todesurteils zu verzichten.

Und er wusste bereits, was er sagen würde. Diese Anhörung klärte die Frage, die ihn beschäftigte, seit er mit dem Drachenbild in der Schüssel gesprochen hatte. Wenn die Drachen-Gesellschaft die Wahrheit von ihm verlangte, sollte sie sie bekommen – er würde nicht gegen den Eid verstoßen, den er bei seiner Aufnahme geschworen hatte.

Das würde vielleicht die Drachen veranlassen, über Manfort herzufallen – aber inzwischen glaubte Arlian, dass alles, was er tun konnte, zu einem derartigen Angriff führen würde. Es war besser, mit der Wahrheit herauszurücken.

»Kommt«, sagte Zaner. »Bringen wir es hinter uns.«

»Einen Moment bitte.« Arlian wandte sich ab und kehrte in den Alten Palast zurück, wo Wolt wartete. Er nahm seinen zweitbesten Hut vom Haken.

»Sag meinem Haushofmeister, dass ich zu einer Anhörung vorgeladen wurde«, befahl er.

»Eine Anhörung, mein Lord? Vor dem Herzog?«

»Nein. Vor einem viel gefährlicheren Gericht.«

Dann, ehe der Mann antworten konnte, trat er wieder nach draußen und schloss hinter sich die Tür.

»Ich stehe Euch zu Diensten, meine Lords«, sagte er.

20
Anklagen

Arlian konnte sich nicht erinnern, die Halle der Drachen-Gesellschaft jemals zuvor so voll gesehen zu haben. Jedes einzelne Mitglied schien anwesend zu sein. Natürlich, da es weniger als vierzig überlebende Mitglieder gab und der Raum sehr groß war, wirkte er dennoch nicht überfüllt.

Toribor hatte in der Mitte des Raumes Platz genommen, mit dem Gesicht zur Tür, bereit, sich seinem Feind zu stellen; er hatte den Kopf leicht gedreht, so dass sein gesundes Auge nach vorn gerichtet und die Klappe über dem anderen, das er vor langer Zeit bei einem Drachenangriff verloren hatte, nur halb zu erkennen war. Eine kleine Gruppe hatte sich um ihn versammelt.

Reif saß rechts neben Toribor und klopfte mit dem Beinknochen in ihrer Hand leise auf die Tischplatte. Flöte stand direkt hinter Reif und hatte die Hände auf die Rücklehne von Reifs Sessel gelegt. Trümmer saß links neben Toribor, dann folgten Spinne und seine Frau Scherbe. Ticker, den Arlian vom Sehen kannte, ohne je mit ihm gesprochen zu haben, stand hinter Scherbe.

Die anderen Mitglieder saßen im Raum verteilt und verfolgten neugierig, wie Arlian vor seinen Ankläger trat.

Sobald Arlian und seine drei Begleiter in der Halle waren, nahm Pforte wieder seinen gewohnten Platz am Eingang ein, während Hardior und Zaner an Arlians Seite blieben, aber Stühle heranzogen und sich vor Toribors Gruppe hinsetzten. Arlian hatte keine Ahnung, wie das Verfahren aussah, aber er vermutete, dass diese Angelegenheit beträchtliche Zeit dauern würde, und so nahm er sich ebenfalls einen Stuhl und warf seinen Hut auf einen kleinen Tisch in der Nähe.

Er konnte kein bestimmtes Muster in der Sitzordnung erkennen; Toribor war zweifellos der Ankläger, aber Zaner war Toribors Freund, während Arlian glaubte, dass Reif seine Gesellschaft der des dickbäuchigen Lords vorgezogen hätte. Trümmer hatte, soweit sich Arlian erinnern konnte, noch nie Partei ergriffen, während Spinne, Scherbe und Ticker fast Fremde waren.

»Ich bin hier, wie man es von mir verlangt hat«, sagte Arlian.

»Und ich muss Euch bitten, mein Lord, nur zu sprechen, wenn Ihr dazu aufgefordert werdet, und nicht zu unterbrechen.«

»Ich habe nicht unterbrochen«, sagte Arlian sanft. »Niemand hat gesprochen.«

»Ja, aber in Zukunft«, erwiderte Hardior leicht gereizt. »Nun, Toribor, Ihr seid der Ankläger. Tragt Eure Vorwürfe vor.«

Toribor erhob sich aus seinem Sessel und musterte die versammelte Gesellschaft mit seinem gesunden Auge.

»Freunde und Kameraden«, begann er, »Ihr alle kennt den Eid, den jeder von uns bei seiner Aufnahme in diesen Orden geschworen hat. Wir haben uns verpflichtet, uns gegenseitig zu helfen und dafür zu sorgen, dass die Drachen nie wieder in den Ländern der Menschen wüten. Wir haben geschworen, unser Wissen über die Drachen zu teilen und keine Geheimnisse vor den anderen Mitgliedern der Gesellschaft zu haben. Dennoch tauchte vor zwei Nächten Lord Obsidian am Bett unseres verstorbenen Freundes Nagel auf, bewaffnet mit Obsidianspeeren und offenbar in voller Kenntnis des Schicksals, das Nagel erwartete.

Ich nehme an, Ihr alle habt gehört, was passiert ist. Etwas brach aus Nagels Brust hervor, geformt aus seinem Herzblut, etwas, das die Gestalt eines Drachen annahm, und Obsidian und sein Haushofmeister töteten ihn mit ihren Speeren. Ob dies wirklich ein Drache war, weiß ich nicht – aber ich weiß, dass Obsidian diese Erscheinung erwartet und sich darauf vorbereitet hatte. Ich denke, es ist klar, dass er dieser Gesellschaft Geheimnisse über die Drachen vorenthalten und seinen Eid gebrochen hat. Obwohl ich nicht genau weiß, was passiert ist, glaube ich weiterhin, dass wir die Möglichkeit in Erwägung ziehen müssen, dass Obsidian in weiterer Verletzung seines Eids irgendwie Nagels Tod geplant hat.

Und als wäre dies noch nicht genug, hat Obsidian gestern Abend weitere Steinwaffen in Withers Haus gebracht, und heute ist Wither ebenfalls tot. Ich denke, dass wir ein Recht auf eine umfassende Erklärung haben und dass Obsidian zumindest dafür bestraft werden muss, dass er uns sein Wissen vorenthalten hat.«

Als Toribor mit seiner Rede fertig war, sah er sich wieder im Raum um und setzte sich dann.

Hardior nickte. »Möchte noch jemand weitere Anschuldigungen vorbringen?«

Zu Arlians Überraschung stand Ticker auf. Er deutete

auf eine kunstvoll verzierte Vitrine an einer Wand, wo eine Reihe von Totenschädeln ein Regal füllten.

Arlian hatte diese Schädel natürlich früher schon gesehen, aber jetzt bemerkte er zum ersten Mal, dass neue hinzugekommen waren.

»Meine Lords und Ladys, ich bitte Euch, die Schädel auf diesem Regal zu zählen«, sagte Ticker. »Es sind elf. Bald, wenn wir Lord Withers Schädel von seiner Mätresse erhalten haben, werden es ein volles Dutzend sein. Lord Enziets wäre der dreizehnte, hätten wir ihn bergen können. Aber ich bin sicher, dass Ihr alle Euch daran erinnert, dass es vor zwei Jahren nur acht waren. In siebenhundert Jahren sind nur acht Mitglieder dieser Gesellschaft gestorben.«

Arlian starrte. Diese neuen Schädel hatten Horim und Drisheen und Nagel gehört?

Reif hustete.

Ticker hob seine Hände. »Ja, es gibt Mitglieder, die verschwunden und vielleicht gestorben sind – vierzehn insgesamt, glaube ich. Doch selbst wenn man sie mit einbezieht, macht es insgesamt zweiundzwanzig in sieben Jahrhunderten; normalerweise vergehen Jahrzehnte ohne einen einzigen Todesfall, doch seit Obsidians Ankunft haben wir nicht weniger als fünf verloren.«

Arlian runzelte die Stirn und sah Hardior an, der sagte: »Obwohl dieser unglückliche Umstand der Wahrheit entspricht, ist mir nicht klar, welche Anschuldigungen Ihr gegen Obsidian erhebt.«

»Ich sage, dass er eine Bedrohung ist, ein Unheilbringer. Er hat Horim und Drisheen getötet, und obwohl er nicht selbst Hand an Ilruth oder Stiam oder Enziet gelegt hat, war er bei allen drei Todesfällen zugegen. Wie auch immer die Einzelheiten aussehen mögen, Obsidian ist eine Kreatur des bösen Omens, und ich denke, wir sollten ihn um unserer eigenen Sicherheit willen aus Manfort verbannen. Soll er doch nach Arithei zurückkehren, woher er kam.«

Arlian räusperte sich, und Hardior nickte. »Ihr dürft sprechen.«

»Ich bin nicht aus Arithei«, erklärte Arlian. »Ich bin auf dem Rauchenden Berg geboren und aufgewachsen und verbrachte dann sieben Jahre in Tiefgraben, bevor ich nach Manfort kam; mein Aufenthalt in Arithei dauerte nicht einmal einen Monat.«

»Dann soll er zum Rauchenden Berg zurückkehren«, sagte Ticker. »Ich will nur, dass er die Stadt verlässt.« Dann setzte er sich.

Arlian überdachte diesen recht vagen Standpunkt mit Interesse. Er hatte vorher noch nie einen Gedanken daran verschwendet, wie selten der Tod in der Drachen-Gesellschaft war und wie zerstörerisch seine Aktivitäten gewesen waren; der Tod war bei der Karawane nach Arithei und bei den Sklaven in den Minen von Tiefgraben ein häufiger Gast gewesen, und er hatte einfach nicht erkannt, wie selten er unter den Drachenherzen war.

Für jene, die nicht direkt an seinen Aktivitäten beteiligt gewesen waren, musste es in der Tat so aussehen, als hätte er den Tod mitgebracht.

Und in gewisser Hinsicht hatte er es – aber wenn diese Leute die Zahl der Opfer, die es bereits gegeben hatte, für hoch hielten, würden sie wahrscheinlich weit Schlimmeres erleben, wenn die Gesellschaft und die Drachen kämpften.

Ihm war außerdem aufgefallen, dass Ticker Withers richtigen Namen benutzt hatte – Arlian hatte ihn vorher nur einmal gehört, bei seiner Aufnahme in die Gesellschaft.

»Sonst noch jemand?«, fragte Hardior.

»Ich will seine Antwort hören«, warf Scherbe ein.

»Ich bin nur zu gern dazu bereit«, versicherte Arlian.

»Nun gut«, sagte Hardior. »Der Angeklagte darf sprechen.«

»Vielen Dank, mein Lord«, sagte Arlian, während er sich erhob.

Als er an der Tür des Alten Palastes mit Hardior und Pforte und Zaner gesprochen hatte und dann mit ihnen zur Straße des Schwarzen Turms gegangen war, hatte Arlian sorgfältig überlegt, was er sagen würde, und sich entschieden, die ganze Wahrheit zu erzählen. Er war sicher, dass keiner von diesen Leuten mit den Drachen verbündet war, so wie Enziet. Nur Toribor war sein geschworener Feind, und selbst er war nicht völlig blind gegenüber der Möglichkeit, mit Arlian gemeinsame Sache zu machen. Diese Leute waren alle geschworene Feinde der Drachen, und er hatte einen Eid geleistet, ihnen sein Wissen über die Drachen nicht vorzuenthalten.

Diese Drachen würden bald auftauchen, davon war Arlian überzeugt – wenn er sie nicht schon jetzt genug erzürnt hatte, um einen neuen Krieg auszulösen, dann würde er es gewiss eines Tages in nicht allzu ferner Zukunft tun, entweder absichtlich oder unabsichtlich. Er war nicht Enziet, der in der Lage gewesen war, jahrhundertelang jedes Wort und jede Tat zu planen und seine Geheimnisse zu bewahren. Er wusste, dass der offene Konflikt unausweichlich war.

Und er würde seinen Eid nicht zu Gunsten der Drachen brechen. Würde es das Leben Unschuldiger retten, hätte er vielleicht seinen Eid ignoriert und gelogen und ihnen beruhigende Geschichten über aritheische Illusionen erzählt – aber er konnte sich nicht davon überzeugen, dass Lügen oder Schweigen auf lange Sicht irgendjemand retten würden.

Deshalb würde Arlian die Lage erklären, seine Geheimnisse enthüllen und auf den gesunden Menschenverstand der Gesellschaft vertrauen. In diesem Raum befanden sich die geheimen Herrscher der Länder der Menschen; wenn er sie davon überzeugen konnte, dass ein neuer Menschen-Drachen-Krieg vor der Tür stand, konnten sie die Verteidigung organisieren, Manfort auf eine Belagerung vorbereiten und trainieren, wie man die Herzen der Drachen mit Klingen aus Obsidian durchbohrte.

Dies waren gewiss die Leute, die ihm helfen würden, die Drachen ein für alle Mal zu vernichten. Er musste ihnen lediglich alles erzählen, was er wusste, wie er es geschworen hatte.

Und so begann er zu sprechen.

21
Enthüllte Geheimnisse

Ich muss zunächst gestehen, dass einige dieser Anschuldigungen ein Körnchen Wahrheit enthalten«, sagte Arlian, »aber ich hoffe, ich kann meine Taten rechtfertigen und Euch zeigen, dass ich nicht gegen den Geist meines Eids verstoßen habe. Mein Ziel war es stets, die Drachen für immer zu vernichten.«

»Die Drachen und die halbe Gesellschaft«, murmelte Toribor.

»Nicht nur die halbe«, sagte Arlian zu Toribor, bevor er seine Rede fortsetzte.

»Wie Ihr alle wisst, kam ich nach Manfort, um Lord Enziet und andere, die ihm geholfen haben, mir und meinen Freunden und meiner Familie Schaden zuzufügen, zu finden und zu töten. Nur zufällig erfuhr ich von der Existenz der Drachen-Gesellschaft und meiner Qualifikation für die Mitgliedschaft, und ich habe mich ihr vor allem angeschlossen, weil ich mir davon Hilfe bei meinem Feldzug für die Gerechtigkeit versprach – oder meinem Rachefeldzug, falls Ihr es lieber so nennen wollt, und ich werde dem nicht widersprechen. Das heißt, ich habe meinen Eid ernst genommen. Zu jener Zeit kannte ich keine Geheimnisse über die Drachen, und ich fühlte mich an den Eid gebunden, der mir verbat, Enziet oder die anderen innerhalb der Mauern Manforts zu töten. Dass Horim, Drisheen und Enziet die Stadt verließen, bedeutete, dass ich sie verfolgen konnte, und ich tat es; ich leugne nicht, Horim und Drisheen getötet und Enziet in den Tod getrieben zu haben. Dies war keine Verletzung meines Eids, obwohl es möglicherweise ein wenig gegen seinen Geist verstieß. Wären diese drei in Manfort geblieben, wären sie vielleicht noch immer am Leben.

Doch wie Ihr Euch vielleicht erinnert, habe ich in ebendiesem Raum Lord Enziet desselben Verbrechens beschuldigt, das man jetzt mir vorwirft – Informationen über die Drachen zurückzuhalten. Es war die Drohung einer Anhörung, die ihn dazu brachte, aus der Stadt zu fliehen. Ich habe ihn nicht sofort verfolgt, aber als andere Angelegenheiten geregelt waren, ja, da brach ich auf, um ihn zu finden und zu töten. Unterwegs erschlug ich Drisheen und folgte Enziet in die Ödnis. Ich kämpfte mit meinem derzeitigen Ankläger, Lord Toribor, in den Straßen von Korkbaum, und obwohl ich ihn besiegte, ließ ich ihn am Leben – ein Akt der Großzügigkeit, den ich nicht bedaure, obwohl er es ihm erlaubte, diese Anhörung zu verlangen.« Bei diesen Worten rutschte Toribor unbehaglich in seinem Sessel hin und her. »Er bestätigte mir, dass Enziet Geheimnisse über diese Drachen kannte und dass es sehr ernste Konsequenzen haben würde, sollte ich Enziet töten. Hat er Euch damals alles gesagt, was Enziet ihm über die Drachen erzählte, oder ist mein Ankläger so schuldig wie ich?«

»Ich habe es jedem gesagt, der danach fragte!«, protestierte Toribor.

»Niemand hat mich direkt gefragt, was ich erfahren hatte«, erwiderte Arlian. »Zumindest niemand in dieser

Gesellschaft. Lady Reif machte ihr Interesse deutlich, aber nicht einmal sie fragte mich direkt.«

»Alles, was ich wusste, waren Andeutungen und Gerüchte, Obsidian«, protestierte Toribor. »Ihr wusstet zweifellos mehr.«

»In der Tat wusste ich mehr, meine Lords und Ladys – nach Enziets Tod. Bis zu dieser Stunde wusste ich nicht mehr als Lord Toribor. Ich folgte Enziet in die Ödnis, wie ich schon sagte, und holte ihn ein, als er eine Höhle in der Wildnis betrat. Dort kämpften wir mit Schwertern und Worten; er war ein gefährlicher Gegner, obwohl er alt war und die Jahre spürte und, wie mir jetzt klar ist, genau wie Nagel erkrankt sein musste. Er verriet mir einige seiner Geheimnisse, zuerst in der Hoffnung, mich davon abzuhalten, ihn zu töten, und später um mich abzulenken, aber ohne Erfolg. Ein Geheimnis, das er hütete, das wichtigste, wie er sagte, wollte er mir nicht verraten. Als er schließlich einen unvorsichtigen Angriff wagte, zerbrach ich sein Schwert, und er war meiner Gnade ausgeliefert.«

»Und habt Ihr ihn genauso verschont wie mich?«, fragte Toribor mit einem höhnischen Grinsen.

»Nein«, erwiderte Arlian ruhig. »Diese Wahl hatte ich nicht, und ich hätte es auch nicht getan. Stattdessen hat er sich selbst das Messer in die Brust gerammt, das befreite, was dort seit langer Zeit heranwuchs, und mir das Geheimnis enthüllt, das er zurückgehalten hatte.«

»Ein Drache«, sagte Reif.

»Ein neugeborener Drache, ja, geformt aus Enziets Herz und Blut. Ich war fast hilflos dagegen, bis ich ein Obsidianmesser versteckt in Enziets Kleidung fand. Enziet hatte mir gesagt, dass er sechshundert Jahre lang nach einem Mittel gesucht hat, die Drachen zu töten, und glaubte, seinem Ziel ganz nah zu sein; er hatte mir außerdem gesagt, dass er mein Dorf geplündert hat, um Obsidian zu gewinnen. Als ich dieses Messer fand, erkannte ich, dass zwischen diesen Fakten ein Zusammenhang bestand, und ich durchbohrte den Drachen mit dem Steinmesser. Mit einem einzigen tödlichen Stoß ist es mir gelungen, ihn zu besiegen, obwohl ich bei dem Kampf verwundet wurde.«

»Ihr wart schwer verwundet«, warf Reif ein. »Ich bin mir nicht sicher, ob ein normaler Mensch dies überlebt hätte.«

»Aber natürlich bin ich kein normaler Mensch«, sagte Arlian. »Keiner von uns hier ist es. Wir sind Drachenherzen – und dieser Name ist weitaus zutreffender, als wir dachten.

»Ich verstehe nicht«, murmelte Ticker.

»Nein?«, fragte Arlian. »Das Geheimnis, das Enziet all diese Jahre gehütet und dieser Gesellschaft vorenthalten hat, betrifft die Vermehrungsweise der Drachen. Sie pflanzen sich nicht wie natürliche Tiere fort; stattdessen vergiften sie Männer und Frauen, und die Jungen der Drachen wachsen in ihnen heran, wie eine Krankheit, bis sie aus ihnen hervorbrechen und ihre Wirte töten. Diese Entwicklung dauert Jahrhunderte, so dass unser Leben unnatürlich verlängert ist, und damit wir lange genug überleben, bis die Jungen ›schlüpfen‹, sind wir immun gegen Gifte und leichtere Krankheiten. Wir sind darüber hinaus steril, vielleicht um zu verhindern, dass wir Bindungen eingehen, die uns zurückhalten – oder vielleicht ist es auch nur so, dass wir in unserem schwangeren Zustand nicht zeugen können, bis das Junge geboren ist.«

»Dann behauptet Ihr, dass wir alle hier auf ... auf schreckliche Weise sterben werden, wenn diese Drachenbabys aus unserer Brust hervorbrechen?«, fragte Ticker.

»Ja, genau«, bestätigte Arlian.

»Und warum habt Ihr uns dies nicht schon bei Eurer ersten Rückkehr nach Manfort gesagt?«, stieß Toribor zornig hervor. »Warum habt Ihr bis zu dieser grausigen Szene an Nagels Bett gewartet?«

»Nun, zunächst einmal«, sagte Arlian, »habe ich bezweifelt, dass Ihr mir glauben werdet. Ich hatte schließlich außer meinem Wort keinen Beweis, und viele von Euch misstrauten mir damals – und misstrauen mir auch heute noch. Nun, unter den gegebenen Umständen kann ich Euch schwerlich einen Vorwurf machen.«

»Aber offenbar erwartet Ihr, dass wir Euch jetzt glauben«, stellte Scherbe fest.

»Nun, meine Lady, Ihr habt mich gefragt. Vielleicht werdet Ihr mir glauben, vielleicht auch nicht, aber ich werde Euch nicht weiter belügen.«

»Fahrt fort«, bat Lord Hardior. »Das war Euer erster Grund; gibt es noch andere?«

»Natürlich.« Arlian breitete die Hände aus. »Zweitens«, sagte er, »war ich mir nicht sicher, wie Ihr auf die Neuigkeiten reagieren würdet, und so zögerte ich. Ich war mir selbst noch im Unklaren darüber, was getan werden sollte; Ihr erinnert Euch vielleicht, dass ich geschworen habe, die Drachen zu töten oder bei dem Versuch zu sterben, und mir stellte sich die Frage, ob dies auch die noch ungeborenen Drachen mit einbezieht.«

»Ihr meint, ob Ihr versuchen solltet, uns alle zu massakrieren«, bemerkte Toribor.

»Ja«, gestand Arlian.

»Habt Ihr inzwischen eine Antwort auf diese Frage gefunden?«, erkundigte sich Reif.

»Nein«, sagte Arlian, »noch nicht.«

»Es könnte also sein, dass Ihr versuchen werdet, uns alle zu töten?«, hakte Zaner verblüfft nach. »Und Ihr gebt es zu?«

»Mein Lord Zaner«, sagte Arlian, »ich bin noch immer an meinen Eid gebunden, Euch innerhalb der Stadtmauern kein Leid zuzufügen. Ihr müsst nicht befürchten, dass ich ein Schwert ziehe und versuche, Euch hier und jetzt aufzuspießen.«

»Nein, Ihr werdet warten, bis ich meine Manufaktur in Lorigol besuche, und mir unterwegs auflauern!«

»Möglicherweise. Das wird sich herausstellen. Denn es gibt einen dritten Grund dafür, dass ich geschwiegen habe, meine Lords und Ladys – derselbe Grund, der Lord Enziet veranlasste, in all diesen Jahren zu schweigen.« Er legte eine dramatische Pause ein.

»Ihr genießt dies, nicht wahr?«, fragte Reif lächelnd.

Verdutzt sagte Arlian: »Was?«

»Dies in die Länge zu ziehen, uns zu reizen – Ihr genießt es.«

»Ich will nur für Klarheit sorgen«, protestierte Arlian beunruhigt und fragte sich plötzlich, ob er es tatsächlich genoss. Es war bestimmt nicht vernünftig, Vergnügen an einem Prozess zu haben, bei dem es um sein Leben ging, aber es stimmte, dass er ganz und gar nicht nervös, sondern vielmehr in Hochstimmung war ...

»Nun, dann fahrt fort«, sagte Reif mit einer wegwerfenden Handbewegung.

»Ja, natürlich«, sagte Arlian. »Der andere Grund ist, dass Enziet mir erzählt hat, warum die Drachen ihren Krieg gegen die Menschheit beendeten und sich in ihre Höhlen zurückzogen – er schloss einen Pakt mit ihnen und versprach, ihre Geheimnisse zu hüten, wenn sie sich zurückziehen würden. Er erklärte mir, dass er sogar so weit gegangen war und die geheime Organisation zerstörte, die als der Orden des Drachen bekannt ist und Drachenherzen jagte und tötete; er war ein Mitglied dieses Ordens gewesen, hatte aber die Seiten gewechselt – ich vermute, weil er selbst zu einem Drachenherzen wurde –, und er verriet und ermordete seine früheren Kameraden, um das Geheimnis der Drachen zu bewahren.«

»Ich sehe nicht, wie das ...«, begann Ticker, verstummte aber, als andere um ihn herum reagierten.

»Bei den toten Göttern«, entfuhr es Hardior.

»Ich wusste es«, murmelte Toribor. »Das war es also, was er gemeint hat? Dass mit seinem Tod der Pakt enden würde und die Drachen wieder herauskommen könnten?«

»Ja«, bestätigte Arlian. »Und das ist der Grund, warum ich keinem von Euch von der Vermehrungsweise der Drachen erzählt habe – ich dachte, dass ich vielleicht an Enziets Stelle den Pakt fortsetzen könnte. Aber dann blieb Nagel aus Furcht vor mir in Manfort, statt die Stadt zu verlassen, wie es die Drachen wünschten, und das Geheimnis konnte nicht mehr bewahrt werden, nachdem so viele Leute gesehen hatten, wie das Untier aus seiner Brust hervorbrach, und hier bin ich.«

»Ihr seid ein Narr«, sagte Toribor. »Ihr hättet Eure Aritheier an sein Bett bringen und uns weismachen können, dass alles nur eine von ihnen heraufbeschworene Illusion war! Lady Opal sagte, es wäre ein Zaubertrick, und Ihr habt es abgestritten! Ihr hättet uns weismachen können, dass es eine Falle war, die Enziet euch gestellt hat! Drisheen heuerte einen Meuchelmörder an – Enziet hätte durchaus Zauberei benutzen können.«

Arlian sah ihn an. »Zu diesem Zeitpunkt hatte ich nicht daran gedacht«, gestand er. »Das Geheimnis schien enthüllt zu sein, Leugnen war zwecklos geworden. Wollt Ihr damit sagen, Ihr hättet mir geglaubt, wenn ich derartige Lügen erzählt hätte?«

»Ich hätte es nicht geglaubt«, mischte sich Reif ein, »aber Ihr hättet uns vielleicht überzeugen können, die Angelegenheit diskret zu behandeln.«

»Und was ist mit den Bediensteten?«, fragte Arlian. »Was ist mit Lady Opal? Und Flöte hier – warum sollte sie bei einem derartigen Täuschungsmanöver mitmachen?«

»Um die Drachen in ihren Höhlen zu halten«, erwiderte Flöte. »Wenn es zu diesem Zeitpunkt nicht schon zu spät war. Hätte ich es gewusst, hätte ich Stillschweigen bewahrt.«

Arlian starrte sie erstaunt an, wandte sich dann an Toribor und fragte: »Hättet Ihr auf meine Bitte hin bei einer Lüge mitgemacht?«

»Hättet Ihr uns erklärt, dass sie dazu dient, die Drachen

fern zu halten, ja. Ihr habt in Korkbaum erlebt, dass ich trotz allem bereit war, auf Euch zu hören.«

»Nein«, korrigierte Arlian ihn, »Ihr habt von mir verlangt, auf Euch zu hören. Das ist schwerlich dasselbe.« Dann kam ihm ein Gedanke, und er sah sich im Raum um.

»Euch ist doch klar«, sagte er, »dass ich hier bin, weil man mich beschuldigt, Geheimnisse zu haben, und jetzt behauptet Ihr, dass ich sie nicht gut genug gehütet habe!«

»Ich sage das nicht!«, widersprach Ticker. »Wie hätten die Drachen denn erfahren sollen, was geschehen ist? Wie konnte Enziet überhaupt einen Pakt mit ihnen schließen?«

»Enziet konnte durch Zauberei mit ihnen sprechen«, entgegnete Arlian. »Ich dachte, das wäre unter den Mitgliedern der Gesellschaft längst bekannt. Sie haben Mittel und Wege, Dinge zu erfahren – sie sprachen nach Nagels Tod zu mir.«

»Und woher sollen wir wissen, dass es nicht bloß eine Halluzination war?«, fragte Reif. »Ich habe oft gehört, wie Ihr selbst gesagt habt, dass Ihr am Ende vielleicht doch verrückt seid.«

»Nun gut«, seufzte Arlian, »ich dachte, sie hätten zu mir gesprochen. Als ich Nagels Blut von meinen Händen wusch, tauchte ein Bild in der Schüssel auf, und ich hörte die Gedanken des Drachen – zumindest glaubte ich das; wenn Ihr es vorzieht, darin eine Täuschung oder Wahnvorstellung zu sehen, kann ich Euch das Gegenteil nicht beweisen.«

»Was haben sie zu Euch gesagt?«, fragte Spinne und ergriff damit zum ersten Mal das Wort.

»Sie verlangten von mir, ihre Jungen nicht mehr zu

töten und ihre Geheimnisse nicht zu enthüllen, sonst würden sie ihren Krieg gegen die Menschheit wieder aufnehmen. Sie forderten von mir, für sie zu lügen und zu sagen, dass das, was wir an Nagels Bett sahen, bloß eine Illusion war – was offenbar auch viele von Euch bevorzugt hätten.«

»Und Ihr habt Euch mit diesen Bedingungen einverstanden erklärt?«

»Habe ich Euch gesagt, mein Lord, dass der Drache, der aus Nagels Leiche entsprang, eine Illusion war?«

»Ihr habt sie also dazu gebracht, herauszukommen und zu kämpfen«, rief Toribor empört. »Ihr habt uns alle verdammt.«

»Nein«, wehrte Arlian ab. »So verrückt bin ich nicht. Ich habe versucht, den Drachen zu täuschen – ich sprach nur mit einem. Ich habe mich bemüht, ihn glauben zu machen, dass ich mich füge, ohne ihn direkt zu belügen – obwohl ich mir offen gestanden nicht sicher bin, warum ich mir die Mühe gemacht habe; ich bin nicht verpflichtet, den Drachen gegenüber ehrlich zu sein. Ich war sehr erschöpft, meine Lords.«

»Wie es scheint«, sagte Reif, »wollten alle – die junge Marasa, Flöte, unser Freund Toribor, die Drachen selbst –, dass Ihr die Wahrheit verbergt und uns erzählt, dass wir von einer magischen Illusion getäuscht wurden. Doch Ihr habt es nicht getan. Ist dies bloß die Perversität Eurer Natur, die sich Bahn bricht, Arlian?«

»Meine Lady Reif, ich wurde heute hier vorgeladen und angeklagt, der Gesellschaft Geheimnisse vorzuenthalten, und gewarnt, dass eine Verurteilung den Tod bedeuten könnte. Wäre es klug, unter diesen Umständen der Gesellschaft Geheimnisse vorzuenthalten? Ihr habt dies, wenn auch unwissentlich, selbst heraufbeschworen. Es hätte einige gegeben, die meinen Lügen nicht geglaubt hätten, und die Wahrheit wäre auf jeden Fall herausgekommen; ich ziehe es vor, dass sie jetzt ans Licht kommt, während wir alle hier sind, damit wir eine gemeinsame Reaktion planen können.«

»Eine gemeinsame Reaktion?«, wiederholte Hardior.

»In der Tat«, bestätigte Arlian. »Ich habe meinen Teil der Abmachung mit den Drachen nicht eingehalten. Ich habe Wither die Waffe gegeben, die er für seinen Selbstmord brauchte, und ich habe hier, auf dieser Versammlung, die Geheimnisse der Drachen enthüllt. Ich denke, wenn die Drachen ihre Drohungen ernst gemeint haben – obwohl ich hoffe, dass dem nicht so ist –, können wir erwarten, dass erneut ein offener Krieg zwischen den Menschen und den Drachen ausbricht. Ich nehme an, dass wir gemeinsam darauf reagieren werden.«

»Und wie sollte Eurer Meinung nach diese Reaktion aussehen, Obsidian?«, fragte Spinne.

Arlian lächelte schurkisch. »Obwohl ich erst seit kurzem zu dieser Gruppe gehöre, ist mir aufgefallen, dass nur geringe Einigkeit unter den Mitgliedern der Gesellschaft besteht. Ich erwarte im Grunde keine gemeinsame Reaktion; ich erwarte achtunddreißig individuelle, zum Teil gegensätzliche Reaktionen. Ich stelle fest, dass Lord Wither auf eine Weise, die nicht mehr rückgängig gemacht werden kann, auf die Neuigkeiten reagiert hat, eine Tat, die ich für ehrenhaft, wenn auch extrem halte.«

Er erwähnte nicht, dass er hoffte, dass sie für die Ausrottung der Drachen plädierten; er befürchtete, dass er nur den Widerstand gegen seine Ideen stärken würde, wenn er sie zu sehr bedrängte. Toribor und Ticker neigten bereits dazu, das Gegenteil von allem zu befürworten, was er vorschlug.

»Aber was ist mit Eurer eigenen Reaktion? Was würdet Ihr als unsere Reaktion bevorzugen?«

Endlich hatte man ihn direkt danach gefragt. Doch bevor er antworten konnte, stellte Lord Hardior fest: »Seine Reaktion bestand aus der Anfertigung von Obsidianwaffen, mit denen er den Drachen tötete, den Nagel in sich trug.«

»Ja, aber davon abgesehen«, sagte Spinne.

»Wahrscheinlich beabsichtigte er, uns alle zu töten«, grollte Toribor.

»Das habe ich in der Tat«, sagte Arlian. »Ich habe vor langer Zeit geschworen, die Drachen mit allen erdenklichen Mitteln zu vernichten, und die Tötung ihrer ungeborenen Jungen scheint diesen Zweck zu erfüllen. Aber andererseits habe ich geschworen, keinen von Euch innerhalb der Stadtmauern zu töten, und ich bin an diesen Eid gebunden – und ich bin froh darüber. Das Töten macht mir keinen Spaß; einige von Euch sind meine Freunde und andere Bekannte, während ich nur in Euch, Toribor, in gewisser Hinsicht einen Feind sehe, und selbst in Eurem Fall respektiere ich Euch und würde es vorziehen, Frieden zu schließen. Auf lange Sicht ist es besser, dass Ihr alle sterbt, bevor Ihr neue Drachen in die Welt setzen könnt, aber auf kurze Sicht würde ich es vorziehen, Euch nichts zu Leide zu tun.«

»Aber was plant Ihr dann?«, fragte Ticker.

»Und was erwartet Ihr von uns?«, fügte Zaner hinzu.

Arlian breitete seine leeren Hände aus.

»Ich weiß es nicht«, gestand er. »Ich nehme an, dass Ihr alle das Wissen, das ich mit Euch geteilt habe, gegen die Drachen einsetzen wollt, um sie am Ende auszurotten, aber ich bin noch zu keinem Entschluss gelangt, wann die beste Zeit oder was die beste Methode ist, die Drachen zu bekämpfen – und es kann sein, dass die Drachen diese Entscheidungen nicht allein uns überlassen. Ich glaube, dass sie irgendwie spüren können, was ihren Artgenossen zustößt – vielleicht auch den ungeborenen Artgenossen, die wir alle in uns tragen. Wie hätten sie sonst wissen können, was mit Nagel passierte? Es ist durchaus möglich, dass sie jedes Wort mithören, das wir hier sagen. Vielleicht verlassen sie in diesem Moment sogar ihre Höhlen und machen sich auf den Weg nach Manfort, so dass wir keine andere Wahl haben, als hier gegen sie zu kämpfen, und zwar bald.«

Seine Worte ernteten furchtsames Gemurmel.

»Aber müssen wir kämpfen?«, fragte jemand.

Köpfe drehten sich, um zu sehen, wer gesprochen hatte. Arlian erkannte sie zuerst nicht, eine blasse Frau, der an der linken Hand drei Finger fehlten, dann fiel es ihm wieder ein – Lady Pulzera.

»Schließlich«, fuhr sie fort, »sind wir schwanger mit ihren Kindern; sie werden uns nichts antun wollen. Ganz im Gegenteil, sie werden uns sicherlich beschützen und dafür sorgen wollen, dass wir die volle Zeitspanne leben, die uns vergönnt ist.«

»Aber sie sind Drachen«, protestierte Toribor. »Wir haben geschworen, ihnen entgegenzutreten; wenn wir es nicht tun, werden sie die Menschheit erneut versklaven.«

»Aber sie werden uns nichts tun«, beharrte Pulzera.

Hardior sagte sarkastisch: »Wollt Ihr etwa vorschlagen, dass wir die Menschheit verraten und uns in dem kommenden Krieg auf die Seite der Drachen schlagen?«

Pulzera sah sich unsicher um und erwiderte dann: »Nun … ja, das will ich.«

22
Eine zerstrittene Gesellschaft

Als sich der Aufruhr gelegt und Lord Hardior die Ordnung halbwegs wieder hergestellt hatte, sagte er streng: »Ich denke, es ist klar, dass wir nicht ernsthaft daran denken können, auf Seiten der Drachen gegen unsere eigene Art zu kämpfen.«

»Für mich ist das nicht klar«, widersprach Pulzera etwas selbstbewusster.

Arlian musterte sie neugierig. Er hatte befürchtet, dass dies eines Tages geschehen würde – auf der langen Rückreise nach Manfort hatte er erkannt, dass die Drachen-Gesellschaft trotz ihrer geschworenen Ziele ein natürlicher Verbündeter der Drachen war. Enziet hatte bei ihrem letzten Gespräch angedeutet, dass er sie genau für diesen Zweck gegründet hatte, nachdem er den alten Orden des Drachen verraten hatte.

Aber Arlian hatte nicht erwartet, dass die anderen es so schnell erkennen würden.

Oh, es war offensichtlich, dass jeder, der die Drachen ausrotten wollte – so wie Arlian –, am Ende auch die Gesellschaft und all ihre Mitglieder auslöschen musste, aber Arlian hatte gehofft, dass die anderen dies entweder übersehen oder es nicht zugeben oder nicht die Schlussfolgerung ziehen würden, dass dies bedeutete, dass in einem neuen Krieg zwischen den Drachen und der Menschheit die menschliche Seite die Drachen-Gesellschaft vernichten musste, um die spätere Verstärkung ihrer Feinde zu verhindern. Diese Verstärkung war in den meisten Fällen Jahrhunderte entfernt, aber dennoch würde es eines Tages geschehen.

Gleichzeitig betrachteten sich die Mitglieder der Drachen-Gesellschaft als menschlich. Sie hatte alle Drachenangriffe überlebt, und alle wussten, wie monströs die Kreaturen waren; sie waren alle jahrhundertelang einer Propaganda ausgesetzt gewesen, die sie überzeugen wollte, dass die Gesellschaft der unerschütterliche Feind der Drachen war. Arlian hatte gedacht, dass der Wunsch, ihre seit langem toten Freunde und Familien zu rächen, die Garantie dafür war, dass sie ihm beim Kampf gegen die Drachen halfen.

Er hatte angenommen, dass all das dafür sorgen würde, dass sie auf der Seite der Menschen blieben, zumindest anfänglich – dass es einige Zeit dauern würde, bis sie ihre Ansicht änderten.

Doch Lady Pulzera hatte fast sofort die Wahrheit erkannt. Jetzt, während die anderen sie erstaunt und schockiert anstarrten, erklärte sie es, und sie schien beim Sprechen an Überzeugungskraft zu gewinnen.

»Die Drachen haben uns zu dem gemacht, was wir sind«, sagte Pulzera. »Wir sind nicht länger ganz menschlich, ob wir es nun zugeben wollen oder nicht – das Blut, das in unseren Adern fließt, ist so giftig wie das Drachengift, das uns verwandelt hat. Wir können keine Kinder mit anderen Menschen haben; stattdessen tragen wir die Jungen der Drachen in uns, und die Drachen werden uns deshalb sicherlich beschützen, während normale Menschen uns sicherlich tot sehen wollen, damit diese Jungen niemals zu den Feinden stoßen können, denen sie gegenüberstehen. Unsere Interessen liegen auf lange Sicht bei den Drachen. Unsere älteren Mitglieder haben oft bemerkt, dass wir mit den Jahren kälter und den Drachen immer ähnlicher werden – natürlich ist dies der Fall. Ganz gleich, wie unsere äußere Erscheinung sein mag, wir sind halb Drachen, halb Menschen, und das bedeutet, dass wir frei entscheiden können, welche Seite wir wählen – und ich würde mich für die Seite entscheiden, die einen sehr guten Grund hat, uns nicht zu töten.«

»Und würdet Ihr die Seite wählen, die Eure natürliche Familie massakriert hat?«, fragte Toribor zornig. »Die Seite, die mir mein Auge und Euch die Hälfte Eurer Hand genommen hat?«

»Die Seite, die uns eine tausendjährige Lebensspanne und Freiheit von Krankheiten geschenkt hat«, konterte Pulzera. »Die Seite, für die sich mein einziger möglicher Nachkomme entscheiden wird, wenn ich sterbe.«

»Die Seite, die Euch beim Gebären dieses Nachkommen töten wird!«

»Toribor, ich bin fast zweihundert Jahre alt; ohne die Drachen wäre ich längst tot. Die Drachen haben mir Jahrhunderte geschenkt, die ich sonst nie gesehen hätte; soll ich sie dafür verachten, dass ihr Geschenk endlich ist?«

»Ja, verdammt!«, brüllte Toribor. »Ihr solltet sie von ganzem Herzen hassen, weil sie Euch derart verdorben haben!« Dann fuhr er zu Arlian herum. »Ihr habt das getan!«, sagte er. »Ihr habt alles ruiniert! Ihr habt diese Gesellschaft pervertiert, sie mit Euren Geheimnissen und Euren Morden in Zerstrittenheit gestürzt!«

»Ich habe lediglich die Wahrheit enthüllt und einen Verräter und seine Verbündeten aus unserer Mitte entfernt«, erwiderte Arlian ruhig.

»Ihr nennt Enziet einen Verräter?«, donnerte Toribor.

»Natürlich«, sagte Arlian ehrlich überrascht. »Er hat wichtige Informationen zurückgehalten, einen Pakt mit den Drachen geschlossen und damit die Gesellschaftseide gebrochen.«

»Er hat uns durch sein Schweigen davon abgehalten, uns gegenseitig an die Kehle zu gehen!«

Arlian fiel darauf keine vernünftige Antwort ein; er zuckte nur die Schultern. Er hörte, wie die anderen Mitglieder um ihn herum stritten – eine Mehrheit schien die Vorstellung, sich auf die Seite der Drachen zu schlagen, weiter unerträglich zu finden, aber Pulzera stand bei weitem nicht allein mit ihrer Meinung.

»Pulzera«, sagte Hardior laut. »Haltet inne und überlegt, was Ihr sagt.«

»Das habe ich«, entgegnete sie. »Die Drachen werden uns nichts zu Leide tun, wenn wir nicht gegen sie kämpfen; sie werden uns am Leben lassen. Wenn wir diese magischen Speere annehmen, die Obsidian angefertigt hat, werden sie uns vielleicht in Selbstverteidigung töten – schließlich können sie neue Drachenherzen erschaffen. Aber wenn wir nichts gegen sie sagen und unternehmen, werden sie uns nicht behelligen!«

»Sie werden womöglich Tausende Unschuldige abschlachten«, sagte Hardior. »Sie werden vielleicht uns alle versklaven, wie sie es schon mit unseren Vorfahren getan haben.«

»Einige von uns waren selbst versklavt, nicht unsere Vorfahren«, warf Trümmer ein. »Wir sind seit sieben Jahrhunderten frei; ich lebe seit acht. Ich erinnere mich noch gut an alles.«

»Wir können einen Pakt mit ihnen schließen, wie es Enziet getan hat«, sagte Pulzera. »Wir müssen nicht versklavt werden. Wir kennen ihre Geheimnisse.«

»Und andere auch«, erinnerte Arlian. »Was könnt Ihr den Drachen anbieten? Enziet hat ihnen sein Schweigen angeboten, aber ist es dafür nicht zu spät?«

»Nun, wer weiß darüber Bescheid?«, fragte Spinne. »Alle, die hier sind, aber wer noch?«

»Marasa«, sagte Reif.

»Und die Diener«, fügte Arlian hinzu.

»Wir könnten sie töten«, schlug Pulzera vor. »Sie sind schließlich bloß Diener. Wir könnten sie beschuldigen, den armen Nagel vergiftet zu haben.«

»Und Wither«, fügte Ticker hinzu.

»Sie haben den armen Wither erstochen, oder?«, sagte Pulzera. »Diese Marasa hat es wahrscheinlich ausgeheckt, um sein Vermögen zu erben; wir können sie verurteilen und hängen.«

»Wartet einen Moment«, bat Arlian und hob die Hände. »Wartet. Wollt Ihr ernsthaft vorschlagen, zwei ganze Haushalte zu töten, um zu verhindern, dass die Geheimnisse der Drachen bekannt werden?«

»Ja«, antwortete Pulzera. »Warum nicht?«

Einen Moment wurde es still im Raum, und Arlian betrachtete die Gesichter jener, die vor ihm saßen.

Ticker wirkte lediglich verwirrt; Toribor war zornig und unsicher. Reif lächelte trocken, während Spinne tief in Gedanken versunken war. Scherbe runzelte die Stirn, Trümmer blickte unsicher drein. Hardior auf der einen Seite war sichtlich unglücklich; Pforte auf der anderen wirkte entschlossen, während Zaner, genau wie Arlian, die anderen Gesichter musterte, um die Stimmung seiner Gefährten zu beurteilen.

Es war klar, dass dieser Vorschlag zwar keinem gefiel, er aber auf nicht mehr Widerstand traf – und vielleicht sogar auf weniger – als Pulzeras ursprünglicher Vorschlag, sich in dem bevorstehenden Krieg auf die Seite der Drachen zu schlagen.

Arlian verbarg seine Abscheu.

Er hätte es wissen müssen, sagte er sich. Die meisten dieser Leute waren Sklavenhalter. Viele von ihnen trugen Duelle bis zum Tode aus. Keiner von ihnen hatte protestiert, als Enziet und seine fünf Partner Sklaven verstümmelt hatten, um sie an der Flucht zu hindern. Keiner von ihnen hatte Einwände erhoben, als die sechs Lords bei der Schließung ihres Bordells in Westwacht fünf Frauen getötet hatten. Keiner von ihnen hatte gedacht, dass die Gesellschaft irgendeinen Grund zur Einmischung hatte, als Enziet und Drisheen und andere Menschen getötet oder gefoltert hatten. Und was das betraf, keiner von ihnen hatte ernsthafte Einwände erhoben, als Arlian wiederum Horim und Drisheen und Enziet getötet hatte. Für sie hatten Menschenleben keinen großen Wert. Die einzigen Leben und die einzigen Regeln, die sie zu kümmern schienen, waren ihre eigenen.

Wie Pulzera gesagt hatte, waren sie halbe Drachen – ihre Herzen waren kalt. Sie waren weit mehr besorgt um ihr eigenes Wohlergehen als um Dinge wie Fairness, Gerechtigkeit oder Barmherzigkeit. Arlian war abgestoßen. Er überlegte, ob er erwähnen sollte, dass sein eigener Haushofmeister, Black, Zeuge beider Tode gewesen war, oder ob er einwenden sollte, dass Shuffler womöglich gar nicht zu Withers Haushalt gehörte, aber er entschied, dass er niemand damit abschrecken, sondern der Todesliste bloß weitere Namen hinzufügen würde.

Vielleicht konnte er zumindest einen Namen von der Liste streichen, dachte er. »Lady Opal möchte ein Drachenherz werden«, erklärte er. »Vielleicht ist es besser, dies zu arrangieren, als sie zu töten, wenn wir anfangen, mit den Drachen zu verhandeln – ein wenig Blut und Gift, und sie wird sich Euch mit Freuden anschließen, ohne dass Ihr das Risiko eingehen müsst, ihre Verwandten zu erzürnen oder einen Prozess zu führen, bei dem sie etwas Unwillkommenes sagen könnte.«

Noch während er dies sagte, dämmerte ihm, dass er womöglich einen schweren Fehler gemacht hatte. Lady Opal zu retten mochte eine großzügige Geste sein, aber es würde auch bedeuten, einer Frau, die ihn bereits hasste, mehr Macht zu geben und womöglich ein neues Drachenherz in die Welt zu setzen.

Außerdem würde es einen unwillkommenen Präzedenzfall schaffen. Wenn die Drachen-Gesellschaft begann, andere mit dem Elixier zu »belohnen«, das neue Drachen zeugte, dann würde Manfort keine Zuflucht vor den Drachen mehr sein, sondern ihre Brutstätte werden.

Im Stillen dankte er den toten Göttern dafür, dass die Gesellschaft keine verfügbare Quelle für das Gift hatte. Seine eigenen Interessen und Absichten schlossen noch immer die Ausrottung der Drachen ein; er wollte nicht noch mehr von ihnen erschaffen. Pulzera war wahrscheinlich für seine Sache verloren, aber er hoffte nach wie vor, die meisten anderen Mitglieder der Gesellschaft zu überzeugen, sich ihm bei diesem Kampf anzuschließen.

»Hört zu«, sagte er, »wenn ein Krieg mit den Drachen beginnt, werden die Drachen vielleicht gar nicht mit Euch verhandeln. Womöglich werden sie einfach ganz Manfort zerstören und neue Drachenherzen erschaffen, um uns alle zu ersetzen.«

»Das werden sie nicht tun«, widersprach Pulzera. »Es würde sie um Jahrhunderte zurückwerfen.«

»Drachen sind geduldig«, sagte Spinne.

»Aber sie können Menschen vertrauen, wenn es ihnen passt«, erklärte Pulzera. »Sie haben es früher schon getan. Fragt Lord Trümmer – in den alten Tagen, bevor sie sich in ihre Höhlen zurückzogen, hatten die Drachen menschliche Diener, die ihnen willig dienten und über den Rest der Menschheit herrschten. Diese Diener lebten wie Könige. Wir könnten ihre neuen Diener sein!«

»Ich würde lieber ein freier Mann und selbst ein Lord sein«, sagte Spinne.

»Aber werden wir wirklich frei sein, wenn der Krieg ausbricht? Wir werden entweder dem Herzog oder den Drachen dienen«, wandte Hardior ein.

Mehrere Lords antworteten gleichzeitig. Während Arlian sich umsah und dem lauter werdenden Stimmengewirr lauschte, erkannte er, dass die Versammlung in kleinere Gruppen zerfiel, die miteinander diskutierten – oder sich stritten.

Er konnte dies nicht verhindern, aber es gab Dinge, die er ansprechen musste, bevor sich die Lords und Ladys verstreuten. Er erhob sich von seinem Stuhl.

»Verzeihung«, sagte er laut und hob die Hände, »aber ich möchte Euch alle warnen, dass ich es sehr übel aufnehmen werde, wenn Ihr versucht, alle Bediensteten aus Nagels oder Withers Haushalt zu töten. Ich denke, diese Leute haben etwas Besseres verdient, und außerdem halte ich es für wahrscheinlich, dass sich diese Gerüchte bereits von Haushalt zu Haushalt verbreitet haben und dass eine derartige Metzelei nur die Aufmerksamkeit und das Interesse auf diese Geschichten lenken wird.«

»Er hat Recht«, meinte Scherbe, aber bevor sie mehr sagen konnte, fuhr Arlian fort.

»Ich wurde hier zu einer Anhörung vorgeladen, weil ich dieser Gesellschaft Geheimnisse vorenthalten habe. Ich habe diese Geheimnisse jetzt enthüllt und erklärt, warum ich sie zurückhielt. Kann ich davon ausgehen, dass damit die Vorwürfe gegen mich entkräftet sind?«

»Ah«, sagte Hardior. Er sah sich im Raum um. »Ich bin zufrieden und sehe keinen Grund, diese Angelegenheit weiterzuverfolgen; ich denke, Ihr habt uns weit wichtigere Probleme genannt, um die wir uns kümmern müssen.«

»Die Entscheidung liegt nicht bei Euch, Hardior«, grollte Toribor. »Die Gesellschaft entscheidet.«

»Dann sollten wir abstimmen.«

»Normalerweise sprechen die ältesten Mitglieder«, wandte Ticker ein.

»Welche ältesten Mitglieder?«, rief Toribor und drehte sich in seinem Sessel. »Er hat sie alle getötet! Enziet, Wither, Nagel, Drisheen – alle tot!«

»Wer ist dann der Älteste?«, fragte Hardior. »Ich habe daran nicht gedacht ...«

Pforte räusperte sich, und Hardior drehte sich um.

»Meine Lords«, sagte Pforte, »das älteste überlebende Mitglied ist jetzt Lord Illis, als Trümmer bekannt.«

»Ich?«, sagte Trümmer verdutzt.

»Pforte ist der Archivar und Herold«, erklärte Reif. »Er muss es wissen.«

»Ja, aber ... ich nehme an, dass ich jetzt der Älteste bin, aber ich weiß wirklich nicht, wie wir in dieser Angelegenheit verfahren sollen! Der junge Obsidian hat alles durcheinander gewirbelt. Er sagt uns, dass die Drachen wollten, dass wir überleben, um ihre Jungen auszutragen – dass unser Überleben nicht Nachlässigkeit und Zufällen zu verdanken ist. Das ist ... nun, es ist anders. Und wir können nicht ewig leben, sondern nur tausend Jahre?« Er lachte kurz und schnaubend. »Nur tausend Jahre! Aber als bloße Eierschalen für Drachen zu enden – das ist entwürdigend.«

»Entwürdigend? Es ist grauenhaft!«, rief Toribor.

»Ja«, stimmte Trümmer zu, »das ist es. Aber Pulzera hier meint, dass es noch immer ein besseres Schicksal ist als das, das uns normalerweise ereilt hätte, und dass wir den Drachen dankbar sein und ihnen dienen sollten. Einige von uns erinnern sich an die Drachendiener von früher, die in den alten Zeiten über uns herrschten und von denen Pulzera sprach, und ich glaube nicht, dass wir uns voller Stolz an sie erinnern – wollen wir ihre Nachfolger werden?«

»Haben wir eine Wahl?«, fragte Pulzera.

»Wir haben immer eine Wahl«, sagte Reif. »Wither hat seine Wahl getroffen.«

»Aber eine, die für mich unannehmbar ist!«, gab Pulzera zurück.

»Verzeiht«, warf Arlian ein, »aber ich bestehe darauf, dass wir zum eigentlichen Thema zurückkehren – entscheidet bitte über mein Schicksal, bevor Ihr diese weitaus gewichtigeren und komplizierteren Angelegenheiten besprecht, die ich euch ersparen wollte.«

»Lasst ihn gehen«, sagte Scherbe. »Er ist nicht weiter wichtig.«

»Tötet ihn«, verlangte Toribor. »Zumindest für den Mord an Lord Drisheen.«

»Verbannt ihn«, schlug Ticker vor. »Er soll Manfort verlassen.«

»Nehmt ihm all diese Steinwaffen ab«, sagte Pulzera. »Wenn sie wirklich Drachen töten können – ist uns nicht besser gedient, wenn wir sie zerstören?«

»Vielleicht brauchen wir sie noch«, widersprach Spinne. »Was ist, wenn die Drachen nicht vertrauenswürdig sind? Was ist, wenn sie entscheiden, dass es sicherer ist, uns in ihre Höhlen einzusperren?«

»Ich sehe nicht, wie wir es rechtfertigen können, ihn zu töten«, sagte Trümmer. »Er hat Drisheen vor den Mauern getötet, offenbar in Selbstverteidigung, und schulden wir ihm nicht etwas, weil er uns endlich die Wahrheit gezeigt hat?«

»Er hat seinen Eid gebrochen!«, beharrte Toribor.

»Ich habe jetzt enthüllt, was ich zurückhielt«, sagte Arlian. »Ich kann mich nicht erinnern, dass der Eid spezifiziert, wie schnell ich mein Wissen mit der Gesellschaft teilen muss. Ich erinnere mich jedoch, dass Ihr, Toribor, mir sagtet, dass Enziet seine Gründe hatte, als er der Gesellschaft seine Geheimnisse vorenthielt, und dass dies seinen Verrat irgendwie minderte; nun, ich hatte dieselben Gründe.«

»Arlian zu bestrafen wäre töricht«, warf Lord Voriam von einer Seite ein. »Er hat uns wichtige Informationen gebracht, und was spielt es schon für eine Rolle, dass er ein oder zwei Monate zögerte? Alle hier besitzen das Herz des Drachen, und unsere Lebensspanne misst sich in Jahrhunderten; diese Verzögerung ist ohne jede Bedeutung.«

»Ich stimme dem zu«, sagte Spinne.

»Und ich auch«, meinte Trümmer.

Hardior blickte unsicher drein, sagte aber nichts.

»Wer von den Anwesenden ist dagegen, die Anklage fallen zu lassen?«, bellte Pforte.

»Ich!«, schrie Toribor.

»Ich weiß nicht«, sagte Ticker. Er sah die anderen an.

Niemand sprach; Stille legte sich wie eine Staubwolke über den Raum.

Schließlich meldete sich Hardior widerwillig zu Wort. »Wie es scheint, sind die Vorwürfe damit gegenstandslos geworden.«

»Nein!«, brüllte Toribor und sprang auf.

Arlian überlegte fieberhaft. Er hatte versucht, mit Toribor Frieden zu schließen, als sie zum letzten Mal miteinander gesprochen hatten, und Toribor hatte sich geweigert; er hatte Arlian sogar zu dieser Anhörung vorladen lassen und zweifellos gehofft, Arlian so zu vernichten. Der Versuch war gescheitert, doch Toribor wollte es nicht akzeptieren.

Er wollte zweifellos keinen Frieden. Er wollte nicht einmal die Gewissheit, dass er vor Arlians Rache sicher war.

Er wollte Arlian tot sehen.

Und warum auch nicht? Arlian war für den Tod von fünf seiner Freunde verantwortlich und hatte ihn in einem früheren Duell verwundet und wohl entehrt. Toribor wollte Rache.

Arlian verstand das Konzept der Rache.

»Mein Lord«, sagte Arlian ruhig, »die Entscheidung, ob die Anklage fallen gelassen wird oder nicht, liegt nicht bei Euch. Sondern bei der Gesellschaft als Ganzer.«

»Ich akzeptiere das nicht!«, rief Toribor zornig.

»Mein Lord, ich denke, Ihr handelt jetzt aus persönlichen Motiven heraus, nicht in Verteidigung der Interessen der Gesellschaft.«

»Ich kann mir schwerlich vorstellen, dass es im Interesse der Gesellschaft ist, einen Lügner, Verräter und Mörder in unserer Mitte am Leben zu lassen!«

Arlian hätte es vorgezogen, mit Toribor Frieden zu schließen, aber wenn dies nicht möglich war, dann wollte er die ganze Angelegenheit lieber jetzt als später hinter sich bringen. Er glaubte nicht, dass die Drachen-Gesellschaft jemals Einigkeit erzielen konnte, solange er und Toribor lebten – Toribor würde dies verhindern.

»Ich denke, diese Entscheidung liegt bei der Gesellschaft«, erklärte er. »Wenn Ihr die Entscheidung dieser Gruppe nicht akzeptieren wollt und darauf besteht, dass wir die Angelegenheit zwischen uns mit Blut regeln, bin ich bereit, mich Euch vor dem Tor mit Schwertern zu stellen, zu einem Zeitpunkt Eurer Wahl, um dem ein für alle Mal ein Ende zu machen.«

»Das wäre eine saubere Lösung«, meinte Spinne und lehnte sich in seinem Sessel zurück. »Wenn Toribor Obsidian tötet, werden wir von einem Unruhestifter befreit sein, und wenn Obsidian Toribor tötet, wird er seine berühmte Rache vollendet haben und kann sich in Zukunft wie ein zivilisierter Mensch benehmen.«

Arlian sagte nichts mehr dazu, aber er wusste, dass seine Rache mit Toribors Tod schwerlich vollendet sein würde. Die Drachen waren viel wichtiger. Der Tod des letzten der sechs Lords würde lediglich die Ouvertüre beenden und ihm erlauben, den Vorhang zum Hauptakt zu heben.

Toribor starrte Arlian einen Moment an, und einige Sekunden lang glaubte Arlian, dass er sich weigern würde – aber das war kaum möglich. Eine simple Weigerung würde Toribor als Feigling brandmarken und ihn zum Gespött machen; nur eine Entschuldigung und ein ehrlicher Versuch der Wiedergutmachung konnten sowohl das Duell als auch die Entehrung verhindern, und Arlian glaubte nicht, dass Toribor dies tun würde.

Doch ein paar Sekunden lang hoffte er, dass Toribor Frieden schließen würde.

Aber dann hob Toribor die Hände.

»Gut«, sagte er. »Gut. Ich halte es für verrückt, aber die ganze Welt ist verrückt geworden, seit Ihr aufgetaucht seid,

Obsidian. Ihr solltet gehängt werden, aber wenn ich das nicht erreichen kann, werde ich Euch selbst töten. Morgen Mittag, Obsidian, werde ich Euch vor hundert Zeugen aufschlitzen.«

»Morgen Mittag dann«, sagte Arlian, »auf dem Platz vor den Toren.«

»Dann muss ich einen von Euch bitten, diese Halle zu verlassen«, sagte Pforte. »Es ziemt sich nicht, dass Ihr vor Eurem anberaumten Duell mit anderen Mitteln als kaltem Stahl debattiert.«

»Ich bin das letzte Mal gegangen«, erklärte Toribor. »Ihr seid jetzt am Zug. Außerdem habt Ihr mich herausgefordert, nicht ich Euch, und damit liegt die Verantwortung bei Euch.«

Darauf war Arlian nicht gefasst, und er zögerte. Er hatte nicht daran gedacht, als er den Kampf vorgeschlagen hatte, aber Toribor hatte durchaus Recht und hielt sich an die Duellregeln – die Last etwaiger Unannehmlichkeiten lag bei dem Herausforderer, nicht bei dem Herausgeforderten.

Doch Arlian wollte hören, was die Mitglieder der Gesellschaft zu sagen hatten! Er wollte an der Debatte teilnehmen ...

»Mein Lord Obsidian?«, fragte Pforte.

Arlian blickte sich um und sah, dass ihn drei Dutzend Leute neugierig anstarrten – drei Dutzend Leute, die er für seinen Kreuzzug gegen die Drachen zu gewinnen hoffte. Er würde sie nicht überzeugen können, wenn er die Regeln und Bräuche von Manforts Adel ignorierte.

»Wie Ihr wünscht«, sagte er und nahm seinen Hut vom Tisch. »Morgen Mittag, Toribor, werden wir sehen, wer der bessere Schwertkämpfer ist.« Er wandte sich ab, schritt zur Tür und setzte unterwegs seinen Hut auf.

Als er die kleine Vorhalle durchquerte, schnitt er eine Grimasse. Er war in Wirklichkeit ziemlich sicher, wer der bessere Schwertkämpfer war. Sie hatten früher schon gekämpft, und obwohl sie in etwa gleich stark waren, wusste Arlian, wer geschickter mit der Klinge umgehen konnte.

Toribor.

Bei ihrem ersten Kampf hatte Arlian gewonnen, doch er hatte sich auf Tricks und Dunkelheit verlassen, und Toribor war abgelenkt und unvorbereitet, nicht in bester Verfassung gewesen. Morgen würde Arlian diese Vorteile nicht haben.

Er würde deshalb andere finden müssen.

Er hatte früher schon gegen Männer gekämpft, die besser waren als er – Toribor und Enziet und Horim waren geübter im Umgang mit der Klinge gewesen. Er hatte alle drei besiegt, aber nicht dank seiner Fechtkunst, sondern dank seines Geschicks und Glücks.

Er hoffte, dass Geschick und Glück auch morgen Mittag wieder ausreichen würden.